POÉSIES

DE

FRANÇOIS MALHERBE.

CATALOGUE DE LA BIBLIOTHÈQUE-CHARPENTIER.

VICTOR HUGO.

Notre-Dame de Paris, 2 vol.
Le Dernier jour d'un Condamné. } 1 vol.
Bug-Jargal,
Han d'Islande, 1 vol.
Odes et Ballades, 1 vol.
Orientales, 1 vol.
Feuilles d'Automne, } 1 vol.
Chants du Crépuscule,
Voix intérieures,
Les Rayons et les Ombres. } 1 vol.
Théâtre, 2 séries.
Cromwell, 1 vol.
Littérature et Philosophie mêlées, 1 vol.

DE BALZAC.

Physiologie du Mariage, 1 vol.
Scènes de la Vie privée, 2 séries.
Scènes de la Vie de province, 2 séries.
Scènes de la Vie parisienne, 2 séries.
Le Médecin de Campagne, 1 vol.
Le Père Goriot, 1 vol.
La Peau de Chagrin, 1 vol.
César Birotteau, 1 vol.
Le Lys dans la Vallée, 1 vol.
La Recherche de l'Absolu, 1 vol.
Histoire des Treize, 1 vol.
Eugénie Grandet, 1 vol.

ALFRED DE VIGNY.

Cinq-Mars, 1 vol.
Stello, 1 vol.
Servitude et Grandeur militaires, 1 vol.
Théâtre complet, 1 vol.
Poésies complètes, 1 vol.

ALFRED DE MUSSET.

Poésies complètes, 1 vol.
Comédies et Proverbes, 1 vol.
Nouvelles, 1 vol.
Confession d'un Enfant du Siècle, 1 vol.

CHARLES NODIER.

Romans (Jean Sbogar, Thérèse, etc.), 1 vol.
Contes (Trilby, La Fée, etc., etc.), 1 vol.
Nouvelles (Souvenirs de Jeunesse, etc.), 1 vol.
Souvenirs de la Révolution, 1 vol.

GOETHE.

Le Faust complet, trad. Henri Blaze, 1 vol
Werther, suivi de Hermann, trad. Leroux, 1 v.
Théâtre, trad. X. Marmier, 1 vol.

MADAME DE STAEL.

Corinne, 1 vol.
Delphine, avec préface de Sainte-Beuve, 2 vol.
De l'Allemagne, avec préface de X. Marmier, 1 v.

CASIMIR DELAVIGNE.

Messéniennes et Poésies diverses, 1 vol.
Théâtre complet, 3 séries.

SAINTE-BEUVE.

Poésies complètes, 1 vol.
Volupté, 1 vol.

AIMÉ MARTIN.

De l'Education des Mères de famille, 1 vol.
Lettres à Sophie sur la Physique, etc., 1 vol.

OUVRAGES DE CHOIX.

OEuvres du comte Xavier de Maistre, 1 vol
Adolphe, etc., etc., par Benjamin Constant, 1 v.
Du Pape, par Joseph de Maistre, 1 vol.
Essais sur l'Histoire de France, par Guizot, 1 v.
Satyre Ménippée, avec notes, par C. Labitte, 1 v.
OEuvres de la comtesse de Souza, 1 vol.
Physiologie du goût, par Brillat-Savarin, } 1 v.
La Gastronomie, poème par Berchoux.

Obermann, par de Senancour, 1 vol.
Manon Lescaut, par l'abbé Prevost, 1 vol.
Poésies complètes d'André Chénier, 1 vol.
Valérie, par Mme de Krudner, 1 vol.
Poésies de Millevoye, 1 vol.
Nouvelles Genevoises, par Töpffer, 1 vol.
Poésies d'Antoine de Latour, 1 vol

CLASSIQUES FRANÇAIS.

Théâtre de J. Racine, 1 vol.
Caractères de La Bruyère, 1 vol.
Pensées de Pascal, 1 vol.
Fables de La Fontaine, 1 vol.
Siècle de Louis XIV, par Voltaire, 1 vol.
Discours sur l'Histoire univ. de Bossuet, 1 v.
Confessions de J.-J. Rousseau, 1 vol.
Gil Blas, 1 vol.
OEuvres de Rabelais, 1 vol.
Les Cent Nouvelles Nouvelles, 2 vol.

CLASSIQUES ÉTRANGERS TRAD. EN FRANÇAIS.

Dante. — Divine Comédie, tr. A. Brizeux. } 1 v.
—— La Vie Nouvelle, tr. Delecluze.
Le Paradis Perdu, trad. Pongerville. } 1 vol.
Voyage sentimental de Sterne, trad. }
Théâtre de Schiller, trad. X. Marmier, 2 vol.
Guerre de Trente ans, par Schiller, 1 vol.
La Jérusalem délivrée, tr. A. Desplaces, 1 vol.
Lord Byron, trad. Benj. Laroche, 4 séries.
OEuvres de Silvio Pellico, tr. A. de Latour, 1 vol.
Le Koran, trad. nouv., par Kasimirsky, 1 vol.
Mémoires d'Alfieri, trad. Ant. de Latour, 1 vol.
La Messiade de Klopstock, trad. en fr., 1 vol.
Le Vicaire de Wakefield, tr. Mme Belloc, 1 v.
Morale de Jésus-Christ et des Apôtres, 1 vol.
Histoire générale des Voyages, 3 séries.
Tom Jones, trad. Léon de Wailly, 2 vol.
Confucius, traduit par M Pauthier, 1 vol.
Confessions de S. Augustin, tr. S.-Victor, 1 vol.
Les Lusiades, de Camoëns, trad. nouv., 1 vol.
Les Fiancés, de Manzoni, tr. R. Dussueil, 1 vol.
Théâtre et Poésies, de Manzoni, t. de Latour, 1 v.
Tristram Shandy, de Sterne, tr. Wailly, 1 vol.
Simple Histoire, tr. par L. de Wailly, 1 vol.

CLASSIQUES GRECS TRADUITS EN FRANÇAIS.

Comédies d'Aristophane, trad. Artaud, 1 vol.
Théâtre de Sophocle, trad. Artaud, 1 vol.
Théâtre d'Eschyle, tr. par Alex. Pierron, 1 v.
République de Platon, trad. nouvelle, 1 v.
Romans grecs, trad. nouv. 1 v.
Histoire d'Hérodote, 2 vol.
Moralistes anciens (Socrate, Epictète, etc.), 1 v.
Histoire de Thucydide, 1 vol.
Diogène-Laërce, Vies des Philosophes, 1 v.
Lucien, Dialogues, satir. philosop., etc., 1 vol.
Petits poèmes (Hésiode, etc., etc), 1 vol.
L'Iliade d'Homère, traduction nouvelle, 1 vol.
L'Odyssée d'Homère, trad. nouv. 1 vol.
Lyriques, 1 vol.

OUVRAGES SOUS PRESSE.

Descartes, 1 vol.
Leibnitz, 2 séries.
Bacon, 2 séries.
Malebranche, 2 séries.
Spinosa, 2 séries.
Poésies et Chants du Nord, p. X. Marmier, 1 v.
Romancero espagnol, tr. par F. Denis, 2 séries.
Poésies de Mme de Girardin, 1 vol.
Nouvelles Parisiennes, par la même, 1 vol.
Poésies de Goëthe, tr. par Henri Blaze, 1 vol.
Poésies de Henri Blaze, 1 vol.
Tableau de la Littérature, par Barante, 1 vol.
Éducation des Femmes, p. Mme de Remusat, 1 v.
Hist. de Philippe-Auguste, par Capefigue, 2 v.

Novembre 1841.)   422 volumes sont en vente.   Imp. par Béthune et Plon

POÉSIES

DE

FRANÇOIS MALHERBE,

AVEC UN COMMENTAIRE INÉDIT

PAR

ANDRÉ CHÉNIER;

PRÉCÉDÉES D'UNE NOTICE SUR LA VIE DE MALHERBE,

ET D'UNE LETTRE SUR LE COMMENTAIRE.

Seule édition complète

PUBLIÉE PAR MM. DE LATOUR.

—∽✦✧∾—

PARIS.

CHARPENTIER, LIBRAIRE-ÉDITEUR,

29, RUE DE SEINE.

—

1842.

VIE DE MALHERBE.

L'auteur de cette biographie se trouvait à Caen au
mois de septembre 1833 : il n'oublia pas de visiter la
maison de Malherbe. « Cette maison est un de nos tré-
» sors, lui dit un amateur du pays ; mais au premier jour
» nous la verrons démolie : elle gène l'alignement de
» la rue. »

Un peu plus de deux ans auparavant, au mois de février 1831, l'auteur passait devant Saint-Germain-
l'Auxerrois : la veille, une émeute populaire avait dé-
vasté cette église, qui jusqu'à ces derniers temps a
conservé l'aspect délaissé des monuments qui tombent,
sans que le siècle prenne souci de les relever. Dans cette
église reposent depuis deux cents ans les cendres de
Malherbe.

L'église est sortie de ses ruines, la petite maison de
Malherbe est encore debout ; mais la tombe et le berceau du poète peuvent s'effacer de la terre, son livre
ne périra pas.

François Malherbe naquit à Caen, vers 1556, d'une
famille noble, mais pauvre. Son père remplissait alors
le simple office d'assesseur. Il se consolait de l'état où
sa maison était tombée depuis deux siècles, en allant
visiter dans une salle de l'abbaye de Saint-Étienne les
armes des Malherbe Saint-Aignan, qui suivirent le duc
Guillaume à la conquête. Il faut voir de quel air leur

descendant renvoyait ses ennemis à ces titres de sa noblesse : « Si mes parties s'en veulent éclairer, écrivait-il » au roi Louis XIII, qu'elles aillent sur le lieu : leur » propre vue leur apprendra ce qui en est. »

Son père, qui lui réservait la survivance de sa charge, le fit étudier d'abord à l'université de Caen ; puis il l'envoya à Heidelberg et à Bâle, où il suivit les leçons des plus habiles professeurs. Du reste, aucun souvenir de cette époque dans le peu que les contemporains nous apprennent de la jeunesse de Malherbe. On ne doit pas s'émerveiller davantage que ses œuvres n'aient pas gardé trace de cette éducation lointaine. Son génie tout français devait sympathiser médiocrement avec les nonchalantes habitudes de la rêverie allemande. Insensible d'ailleurs à cette magnifique nature du Rhin, qui laisse à toutes les âmes une sorte de mal du pays, Malherbe quitta sans peine la charmante cité d'Heidelberg. Nous ne voyons pas non plus qu'il ait reçu des riches aspects de sa patrie normande une impression bien vive. Seulement, vers 1604 (il avait alors plus de quarante ans), la mort d'un ami, et, à ce qu'il semble, d'un compatriote, lui rappela, sous le ciel de Provence, les rives de l'Orne que, si jeune, il avait quittées ; et on retrouve dans des vers qu'il écrivait alors quelque chose qui ressemble au regret de la terre natale :

> L'Orne, comme autrefois, nous reverroit encore,
> Ravis de ces pensers que le vulgaire ignore,
> Egorer a l'ecart nos pas et nos discours,
> Et, couchés sur les fleurs comme étoiles semées,
> Rendre en si doux ébats les heures consumées,
>   Que les soleils nous seroient courts.

Il revint à Caen. Un coup imprévu l'y attendait : son père avait quitté la religion catholique, on ne sait pour quelle raison. C'était peut-être une de ces âmes honnêtes, mais faibles, que le spectacle de la Saint-Barthélemy jeta brusquement dans le parti huguenot. Quel que fût le motif de ce changement, le jeune François le vit avec douleur, sans doute, il faut bien le dire, parce qu'il y voyait une atteinte à la foi jurée. Il continua quelque temps encore à suivre les écoles publiques, mais l'épée au côté, et comme prêt à se joindre à l'armée catholique, pour laver de son propre sang ce qu'il regardait comme une tache à son nom.

Il atteignit ainsi sa vingtième année. C'est vers cette époque sans doute qu'il faut placer certaines études classiques par lesquelles Malherbe préluda à la poésie. Il avait dès lors pour Sénèque ce goût vif qui ne l'a jamais abandonné, et son premier recueil, aujourd'hui peu connu, eut pour titre : LE BOUQUET DES FLEURS DE SÉNÈQUE. Le poëte, dans chaque morceau, emprunte au philosophe latin une pensée qu'il développe à son gré : c'est là même l'originalité de ce recueil, publié en 1590 : le texte est de pure morale païenne, le commentaire est tout chrétien. On y sent l'indécision et l'inexpérience de la jeunesse ; mais c'est la jeunesse de Malherbe. On y rencontre encore quelque trace de ce faux goût qu'il combattit depuis avec tant d'autorité ; mais il y a là déjà une fermeté d'accent qui dut bien étonner les compatriotes de Vauquelin de La Fresnaye.

Ce fut aussi vers ce même temps que Malherbe quitta la Normandie.

La Provence était alors gouvernée par un fils que Henri II avait eu d'une fille d'honneur de l'infortunée Marie Stuart, lequel était grand-prieur de France avec le titre de duc d'Angoulème. Malherbe alla le rejoindre, pour ne le quitter plus. Ce fut auprès de lui et sur lui qu'il commença son apprentissage de critique réformateur ; car le grand-prieur se mêlait de faire des vers. Si les vers étaient mauvais, Malherbe n'était pas courtisan. Aussi le grand-prieur n'osait-il directement lui demander son avis. Un jour, content d'un sonnet qu'il avait fait, il s'en vint trouver Duperrier et lui dit : « Montrez ce sonnet à Malherbe, et le donnez pour » vôtre. » Malherbe entra, qui lut le sonnet. « Bah ! dit- » il, c'est tout comme si c'était monseigneur le grand-

» prieur qui l'eût fait. » Il donnait noblement pour raison
à la sévérité de ses jugements qu'il ne convenait pas à
un prince de faire un ouvrage médiocre.

La première passion qui inspira des vers à Malherbe
eut pour objet une jeune et belle Provençale que le
poète a quelque part appelée Nérée, anagramme sous
lequel il est aisé de retrouver ce nom de Renée, si
commun en Provence. Il l'aima vainement; et, quoiqu'il
ne fût pas homme, c'est lui qui parle, à courtiser long-
temps qui ne le payait de retour, il soupira pendant
quatre années. Lorsqu'il se sentit enfin la force de rompre sa chaîne, il jeta pour adieu à la femme qu'il avait
aimée quelques stances assez fières, mais dont le dépit
éloquent décèle encore la passion.

> . . . Vos jeunes beautés flétriront comme l'herbe
> Que l'on a trop foulée, et qui ne fleurit plus.
>
> Si je passe en ce temps dedans votre province,
> Vous voyant sans beautés, et moi rempli d'honneur,
> Car peut-être qu'alors les bienfaits d'un grand prince
> Mariront ma fortune avecque le bonheur :
>
> Ayant un souvenir de ma peine fidèle,
> Mais n'ayant point à l'heure autant que j'ai d'ennuis,
> Je dirai : Autrefois cette femme fut belle,
> Et je fus autrefois plus sot que je ne suis

Mais quelque dédaigneuse fierté que respirent ces vers,
dix-huit ans après, c'est-à-dire en 1604, Malherbe trouvait encore dans le souvenir de Nérée quelque chose des
inspirations de sa jeunesse.

La protection du grand-prieur le rendit plus heureux
auprès d'un président du parlement d'Aix, Coriolis, dont
il épousa la fille, déjà veuve d'un conseiller. Rien dans
les mémoires contemporains, rien dans les œuvres de
Malherbe, sur cette époque de sa vie. Malherbe est de
tous les poètes le moins intime, le moins fécond en
épanchements personnels. Il aima tendrement les siens,
mais de cette affection austère, qui supprime comme in-
dignes de l'homme les signes extérieurs des sentiments
les plus légitimes. Pendant une maladie de sa femme,

il promit à Dieu, s'il la lui conservait, d'aller à pied et
la tête nue l'en remercier à la Sainte-Baume. On sait
comment il ressentit la mort cruelle de son fils, et s'il a
mis tant de pathétique dans les stances à Duperrier,
c'est que, en les écrivant, il croyait sans doute pleurer
encore sa jeune fille, morte de la peste entre ses bras.

Au mois de juin 1586, un événement tragique lui en-
leva son protecteur. Un gentilhomme italien, d'autres
disent marseillais, nommé Philippe Altoviti, capitaine
de galère, avait écrit en cour contre le fils de Henri II.
Ce dernier le sut, et s'en plaignit violemment. L'Italien
nia le fait. Le prince irrité tira son épée et l'en frappa.
Altoviti tomba sur ses deux genoux, et mourut aux pieds
du grand-prieur, mais non sans lui porter au ventre un
coup de dague dont il mourut lui-même, sept heures
après. Un fils illégitime de Charles IX hérita de tous les
biens et de tous les honneurs du bâtard de Henri II.
C'était alors, à ce qu'il semble, le sort de la Provence.

Cependant Malherbe s'était fait une famille de celle
de sa femme; on peut le croire du moins en le voyant
rester en Provence, au lieu de revenir en Normandie.
Il suivit quelque temps le parti des armes, et Racan
nous a conservé quelques traits de sa vie militaire.

Pendant la Ligue, un jour qu'il se trouvait à la tête
d'un corps de troupes avec un nommé Larroque, poète
comme lui, et plus tard attaché au service de la reine
Marguerite, ils poussèrent si vertement Sully, qu'ils le
firent reculer lui et les siens l'espace de deux ou trois
lieues. Malherbe aimait à raconter que Sully ne le lui
avait jamais pardonné. Mais il s'en consolait sans doute
en songeant que deux poètes avaient mené le hautain
ministre de manière à lui ôter à jamais le droit de parler
du bouclier d'Horace.

Quelque temps après, la peste s'étant déclarée à Mar-
tigues, les Espagnols bloquèrent la ville par mer, et les
Provençaux envoyèrent deux cents des leurs pour la
tenir fermée du côté de la terre. Malherbe, choisi pour

mener cette troupe contre la peste, ne se retira pas qu'il n'eût vu le dernier vivant arborer le drapeau noir sur les murailles.

C'était là une merveilleuse école pour Malherbe, et on ne peut douter que l'aspect de ces calamités, presque toujours inséparables des guerres civiles, n'ait contribué à lui enseigner ce langage inexorable qui, dans les rudes conseils donnés plus tard à Louis XIII, a pu passer quelquefois pour du fanatisme religieux.

Ce serait étrangement se méprendre que de regarder Malherbe comme un fanatique. Le spectacle des guerres de religion le ramène, il est vrai, par moments au souvenir de la croisade, et son imagination parfois se préoccupe de l'Orient. Mais c'était là pensée de gentilhomme qui ne veut pas oublier que ses aïeux ont vu la Terre-Sainte; pensée de poète qui cherche dans les grandeurs du passé de brillantes analogies qui couvrent les tristesses du présent. Ce n'était nullement ferveur de catholique et renaissante furie de vieux ligueur. Loin de là, Malherbe semble n'avoir rapporté des expériences de sa jeunesse qu'une sorte d'indifférence religieuse. C'est le malheur des guerres de religion de laisser le doute et l'indifférence après elles. Il en fut ainsi pour Malherbe; nous citerons en témoignage quelques anecdotes de sa vie.

Lorsqu'en 1614 s'ouvrirent à Paris ces états-généraux qui, tout impuissants qu'ils furent, essayèrent à plusieurs reprises de poser les prémisses de ceux de 1789, les évêques ayant menacé de mettre la France en interdit, comme M. de Bellegarde faisait mine de trembler : « Eh bien ! lui dit Malherbe, tant mieux pour » vous ! quand vous serez noir comme les excommuniés, » vous n'aurez plus besoin de vous peindre la barbe et » les cheveux. »

Un jour, de compagnie avec Racan, il était allé voir aux Chartreux un certain père Chazerey. On voulut, avant de les introduire, que chacun d'eux dît un *Pater,* et, cela fait, le père vint leur dire lui-même qu'il ne pouvait les entretenir. « Eh! rendez donc au moins le » *Pater!* » s'écria Malherbe.

Certain jour il prit envie à un huguenot de le convertir. Malherbe le laissa discourir tout à son aise, et quand notre homme se fut bien échauffé : « Dites-moi, » lui répliqua-t-il froidement, boit-on de meilleur vin à La » Rochelle, et mange-t-on de meilleur blé qu'à Paris? »

C'est que, impatient des agitations auxquelles la France était en proie, Malherbe s'était de bonne heure réfugié dans l'idée du pouvoir, pensant y trouver quelque repos. Aussi lui arrivait-il souvent de dire qu'un bon sujet ne doit avoir de religion que celle de son prince, ajoutant d'ailleurs qu'il ne fallait point se mêler de la conduite d'un vaisseau où l'on n'est que simple passager.

Ces deux mots donnent à la fois la mesure de sa conviction religieuse et le secret de sa conduite politique. Cependant il accomplissait avec régularité ses devoirs de chrétien, ne pensant pas, disait-il, que Dieu fît un paradis tout exprès pour lui, et voulant aller où les autres allaient.

Le recueil de Malherbe ne nous offre qu'un petit nombre de pièces qui datent de son séjour en Provence. Il ne faut cependant pas compter parmi ses coups d'essai le poème des *Larmes de saint Pierre,* quoiqu'il remonte jusqu'à l'année 1587. Il y a dans cette imitation d'un fort mauvais original une vigueur de versification, une franchise d'allure qui accusent un talent long-temps exercé : vous y trouvez aussi de ces vers dont la grace mélancolique trahit l'ame blessée du père sous les patientes études de l'écrivain :

> Ce furent de beaux lis qui....
> Devant que d'un hiver la tempête et l'orage
> A leur teint délicat pussent faire dommage,
> S'en allèrent fleurir au printemps éternel.

En 1599, un ami de Malherbe, François Duperrier, perdit sa fille unique ; la mort de cette jeune fille mit en émoi les poètes de la Provence. De tous les chants qu'elle inspira, un seul nous est venu, ces admirables stances de Malherbe. Voici plus de deux siècles que les étrangers vont visiter à Aix la maison, encore debout, où Marguerite Duperrier ne vécut que *l'espace d'un matin, ce que vivent les roses !*

L'année suivante, 1600, Marie de Médicis vint régner en France. Duperrier se souvint alors de celui qui avait fait ses larmes immortelles ; il présenta son ami à la jeune reine, et celui-ci célébra la bienvenue de Marie par de magnifiques strophes, desquelles date, il faut le dire, le véritable avénement de notre poésie lyrique. Toute la France du midi s'émut en écoutant cette langue déjà plus française qu'elle-même.

Le nom de Malherbe était grand de ce côté, mais il était encore inconnu à la France du nord : elle vint d'elle-même au-devant de sa renommée. Dans un voyage que Henri IV fit à Lyon', il demanda au cardinal Duperron s'il ne faisait plus de vers. Le cardinal répondit qu'il ne fallait point que personne s'en mêlât après un certain gentilhomme de Normandie, habitué en Provence.

Ce gentilhomme, c'était Malherbe.

Comment Henri IV ignorait-il encore le nom de celui qui, dès 1596, lui avait adressé, sur la prise de Marseille, une ode animée certes d'une tout autre inspiration que les vers chantés à Paris ? Peut-être à cette époque la rancune de Sully empêcha-t-elle le nom du poète d'arriver aux oreilles de Henri IV. Malherbe d'ailleurs ne venait que rarement à Paris, et seulement lorsque ses affaires l'y appelaient. Ces affaires, c'était un procès qu'il eut avec son frère, et qui dura toute sa vie. Comme on le lui reprochait un jour : « Et avec qui voulez-vous » que je plaide ? » répondit-il ; « avec les Turcs et les » Moscovites ? Je n'ai rien à partager avec eux. » Molière, qui prenait son bien partout, a pourtant oublié ce mot-là.

Cette fois Henri IV retint le nom de Malherbe. Il en

parla à Désivetaux, qui, à plusieurs reprises, offrit de le faire venir; mais Henri IV sentait que c'était une pension à donner, et il avait peur de Sully. Il s'inquiétait bien un peu de laisser si loin de lui une des renommées de son règne. Le roi gascon aimait la gloire, et il savait bien que les belles actions deviennent plus belles en passant par la bouche des poètes. Pour alléger les impôts, il avait Sully qui mettait l'ordre en ses finances; Sully suffisait au roi, mais au héros il fallait aussi le poète; et puis, hélas! faut-il le dire? Henri, qui n'était plus jeune, se serait volontiers accommodé d'un courtisan qui, ayant des vers prêts en toute rencontre, tout haut servirait sa gloire, tout bas ses amours.

En 1605, Malherbe vint à Paris. Désivetaux le dit au roi, qui le voulut voir; l'entrevue fut favorable à l'un et à l'autre. Il y avait de l'Henri IV dans Malherbe. Lui aussi il venait, après des guerres civiles littéraires, pacifier les intelligences; il venait annoncer Corneille, comme Henri IV Louis XIV. Ces deux hommes eurent l'air de se comprendre au premier coup d'œil; et, comme les qualités étaient communes entre le roi et le poète, l'égalité bannit l'étiquette, la royauté gasconne devina la royauté normande.

Le roi de France allait partir pour le Limousin, où quelque chose remuait. Ce voyage fut le premier sujet qu'il offrit à la verve de Malherbe. Celui-ci s'en acquitta si bien que le roi le retint à son service; mais craignant encore Sully, il chargea de sa reconnaissance son écuyer, le duc de Bellegarde : celui-ci fit bonne mine au protégé du roi, le prit chez lui, lui entretint un domestique et un cheval, et lui donna 1,000 fr. d'appointements. Malherbe prit le titre de gentilhomme ordinaire de la chambre; ce ne fut qu'à la mort de Henri IV, qu'ayant reçu de la reine une pension de cinq cents écus, il cessa d'être à la charge du duc de Bellegarde. Ce fut aussi, je crois, tout ce que lui valut la faveur des grands; car il se plaignait souvent de n'être pas riche,

et Désivetaux avait coutume de dire qu'il demandait l'aumône, le sonnet à la main. Si le mot était piquant, le reproche n'était pas juste. « Si je n'ay autre avan-
» tage, écrit Malherbe à Racan, pour le moins ay-je ce-
» luy de n'être point venu à la cour demander si l'on
» avoit affaire de moi. » — Il avait écrit plus haut : « J'ai le courage d'un philosophe pour les choses su-
» perflues ; pour les nécessaires, je n'ay autre sentiment
» que d'un crocheteur. Il est aisé de se passer de confi-
» tures ; mais de pain, il en faut avoir ou mourir. »

Henri IV fit son entrée à Paris en 1594, Malherbe en 1605.

Henri IV avait mis la paix dans la société, il restait à l'établir dans les mots : ce fut l'œuvre de Malherbe. Ses amis se divertirent à le surnommer le tyran des mots et des syllabes ; il en fut plutôt le législateur. Comme poète, sa place est belle encore ; comme orga-nisateur de la langue, elle est plus haute.

Au bon sens pratique du génie gaulois Henri IV était venu mêler la vivacité gasconne, et de ce mélange était né, après l'apaisement de la guerre civile, ce qu'au-jourd'hui nous appelons l'esprit français. Malherbe es-saya de le naturaliser dans les livres.

Lorsqu'il vint se fixer à Paris, le désordre était grand au pays de poésie. L'école de Ronsard, avec la géné-reuse imprévoyance de l'innovation, avait jeté dans la langue littéraire une foule d'expressions grecques et latines, de tours nouveaux, d'allures inaccoutumées. Régnier, libre écolier de cette réforme poétique, avait bien senti le besoin, pour rester français, de retremper son génie satirique aux sources limpides du gaulois de Marot ; mais le genre dans lequel il s'exerçait ne tenait pas en poésie un rang assez haut pour avoir sur le mouvement des esprits une vaste influence. Régnier serait demeuré une merveilleuse exception dans l'his-toire de notre littérature, et l'école de Ronsard, pro-

longeant son règne, eût ajourné long-temps encore l'a-
vénement de la véritable langue de France.

Malherbe *vint* donc fort à propos pour discipliner à
la française cette armée de mots de tout âge et de toute
contrée. Par un heureux hasard qui rendit sa réforme
décisive, il porta cette limpidité de la pensée et cette
propriété de l'expression dans le genre le plus élevé,
dans celui où le poète, échappant par le droit de l'inspiration aux conditions de l'idiome vulgaire, a plus de
facilité à corrompre une langue qui vient de naître. Il
se rencontra un poète lyrique assez maître de son enthousiasme pour rompre brusquement avec toute forme
qui lui parût hostile au génie de notre langue. C'est
plaisir de le voir faire ; il met en pièces la grande
phrase latine où s'émoussait la vivacité de l'esprit français ; il revise, il exclut, il admet. N'ayez crainte ; le
génie des écrivains originaux saura bien où retrouver
les bons épis que le souffle de Malherbe disperse pêle-
mêle avec la paille stérile. Molière et La Fontaine ne
seront pas en peine de savoir où reprendre le mot naïf
et le tour gaulois. Saint-Simon ne perdra pas beaucoup
de temps à chercher le secret perdu de cette admirable
phrase qui embrasse si largement et revêt, pour ainsi
dire, avec tant de richesse et d'ampleur tous les mem-
bres de la pensée. Ce qu'il fallait à l'époque de Malherbe,
ce n'était pas une langue pour les hommes de génie,
qui ne sont jamais embarrassés pour se créer la leur ;
ce qu'il fallait, c'était une langue pour tous, une langue
pour la France : et si Malherbe a voulu la faire claire,
limpide et concise, convenons qu'il y a merveilleuse-
ment réussi. Cette langue une fois faite, il l'appliqua à
la poésie, mais à la façon de ces dialecticiens habiles
qui, peu soucieux de la vérité en elle-même, n'abor-
dent la métaphysique que pour essayer leur méthode.
Quand Malherbe s'avise d'être poète, béni soit Dieu !
Mais sa grande affaire, c'est la langue ; il y mit tout
son génie. C'était faire le titre de grammairien presque

aussi beau que celui de poète ; car c'était fonder en Europe la royauté de la langue française.

Malherbe se dévoua donc à cette œuvre de réforme avec la même ferveur d'enthousiasme qu'un autre eût fait à la poésie. Un autre idéalise ses passions ou met son âme aux prises avec elles ; un autre cherche dans l'inspiration un refuge contre les désolantes réalités de la vie : Malherbe, grammairien indépendant et chevaleresque, faisait métier de poésie. Henri IV n'eût rien obtenu de lui contre le droit du langage ; mais des vers pour ses amours, Malherbe ne lui en refusa jamais. Il pouvait tout à son aise, pour me servir de la spirituelle expression d'une femme, envoyer ses pensées au rimeur : elles prenaient entre les mains de Malherbe une grace vraiment royale. C'est pitié de voir un poète prêter ainsi la poésie aux passions de son maître ; c'était bien assez déjà que le fol amour de Henri IV pour la princesse de Condé fût une tache à la mémoire du bon roi, sans que pareil souvenir vînt souiller aussi le nom de Malherbe.

On voit par là quelle idée peu élevée il se faisait de la poésie. Elle lui semblait bonne tout au plus *pour le plaisir des oreilles*, et pour lui un poète n'était pas plus utile à l'État qu'*un joueur de quilles*.

Henri IV avait fait de la cour de France une cour gasconne ; Malherbe, le mot est de lui, essaya de la *dégasconner*.

Ses façons quelque peu hautaines et sentant leur homme de bonne maison, le mépris superbe qu'il avait apporté de Provence pour les disciples de Ronsard, et qu'il manifestait en toute occasion, lui attirèrent peu à peu la haine de l'école. On se demandait quel était ce nouveau venu qui s'en venait ainsi censurer les plus hautes renommées, et insensiblement il se formait une sorte de *ligue* contre ce huguenot de la poésie. Régnier lui-même, que l'élévation de son génie avait fait d'abord l'ami de Malherbe, passa dans le camp de ses ennemis, et voici à quelle occasion :

Régnier, neveu de Desportes, un de ces poètes continuant Ronsard avec une décence et une retenue qui laissaient trop souvent regretter la fougue et la hardiesse du maître, mena certain jour le lyrique dîner avec lui chez son oncle. On était à table, et le potage était servi. L'abbé se leva et offrit galamment à Malherbe d'aller lui chercher dans sa chambre un exemplaire de ses Psaumes. « Laissez, dit Malherbe, je les connais, » et j'aime mieux votre potage. » — Desportes reprit sa place sans mot dire. Le repas s'acheva en silence; on se sépara froidement, et Régnier s'en alla faire la belle satire qui commence par ce vers :

> Rapin, le favori d'Apollon et des Muses, etc.
>
> SATIRE IX.

C'est une éloquente invective contre Malherbe et son école; c'est en même temps le tableau le plus animé que nous ayons de la situation des deux écoles rivales, et un commentaire de cette satire serait l'histoire complète de la poésie de l'époque.

Pour résister à la ligue qui le menaçait, Malherbe, de son côté, se mit à compter ses disciples.

Mais avant d'assembler les élèves autour de lui, entrons un moment chez le maître. Il avait alors cinquante ans. C'était un homme grand et bien fait, l'œil fier et la moustache retroussée, quelque chose d'impérieux dans sa parole et de brusque dans ses mouvements, un air de puritain dans toute sa personne. Peu prodigue de phrases, il avait d'ailleurs la voix sourde et articulait mal. « Je suis, disait-il gaiement dans la » langue de Rabelais, je suis de *balbut en balbutie*. » Mais il ne voulait pas qu'autre que lui le remarquât. Racan s'excusant un jour de n'avoir pas entendu ses vers, parce que, disait-il, il en avait mangé la moitié : « Mordieu! ils sont bien à moi, dit Malherbe, et si vous » me fâchez, je les mangerai tous! »

Son logis était simple et austère comme lui; c'était

b

d'ordinaire une pauvre chambre assez mal meublée. Le nombre des chaises était petit ; lorsqu'elles étaient toutes occupées et qu'il survenait un visiteur : « Atten- » dez, criait-il sans ouvrir la porte, il n'y a plus de chai- » ses ! » Ainsi délabré, ce petit logis lui plaisait. « Pour » l'hiver, écrivait-il à Racan, je suis d'avis que nous le » passions à Paris, c'est un lieu où toutes choses me rient. » Mon quartier, ma rue, mon voisinage, m'y appel- » lent et m'y proposent un repos que je ne pense point » trouver ailleurs. » Sa manière de vivre répondait à merveille à tout cela. Rien de plus frugal que son ordi- naire. Patrix lui étant arrivé un soir à l'heure du sou- per : « Monsieur, lui dit-il, j'ai toujours eu de quoi » dîner, jamais de quoi rien laisser au plat. » Un autre jour il avait invité sept de ses amis ; il leur fit servir sept chapons bouillis, parce que, les aimant tous éga- lement, il ne voulait pas, disait-il, servir à l'un la cuisse, à l'autre l'aile.

S'il lui arrivait de souper de jour, il faisait fermer les volets et allumer les bougies : « Autrement, disait-il, je » croirais dîner deux fois. » Il avait pris à son service un valet auquel il donnait dix sous par jour et vingt écus de gage ; lui arrivait-il de le prendre en faute, il lui disait : « Mon ami, offenser son maître, c'est offenser » Dieu ; et quand on offense Dieu il faut, pour en obtenir » pardon, jeûner et faire l'aumône. C'est pourquoi je rè- » tiendrai cinq sous sur votre dépense, que je donnerai » aux pauvres à votre intention pour l'expiation de vos » péchés. » Ses habitudes avaient la même originalité. « Le froid, disait-il, est pour les pauvres et les sots ; » et comme il n'était ni l'un ni l'autre, il s'affublait d'une telle quantité de paires de bas que, pour ne pas en mettre à une jambe plus qu'à l'autre, à chaque bas qu'il chaussait il jetait un jeton dans une écuelle. Ra- can, l'ayant un jour surpris à cette besogne, lui con- seilla de placer à ses bas une lettre de soie de couleur différente, et de se chausser par ordre alphabétique.

L'expédient plut à Malherbe, qui le mit aussitôt en œuvre, et le lendemain, jour assez froid, ayant quelque part rencontré son disciple, du plus loin qu'il l'aperçut : « Ah! mon ami, s'écria-t-il, j'en ai jusqu'à l'*L !* » Il se chargeait aussi de chemisettes ; puis il mettait sur sa fenêtre quelques aunes de frise verte, et disait : « Il » m'est avis que ce froid s'imagine que je n'ai plus assez » de frise pour faire encore des chemisettes ; je lui mon- » trerai bien que si. » Et quand le froid devenait trop vif, il ôtait du feu avec colère ses chenets, surmontés de satyres barbus, en disant : « Voyez un peu ces gros » joufflus qui se chauffent là tout à leur aise, tandis que » je meurs de froid ! »

Quels étaient maintenant les bienheureux disciples admis à ces conférences que chaque jour Malherbe tenait dans sa petite chambre ? Plusieurs d'entre eux échangèrent depuis l'humble chaise qu'ils y occupaient contre le fauteuil de l'Académie.

C'était d'abord un jeune page que Malherbe trouva chez le duc de Bellegarde, où *il se mêlait de rimailler*, Honorat de Beuil, marquis de Racan, né en 1589 sur un rocher de Touraine, dont le souvenir le fit une fois grand poète.

C'était le peintre Dumoutier, le même, je crois, à qui nous devons tant de portraits historiques.

C'était Yvrande, gentilhomme breton, page de la grande-écurie, dont la renommée tout entière est restée ensevelie dans le recueil des *ana* du temps.

C'était encore de Touvant, qui n'était pas *grand'chose*, disent les Mémoires, mais que Malherbe jugeait propre à la poésie.

Il ne faut pas oublier Colomby, un Normand, parent de Malherbe, qui recevait tous les ans douze cents écus pour exercer la charge singulière d'orateur du roi pour les affaires d'État. N'oublions pas surtout Maynard, esprit facile et délicat, dont les sonnets, pour avoir de la grace, ne valent pas toutefois de *longs poèmes*.

Un grand critique de nos jours a représenté avec cette verve pittoresque qu'on lui connaît les derniers disciples de Ronsard groupés ou plutôt rangés en bataille autour de la gigantesque édition de mademoiselle de Gournay. Ce fut aussi autour d'un Ronsard que Malherbe convoquait ses élèves; mais ce Ronsard, il en avait effacé la moitié; et comme on lui demandait s'il approuvait ce qu'il n'avait pas effacé : « Pas plus que le » reste, répondait-il. — On pourrait le croire après votre » mort, dit Colomby. — C'est vrai! » dit Malherbe, et tout fut effacé. Pauvre Ronsard! il ne lui manquait plus que d'aller tomber des mains de Malherbe dans celles de Boileau. Aujourd'hui que la nationalité de notre langue est sauvée, remercions M. Sainte-Beuve d'avoir été pieusement recueillir les belles inspirations de Ronsard jusque sous les ratures de Malherbe.

Veut-on savoir jusqu'à quel point Malherbe était jaloux de l'autorité qu'il exerçait dans son école? Un bonhomme d'Aurillac, où Maynard était président, s'en vint un soir frapper à la porte du cénacle, demandant si monsieur le président n'y était pas. « De quel pré- » sident me parlez-vous? dit brusquement le maître en » se levant, il n'y a que moi qui préside ici. »

Pour rendre plus docile à ses leçons l'esprit de ces honnêtes gentilshommes, il leur disait que c'était folie de vanter sa noblesse; et, de peur que le marquis de Racan ne fût tenté de lui remontrer quelque chose, et de l'interpeller du haut de son donjon de Touraine, il ajoutait, s'adressant à lui, que plus cette noblesse était ancienne, plus douteuse elle était.

Il serait ridicule de voir dans l'école de Malherbe une sorte de sénat souverain institué pour fonder une constitution grammaticale et poétique, une Sorbonne littéraire établie pour résoudre les cas de conscience en poésie. Non, c'était simplement une réunion d'esprits sages et éclairés assemblés pour deviser entre eux du droit d'initiative de l'écrivain en fait de langage, et de

l'autorité constitutionnelle du génie. L'œuvre linguisti-
que de Malherbe n'est pas un ensemble de lois et d'or-
donnances, et à ceux qui lui conseillaient d'écrire une
grammaire, il répondait fièrement qu'on n'avait qu'à
lire sa traduction du trente-troisième livre de Tite-Live.
Ses oracles se formulaient au hasard, selon le moment,
en critiques ou en conseils, le plus souvent en brusques
saillies et en bons mots. Lui demandait-on son avis sur
la légitimité de quelque mot, il renvoyait aux croche-
teurs du Port-au-Foin. A part le tour comique du conseil, Malherbe, par cette boutade, ne traçait-il pas net-
tement à la langue, qui pliait sous le poids des stériles
conquêtes de Ronsard, la voie toute nationale qu'elle
devait suivre? N'était-ce pas aussi la défendre des funestes importations du pédantisme que de proscrire
les vers latins dont les érudits de l'époque inondaient
le Parnasse, comme on dit? — « Ah! disait souvent
» Malherbe, si Virgile et Horace revenaient, comme ils
» donneraient le fouet à Bourbon et à Sirmond! » Ne
croyez pas cependant qu'il eût les anciens en grande
vénération. L'inspiration pindarique n'était pour lui
que du galimatias. Ronsard lui avait gâté Pindare, et
je crois, Dieu me pardonne! que son dédain pour les
vers latins atteignait Virgile lui-même, derrière Sirmond. Stace lui plaisait mieux. Il s'indignait de s'entendre objecter sans cesse les vieilles renommées. Si
on lui reprochait d'avoir altéré le sens de quelque passage de David: « Suis-je donc, répondait-il, le valet de
» David? J'ai bien fait parler le bonhomme autrement
» qu'il n'avait fait. » Son mépris pour l'érudition allait
jusqu'à la moquerie. « M. Gaumin a retrouvé la langue
» punique, lui dit quelqu'un un matin, et il a traduit le
» *Pater* en carthaginois. — Le *Pater!* dit Malherbe,
» eh bien! voici le *Credo;* » et il se mit à proférer des
mots sans suite.

 « Lisez les livres imprimés, disait-il encore à Cha-
pelain, et ne dites rien de ce qu'ils disent. » Il y a dans

b.

ce mot quelque chose de mieux qu'une boutade; il y a
le sentiment profond de l'originalité individuelle; et
qu'on ne s'y trompe pas, Malherbe a bien aussi son
originalité comme écrivain. Elle est, si on le compare
aux poètes qui l'ont précédé, dans la clarté de son
langage. Il était arrivé à cette pureté de l'expression à
force d'étude et de labeur. « Quand on a fait cent vers
» et deux feuilles de prose, disait-il, il faut se reposer
» dix ans. » On raconte qu'il employa une demi-rame
de papier à corriger une seule stance. C'est celle qui
commence par ce vers :

> Comme en cueillant une guirlande, etc.

Il lui arriva certain jour qu'ayant composé une ode
pour consoler le président de Verdun de la mort de sa
femme, lorsqu'il lui porta son ode, il le trouva rema-
rié. Le président était un homme grave et qui avait
religieusement attendu la fin de son deuil. Mais le poète
avait mis trois ans à faire son ode. Certes, ce n'est pas
nous qui prêcherons aux poètes le mépris des longues
veilles; nous savons tout ce que le style emprunte à la
correction de grace élégante et de durable fermeté. Mais
à côté, mais avant l'art qui achève l'œuvre, il y a, surtout dans la poésie lyrique, l'inspiration qui la produit
d'un jet libre et spontané. L'art, c'est le héros barbare
qui, pour le rendre plus fort, plonge dans l'eau glacée
du fleuve l'enfant qui vient de naître; l'inspiration, c'est
la mère qui l'enfante dans un moment de sublime
douleur.

Malherbe composait rarement. Il fallait, pour l'arracher à sa paresse, quelque grande et tragique aventure. Louis XIII s'apprête-t-il à partir pour La Rochelle, Malherbe aussitôt se souvenant qu'il a été
ligueur, trouvera dans son humeur guerrière ces fermes et héroïques strophes qui sont dans toutes les mémoires. Le couteau d'un misérable s'est-il brisé sur les

dents de Henri IV, Malherbe s'écrie avec une sainte
colère :

«   Que direz-vous, races futures ? etc.

et son ode, répétée par toute la France, où elle ajoute
encore à l'indignation publique, s'en va dans Château-
Thierry éveiller le génie de La Fontaine. Le Bonhomme, en l'écoutant, se crut un moment poète lyrique : *Il pensa me gâter*, écrivait-il plus tard ; puis il
retournait à ses fables.

Malherbe avait de piquants procédés de composition.
Vous savez la charmante élégie qui commence par ce
vers :

     Que d'épines, amour, accompagnent les roses !

Je vais peut-être vous la gâter. Mais voici ce qu'à ce
sujet les contemporains ont raconté. Racan entra un
matin chez son maître et le trouva qui comptait cinquante sous. Il mettait ensemble dix sous, puis dix,
puis cinq, puis dix encore, et encore dix et cinq encore.
« Qu'est ceci ? dit Racan étonné. — C'est, dit Malherbe,
» que j'avais certaine stance dans la tête, où il y a deux
» grands vers et un petit, puis deux alexandrins encore
» et un autre demi-vers. » Et le bonhomme traçait tout
simplement le plan stratégique de sa stance. Je ne
m'étonne plus que Balzac ait dit quelque part que
Malherbe traitait les affaires du gérondif et du participe
comme celles de deux puissants peuples.

On demandait un jour à Malherbe pourquoi il ne
faisait pas d'élégies. — « C'est, répondit-il, que je fais
» des odes. » S'il se fût arrêté là, la réponse était d'un
critique et d'un poète. Mais il ajouta par malheur :
« Et on doit croire que qui saute bien pourra bien mar-
».cher. » Ceci n'est plus que ridicule. La critique véritable ne reconnaît pas d'hiérarchie parmi les genres,
et croit à la fatalité des vocations spéciales.

Toutes ces anecdotes expliquent à merveille le caractère du talent de Malherbe, et font admirablement com-

prendre à combien de titres il était fait pour la mission
qu'il s'imposa. La voie qu'il s'était tracée à lui-même,
il y poussait avec ardeur tous ses disciples.

Celui de tous qu'il préférait, c'était Racan. Il le nommait son fils, et Racan appelait Malherbe son père. Mais
Racan, génie facile et négligé, se souciait peu de la
correction sévère de son maître, qui souvent le traitait
d'hérétique. Il y avait alors par le monde un autre jeune
homme qui, aussi bien que Racan, eût mérité d'être le
disciple bien-aimé de Malherbe ; Malherbe avait dit de
lui : « Ce jeune homme ira plus loin pour la prose que
» personne n'a encore été en France. » Je veux parler
de Balzac, le Malherbe de la prose. Deux hommes ont
mérité de rester debout sur le seuil du grand siècle :
Balzac et Malherbe.

J'ai dit que l'autorité de Malherbe ne fléchissait devant aucune volonté. En voici des exemples. Il nommait le pays d'*Adiousias* les contrées situées au delà
de la Loire, où l'on se servait de ce mot pour dire
adieu ; et celui d'en deçà, il le nommait par la même
raison le pays de *Dieu vous conduise* Or, entre gens
des deux pays s'émut le débat de savoir s'il fallait dire
un cuiller, comme les uns, ou une cuillère, comme
les autres. Le mot est féminin, disaient ceux-ci ;
donc il lui faut une terminaison féminine. Mais, répli-
quaient les autres, *perdrix* est aussi féminin, et sa terminaison est néanmoins masculine. Henri IV et le duc
de Bellegarde, tous deux du pays d'*Adiousias* et tenant
pour cuillère, s'en vinrent trouver Malherbe. Malherbe
recommença comme d'habitude par les envoyer au Port-
au-Foin. Mais comme Henri ne paraissait pas se rendre
de bonne grace : « Sire, ajouta Malherbe, vous êtes le
» plus absolu roi qui ait jamais gouverné la France, et
» avec tout cela vous ne sauriez faire dire de deçà la
» Loire une cuillère, à moins que de faire défense, à
» peine de cent livres d'amende, de la nommer autre-
» ment. » Le panache d'Ivri recula en cette rencontre.

Mais, ce qu'il y a de piquant, c'est qu'entre le poète et le roi, la postérité semble avoir décidé en faveur du roi.

A quelques jours de là, Bellegarde eut son tour : il s'avisa un beau matin d'envoyer demander à Malherbe quel était le meilleur de *dépensé* ou de *dépendu*. « *Dépensé* » est plus français, répondit-il, mais *pendu* et ses com- » posés vont beaucoup mieux aux Gascons. »

Il ne s'épargnait pas lui-même dans ses critiques. Lorsqu'il lisait à ses amis quelque production impar- faite de sa jeunesse : « Ici, disait-il, je *ronsardisais.* » Mademoiselle de Gournay reprochait plus tard à Racan de *malherbiser*. Le maître ne voulait pas cependant qu'on s'autorisât toujours de son exemple, et un jour que Racan le citait lui-même : « Eh bien! dit-il, si je » fais une sottise, est-il juste que vous en fassiez une » autre ! »

Cette verve mordante de Malherbe ne se bornait pas à ses amis. Henri IV étant venu un jour lui montrer tout triomphant la première lettre que le dauphin lui eût écrite, Malherbe, qui cependant aimait assez ses enfants pour comprendre la joie d'Henri IV, se con- tenta de demander si le prince avait nom Loys, car c'était ainsi qu'il avait signé. Il lui fallut désormais si- gner Louis, et notre homme allait disant partout que si le roi se nommait Louis XIII, c'était à lui qu'on le devait.

Voyez un peu jusqu'où le menait ce dévouement à la bonne langue. Si quelque pauvre lui disait : *Mon noble gentilhomme*, au lieu de mettre plus vite la main à sa poche : « Si je suis gentilhomme, je suis noble, » répondait-il brusquement, et il continuait son chemin, croyant sans doute que sa leçon pouvait passer pour une aumône.

Sa justice était quelquefois peu obligeante. Un prési- dent ayant fait placer au-dessus de sa cheminée je ne sais quelle sotte devise : « Que vous en semble? » dit-il

au poète ? — « Il ne fallait, dit l'autre, que la mettre un
» peu plus bas. »

Cette dureté de ses jugements littéraires, il la portait
trop souvent aussi dans ses relations avec le monde. Il
s'en revenait un soir de chez M. de Bellegarde. Saint-
Paul, un de ses parents, l'arrêta pour lui conter quelque
misère. « Adieu, adieu, lui dit-il, vous me faites brûler
» là pour cinq sous de flambeau, et ce que vous me dites
» ne vaut pas un carolus. »

Un sot lui fit avec emphase l'éloge d'une dame qui
était présente, et finit par dire en la désignant de la
main : « Voilà, monsieur, ce qu'a fait la vertu. »
Malherbe promena les yeux sur la compagnie, et, aper-
cevant la connétable de Lesdiguières : — « Voilà, dit-il,
» ce qu'a fait le vice. » Ce mot résume avec un laconisme
effrayant le chapitre de Tallemant des Réaux qui porte
en tête le nom de cette dame.

La misanthropie de Malherbe n'allait pas seulement
aux vices de son temps, elle embrassait l'humanité tout
entière : « Ne voilà-t-il pas un beau début ! disait-il
» après avoir raconté la mort d'Abel ; ils ne sont que trois
» ou quatre au monde, et ils s'entre-tuent déjà. Après
» cela que pouvait espérer Dieu des hommes pour se
» donner tant de peine à les conserver ? »

On doit bien penser que le ligueur se trahissait encore par moments sous la rude écorce du réformateur.
Il y a de lui des mots qui le décèlent. Cette princesse
de Condé, si ridiculement aimée par Henri IV, accoucha
de deux enfants morts au bois de Vincennes, où elle
était allée s'enfermer avec son mari. Beaucoup s'en
affligeaient. « Ne vous souciez que de bien servir, leur
» disait Malherbe, les maîtres ne vous manqueront
» pas. »

Il y avait aussi chez lui de cette haine que les aris-
tocraties ont toujours eue pour les favoris de bas lieu.
Madame de Bellegarde se trouvant à la messe un jour
que Malherbe venait la voir : « Eh ! qu'a-t-elle à de-

» mander à Dieu, s'écria-t-il, après qu'il a délivré la
» France du maréchal d'Ancre? »

Il ne traita pas mieux le duc de Luynes ; au moins
ne fallait-il pas lui offrir en termes si magnifiques la traduction d'un livre retrouvé de Tite-Live.

Jeté au milieu d'une cour galante, et ayant, lui aussi,
sa cour, qu'il rudoyait à la Henri IV, il voulut, comme
le roi, avoir des maîtresses. Il ne portait d'ailleurs dans
l'amour ni délicatesse, ni poésie ; et s'il enviait quelque
chose au vieux duc de Bellegarde, ce n'était pas,
disait-il, sa duché-pairie. Ses mots les plus gracieux,
en fait de galanterie, ont un arrière-goût de volupté
sensuelle : « Dieu, disait-il, qui s'est repenti d'avoir
» fait l'homme, ne s'est jamais repenti d'avoir fait la
» femme. » Il a écrit quelque part : « Il est malaisé que
» je n'aye dit devant vous ce que j'ay dit en toutes les
» bonnes compagnies de la cour, que je ne trouvois que
» deux belles choses au monde, les femmes et les roses ;
» et deux bons morceaux, les femmes et les melons. »
Voici un mot qui a plus de délicatesse, c'est Tallemant
qui le rapporte :

Il était allé rendre visite à madame de Rambouillet.
Ne l'ayant pas trouvée, il s'arrêta un moment à causer
avec une jeune fille qui se trouvait là par hasard. Je ne
sais comment il arriva qu'un coup de mousquet ayant
été tiré du dehors, la balle passa près de Malherbe. Le
lendemain, madame de Rambouillet lui fit quelque
compliment à ce sujet : « Je voudrais, répondit-il, avoir
» reçu la balle ; je suis vieux, j'ai assez vécu ; et puis
» on m'eût peut-être fait l'honneur de croire que M. de
» Rambouillet l'aurait fait faire. » Ce fut lui qui donna à
la marquise ce fameux surnom d'Artémise. Qui eût dit
cependant que Malherbe serait le parrain de tout l'hôtel
de Rambouillet ?

Cette réunion se formait dès cette époque. Malherbe
y parut rarement. Ce dut être une chose piquante que
le spectacle du vieux Malherbe assistant à la naissance

de cette *précieuse* académie, que Molière heurta si rudement le jour où il la rencontra sur son chemin. Je ne
serais pas éloigné de croire que le héros du *bon parler*
eût vu sans déplaisir se former une société qui, par la
pureté de son langage, semblait devoir transmettre au
siècle qui naissait les saines traditions de sa dictature
grammaticale.

Cependant il fallut à ce dictateur une maîtresse en
titre : il jeta les yeux sur la vicomtesse d'Auchy. C'était
une jeune femme d'une beauté assez peu remarquable,
mais qui avait du goût pour les lettres, et le désir de
plaire à ceux qui les cultivaient. Elle eut aussi plus
tard son hôtel de Rambouillet. On sait tout ce que
Malherbe a écrit de vers pour la belle Calixte. Calixte,
c'est la vicomtesse d'Auchy. Le poète, dans ses lettres,
lui *baise les pieds* en toute humilité. Mais il faut se défier de ces belles assurances. Il lui écrivait un jour :
« J'ai failli, madame, j'ai failli, et failli si extraordinaire-
» ment que, si j'avais trahi mon roi, vendu mon pays,
» et généralement violé toutes sortes de lois divines et
» humaines, je ne penserais pas être coupable comme
» je suis, etc. » Cela ne ressemble pas mal à la langue
que mademoiselle de Scudéry va enseigner aux beaux
esprits du XVIIᵉ siècle. Mais ce qui sent assez peu le
Cyrus, c'est le fait pour lequel Malherbe a demandé
grace dans sa lettre. On raconte qu'ayant soupçonné la
vicomtesse d'Auchy de quelque infidélité, il alla la voir,
et que l'ayant trouvée seule sur son lit, il lui prit les
deux mains dans l'une des siennes et s'emporta jusqu'à
la frapper ; on comprend sans peine maintenant pourquoi Malherbe goûtait si peu la délicieuse poésie de
Pétrarque.

Malherbe était déjà vieux lorsqu'il perdit sa mère.
Pourquoi faut-il que nous apprenions ce fait de ses
contemporains, et que rien dans son livre ne nous laisse
voir la trace profonde que ce coup lui laissa au cœur ?
Il trouva cependant de belles et graves paroles pour

répondre au gentilhomme que lui envoya la reine-mère :
« Dites à la reine que je ne puis me revancher de sa
» bonté qu'en priant Dieu que le roi pleure sa mort aussi
» vieux que je pleure celle de ma mère. » Il avait alors
plus de cinquante-huit ans. Lorsqu'on lui parlait de
prendre le deuil : « Je suis en propos de n'en rien faire,
disait-il, car regardez le gentil orphelin que je ferais. »
Il le prit pourtant. Je raconte à regret ce triste bon mot.
Après de pareilles anecdotes on éprouve le besoin de
relire dans les *Harmonies poétiques* la pathétique élégie
qui a pour titre : *Le tombeau d'une mère*.

Malherbe n'avait guère l'instinct de la famille. Sa
femme lui survécut de quelques années. Nulle part dans
ses vers il n'est parlé de sa femme. Loin de là, toutes
les anecdotes que nous avons rapportées décèlent dans
sa manière d'être les habitudes d'une vie solitaire. Il ne
semble pas qu'il ait jamais eu besoin d'une douce compagne qui tremblât à l'idée de le savoir damné, comme
l'humble femme de Jean Racine ; ou comme le curé de
campagne, d'une bonne sœur qui l'empêche de tout
donner aux pauvres, et qui l'aide à vivre comme tout
le monde ; ou, si sa rêverie va aussi loin que celle de
La Fontaine, d'une aimable La Sablière qui ait presque
autant d'attention pour lui que pour son chat. Malherbe,
après tout, aimait sa famille. A la mort de son fils, sa
douleur fut éclatante et désespérée.

Ce fils se nommait Marc—Antoine. C'était un jeune
homme de mérite et dont les vers avaient du feu. Il
avait alors vingt-neuf ans, et était conseiller au parlement d'Aix. Pour que ce père souffrît ce qu'il regardait
comme une dérogation à sa noblesse, il avait fallu lui
prouver que M. de Foix, archevêque de Toulouse, et
allié à tous les souverains de l'Europe, était conseiller
au parlement de Paris. Le jeune homme fut tué en duel.
Tallemant dit qu'il périt assassiné dans une querelle.
Malherbe voulut se battre contre le meurtrier ; et comme
Balzac lui représentait que de Piles n'avait pas vingt—

c

cinq ans, et qu'il en avait, lui, soixante et douze :
« C'est bien pour cela, répondit-il ; je ne hasarde qu'un
» sou contre une pistole. » La famille de de Piles lui offrit
de l'argent pour l'apaiser. Il refusa d'abord avec opi-
niâtreté ; mais ses amis lui persuadèrent enfin qu'il devait accepter les dix mille écus qu'on lui offrait : « Je
» prendrai cet argent, puisqu'on m'y force, dit-il, mais je
» n'en garderai pas un teston pour moi ; j'emploierai le
» tout à faire bâtir un *mausolée* à mon fils. » C'était un
mot nouveau qu'il donnait à la poésie. Il faut croire que
ces conventions ne furent pas exécutées ; car, en en-
voyant sa belle ode à Louis XIII, qui assiégeait alors
La Rochelle, il écrivit à ce prince une longue lettre
pour éloigner le pardon royal des meurtriers de son
fils. Il fallait aussi prévenir le roi contre les menées
d'un conseiller de Provence qui prêchait en tout lieu
la vertu de ses pistoles. Cette lettre, c'est Malherbe tout
entier, avec cette fierté de naissance contre laquelle il
avait si souvent conseillé à Racan de se prémunir.
Qu'est-ce en effet que ce Cauvet, qui ose comparer la
noblesse de sa maison avec celle d'un descendant des
conquérants de l'Angleterre ? « Le fils et le neveu de
» deux hommes que beaucoup de gens ont vus arriver à
» Marseille, petits marchands, avec des balles de can-
» nelle, poivre, gingembre, raisins et autres denrées. »
Puis, après un long exposé de l'affaire et un pathétique tableau de tout le peuple d'Aix se pressant autour
du corps de la victime, et demandant à la voir une
dernière fois dans son cercueil, il termine par cette
pensée touchante : « Je ne crois pas qu'il y ait chose au
» monde que vous désiriez et qui vous soit si désirable
» comme d'être père ; vous le serez, sire, par beaucoup
» de raisons ; mais ce ne sera pas une des moindres
» que la compassion que vous aurez eue d'un père affligé
» comme je le suis. » Ces dernières paroles sont belles et
grandes. On voudrait croire que ce vœu d'un père a
été pour quelque chose dans la naissance de Louis XIV !

Malherbe se rendit lui-même à La Rochelle. Mais
Richelieu ne lui était guère plus favorable que Sully.
Le poète, ayant voulu louer le cardinal, n'avait trouvé
rien de mieux que de rajuster en son honneur deux
strophes qu'il avait commencées il y avait trente ans.
Corneille touche à Malherbe dans la haine de Richelieu.

Malherbe donc, ne trouvant pas bon accueil auprès
du roi, en revint à l'idée de se battre. Comme il le disait tout haut à de Nesle dans la cour du logis du roi,
et que les pages en riaient, Racan le prit à part pour
le calmer; mais il n'en put tirer autre que la réponse
déjà faite à Balzac. Le vieux poète, mal accueilli de la
jeune cour, s'en revint tristement à Paris, ayant au
cœur le germe de la maladie dont il devait mourir cette
même année, 1628. Sa fin ressembla au reste de sa vie.
Plus d'une fois ses yeux mourants cherchèrent Racan à
ses côtés. Mais il l'avait laissé à La Rochelle, où il commandait les gendarmes du maréchal d'Effiat.

Lorsqu'on lui parla de se confesser (c'est Yvrande
qui le racontait à Racan), il répondit qu'il n'avait l'habitude de le faire qu'à la Toussaint; et comme on lui
représenta qu'il avait toujours fait comme les autres, et
que les autres se confessaient avant de mourir : — « Je
» veux donc aussi me confesser, répliqua-t-il, je veux
» aller où vont les autres. » Il envoya querir le vicaire de
Saint-Germain-l'Auxerrois.

Une heure avant de mourir, il se réveilla tout à coup
en sursaut. Il n'avait pas entendu, comme Mirabeau,
le canon qui annonçait les funérailles d'Achille; c'était
tout simplement sa garde qui se servait d'un mot im-
propre. On lui recommanda de se tenir en repos :
« Laissez, dit-il, je maintiendrai jusqu'au bout la pu-
» reté de la langue française. » Ce furent à peu près ses
dernières paroles. Elles résument toute sa vie.

Placé entre les aventureux disciples de l'école de
Ronsard et les pacifiques créateurs du grand siècle,
Malherbe parut comprendre qu'à cette littérature qui

allait naître d'une ère moins orageuse dans sa grandeur
que l'âge qu'il voyait finir, il fallait une langue. Ce fut
sa gloire d'avoir créé cette langue. Son tort fut de
croire qu'une langue était à elle seule toute une poésie.
Mais ainsi va l'esprit humain. On n'est fondateur qu'à
la condition d'abaisser toute idée devant celle que l'on
édifie, et de ne reconnaître à l'édifice d'autre base que
la pierre que l'on a posée. Né à une époque où il
y avait encore quelque chevalerie dans les âmes, il
semble que Malherbe ait cherché autour de lui en
l'honneur de qui il ferait la veille des armes, et que,
voyant cette pauvre langue de France en proie aux
téméraires innovations de Ronsard, il en ait eu pitié,
et se soit dévoué à la servir.

Si l'avenir revise avec quelque sévérité la gloire poétique de Malherbe, du moins fera-t-il immense la part
de son heureuse influence sur la langue. Après lui et
par lui, les grands poètes de l'âge suivant ont pu im-
punément oser les hardiesses de leur génie. Il y a plus :
de nos jours, où l'esprit humain a si justement reven-
diqué sa liberté, que de fois les limites posées à la
langue par Malherbe ont défendu contre leurs propres
excès de nobles imaginations qui, si elles n'eussent
rencontré cette digue, au lieu de féconder le champ de
l'art, auraient stérilement jeté au vent de précieuses
facultés !

ANTOINE DE LATOUR.

MALHERBE

COMMENTÉ PAR ANDRÉ CHÉNIER.

LETTRE

A MADAME LA COMTESSE DE RANC.....

MADAME,

Les règles les plus vulgaires de l'art s'opposent, vous le savez, à ce qu'on rapproche sans précaution, fût-ce dans un ouvrage écrit familièrement, des pensées ou même de simples formes de style qui auraient entre elles une ressemblance trop marquée. Je me garderai donc bien de reproduire ici, quoiqu'il s'agisse encore d'une heureuse rencontre, les transports de joie que vous avez excusés tout récemment dans l'histoire de ma petite Imitation de Jésus-Christ [1]. Je ris d'ailleurs très-volontiers

---

[1]. Ceci fait allusion à une lettre, également adressée à madame la comtesse de Ranc..., et insérée dans la *Revue de Paris* du premier décembre 1839, sur l'histoire d'une Imitation de Jésus-Christ qui a appartenu à J.-J. Rousseau. ÉDIT.

C.

avec vous de mes faiblesses de bibliophile, mais je ne voudrais pas en trop faire rire les autres. Aussi bien y a-t-il dans cette nouvelle circonstance autre chose qu'un simple charme de l'imagination. L'ami des lettres peut y trouver son compte encore plus que le curieux de raretés bibliographiques; et la forme, quelque attachante qu'elle soit aussi en elle-même, ne vient ici qu'après le fond.

J'ai à vous entretenir, en effet, madame, d'un exemplaire des poésies de Malherbe, sur lequel se trouvent un grand nombre de notes de la main d'André Chénier. Je pourrais sans doute enfler quelque peu ici ma voix et proclamer la découverte d'un commentaire complet; car les amateurs de livres, je n'entends pas le nier, ont bien leur grain de charlatanisme tout comme les spéculateurs. Je le pourrais avec d'autant plus de raison que cette suite de notes, quoique jetées peut-être un peu au hasard sur les pages d'un livre d'étude, n'en présentent pas moins, à quelques égards, une sorte d'unité, qu'elles ne semblent pas toujours avoir été là placées comme de simples jalons destinés à éclairer les travaux personnels de l'annotateur, et, enfin, que, loin de se renfermer dans les étroites limites de la critique verbale, elles s'élèvent parfois aux plus hautes considérations de l'art. Mais je ne prendrai pourtant point sur moi, madame, de donner de ma propre autorité le titre peut-être un peu fastueux de commentaire à ce très-remarquable travail d'André Chénier. Je n'ai rien de mieux à faire, je le sens, que de me livrer ici à une courte appréciation de l'ensemble et de quelques détails de ces notes. Je veux être seulement, comme d'usage, votre rapporteur littéraire : vous et le public vous jugerez.

Je vais même entrer *de plano* dans l'examen de cette

suite d'observations ; car je ne répéterai pas, à l'occasion de quelques réflexions critiques, ce qui a déjà été
placé partout avec bien plus d'à propros. Depuis les deux
notes où, dans son immortel ouvrage, dans le livre du
dix-neuvième siècle, M. de Chateaubriand, ce juste dis-
pensateur de la gloire, annonça au monde littéraire un
grand poète de plus, on n'a rien laissé à dire sur cet in-
fortuné jeune homme que les lettres pleureront éternellement. Que serait ma faible voix après toutes les autres ?
Je restreindrai donc mes propres remarques sur l'écrivain, comme sur l'homme, à ce qui me sera suggéré par
la direction de l'espèce d'analyse que j'entreprends.

La première pensée qui frappe l'esprit, madame,
après avoir lu ce commentaire, c'est qu'il n'est pas l'œuvre d'un commentateur de profession, d'un homme qui
a pris la plume uniquement pour en initier d'autres dans
les secrets de l'art dont il est ou se croit un des maîtres.
L'on sent, dès l'abord, que c'est un poète, et un poète d'un
ordre supérieur, qui, cherchant dans un de ses pairs les
beautés dont il porte en lui le germe, témoigne tout son
enthousiasme lorsque la pensée poétique est rendue avec
bonheur, exprime son désappointement quand l'auteur
lui semble avoir failli, produit enfin son opinion person-
nelle sur les points qui peuvent être douteux. Mais ce
qui étonne le plus, madame, c'est la science, l'esprit
d'analyse, la maturité de ce commentateur de dix-neuf
ans ; car, bien que plusieurs de ces notes paraissent avoir
été faites à des époques différentes, il en est une qui
porte la date de 1784. Certes, il est plus facile, tout le
monde le sait, d'enfanter à cet âge un chef-d'œuvre que
d'écrire quelques pages empreintes d'une saine et froide
raison. Cet avantage, il faut savoir le laisser aux écrivains d'un âge plus mûr ; lorsqu'on est à la fois et jeune

et homme de génie, c'est un sacrifice qu'on peut faire
aisément.

Eh bien! parfois André Chénier se montre en même
temps, dans ses réflexions littéraires, homme supérieur
et critique d'un grand sens. Je ne veux pas dire, sans
doute, que là déjà se révèle avec éclat celui qui devait
prendre plus tard un rang si élevé dans les lettres. As-
surément, si ce commentaire se produisait aujourd'hui
sous un nom entièrement inconnu, les lecteurs ne s'é-
crieraient pas de prime abord : Voilà le sceau d'un des
premiers talents du siècle dernier. Il faut qu'en pareil
cas, comme dans toutes choses, l'esprit soit un peu préparé d'avance. Hélas! qui pourrait répondre que si les
admirables élégies, elles-mêmes, n'avaient pas porté en
quelque sorte, à leur apparition, la garantie d'un autre
grand écrivain, déjà populaire, elles eussent été appré-
ciées, du moins aussitôt, à leur véritable valeur?

Mais, averti qu'on tient dans ses mains un ouvrage
d'André Chénier, on éprouve un bonheur infini en re-
trouvant à chaque page le cachet de cette belle individualité. C'est là le mot consacré aujourd'hui, madame ;
et je confesse que, malgré l'esprit d'opposition classique,
naturel à tout ce qui n'est plus jeune, c'est un mot que
j'ai tout particulièrement adopté. J'aime passionnément,
en effet, vous le savez, à suivre dans un écrit quelcon-
que les traces de tout ce qui constitue l'existence morale
de celui dont il est comme une sorte d'émanation. J'aime
à y rechercher les qualités qui honorèrent son cœur ou
son esprit, les passions qui marquèrent sa jeunesse, enfin
jusqu'aux défauts que son temps lui reprocha. J'aime,
en un mot, à retrouver l'auteur dans son ouvrage ; aussi,
à moins de circonstances toutes spéciales, je n'ai jamais
guère compris l'anonyme dans ce qui est uniquement

production de l'esprit ; cela ne me paraît un avantage ni pour l'écrivain ni pour le lecteur.

Je ne voudrais pas, madame, pour justifier ce que j'ai dit plus haut, diminuer votre plaisir d'avance en faisant de trop longues citations. Ce n'est point ici un article de journal destiné à faire connaître ce commentaire à ceux qui sans cela ne le connaîtraient jamais. Vous le lirez, vous, bientôt, à la suite du texte même de Malherbe ; car un libraire, homme d'esprit et homme de goût, veut absolument que je l'autorise à le donner au public. Mais il m'est impossible de passer sous silence une des premières notes qui, en même temps qu'elle révèle cette douce tristesse, caractère dominant des ouvrages d'André Chénier, présente une triste analogie avec sa déplorable destinée.

Déjà une pensée de Malherbe sur de jeunes existences tranchées par une mort imprévue avait, dans *les Larmes de saint Pierre*, attiré une première fois son attention ; mais à la même pensée reproduite un peu plus loin dans ce vers :

Le soir fut avancé de leurs belles journées,

Chénier dit :

« Le même vers que j'ai noté, page 12. Peut être à
» cette source nous devons le vers divin de La Fon-
» taine :

Rien ne trouble sa fin, c'est le soir d'un beau jour

» Pétrarque a dit en un vers délicieux, par la bouche
» de Laure :

E compi mia giornata innanzi sera.

» Et moi dans une de mes élégies :

Je meurs ; avant le soir j'ai fini ma journée.

Qui ne serait profondément touché, madame, du rapprochement qui s'opère de soi-même entre ce passage et la malheureuse fin de Chénier ? Il n'est personne dont l'esprit ne se reporte alors à quelques années plus tard ; et ce vers, ainsi placé à la suite de la pensée de Malherbe, est plus frappant, selon moi, que dans l'élégie elle-même, où, se rattachant à une mort naturelle, il ne laisse plus la même liberté d'application [1].

Vous trouverez, madame, dans le cours de ce commentaire une ou deux traces des tendances mélancoliques de notre admirable poète. Mais ce qui domine tout l'ouvrage d'un bout à l'autre, c'est le soin du bon goût, de la véritable poésie lyrique et des beaux sentiments : il n'est aucun mérite de style auquel l'annotateur sacrifie de si grands intérêts :

« Cette strophe, dit-il (ode sur la Bienvenue de la
» reine Marie de Médicis), est très-élégamment écrite
» et poétiquement tournée ; mais les quatre premiers
» vers ont un sens obscène, et c'est une grande absur-
» dité. Il faut avoir bien peu de goût, de jugement, de
» bienséance, pour présenter une pareille image à une
» jeune femme qui vient se marier. Les épithalames
» antiques sont remplis de tableaux tendres, jeunes, vo-
» luptueux, mais jamais licencieux. »

André Chénier, comme je vous l'ai déjà dit, madame, avait alors dix-neuf ans.

---

1. Je dois remarquer, du reste, pour l'exactitude des dates, que cette note, à partir du mot *Pétrarque,* est d'une écriture plus récente. Il serait, en effet, trop merveilleux que la belle élégie à MM. de l'ange eût déjà existé en 1781, époque qu'une de ces notes a précisée.   (T. de L.)

Et remarquez bien que ce n'est pas à un simple sentiment pudique, assez naturel pourtant chez un jeune homme bien élevé, qu'est due cette observation : c'est la chasteté de sa muse, c'est un goût formé sur les grands modèles, qui seuls se sont ici mis en révolte, car il termine ainsi la note dont il s'agit :

« Ces peintures libertines, qui excitent les sens lors» qu'on les trouve dans une ode bachique ou dans une » priapée, choquent et déplaisent dans une occasion » comme celle-ci. »

Aussi a-t-il dit particulièrement que c'était là une *grande absurdité*. Enfin, il pousse même si loin le respect pour les convenances littéraires proprement dites, que voulant, dans une ou deux occasions, flétrir les complaisances de la muse de Malherbe pour les amours illégitimes du roi et de quelques grands, il est amené par son indignation à se servir lui-même d'une expression si énergique, d'un mot tel, que je n'oserais pas, madame, vous le répéter, même tout bas, et que c'est le seul de ce commentaire qu'on sera forcé de remplacer, à l'impression, par des points ou par une sorte d'équivalent.

Je vous ai cité ces deux notes, madame, à cause du caractère particulier qu'elles présentent, et nullement parce qu'elles auraient sur les autres la moindre supériorité. On pourrait dire, au contraire, qu'en tant que notes elles sont peut-être des moins saillantes du commentaire. Vous y en trouverez, en effet, de bien autrement développées, de bien plus savantes, de bien plus remarquables sous le rapport de la critique littéraire. Le grand poète était aussi, vous le savez, un excellent prosateur. Souvent, lorsque les observations sont un peu étendues, lorsque la matière a de l'intérêt, il s'anime et devient éloquent ; on voit bientôt qu'il n'est pas facile à un génie de cet ordre de se renfermer dans le simple rôle de commentateur.

J'ai dit plus haut l'ensemble des belles qualités qui dominent dans cette production inédite d'André Chénier ; mais je n'en ai peut-être pas suffisamment remarqué une qu'à la vérité semblent supposer les autres : je veux dire les rapprochements continuels qu'il fait avec les anciens. Il est aisé de voir que non-seulement il s'est nourri long-temps de cette excellente étude, mais qu'il la continue toujours ; car il l'applique toujours. Dans une occasion, il avait relevé avec éloge une image qu'il croyait avoir été créée par Malherbe ; quelque temps après il ajoute :

« L'image des quatre derniers vers de cette seconde » strophe n'est point moderne, comme je l'avais cru. La » voilà dans Martial, etc. »

Il est rare que la plus légère imitation lui échappe , et son opinion est que cela n'ôte rien au mérite du poète : non pas qu'il veuille que les ouvrages modernes ressemblent à une traduction des anciens, il a dit ailleurs son avis sur ce sujet ; mais il admire ces emprunts lorsqu'ils sont faits avec art. Il retrouve avec bonheur les traces des grands écrivains de l'antiquité. Il se complaît dans les reproductions des textes, et vous sentez, en vérité, jusque dans les citations, que c'est le poète qui cite le poète. Enfin, on trouve souvent ici réunies à de sages réflexions critiques, des beautés du premier jet ; nulle part on ne sent faiblir cette main si ferme , et je suis persuadé que vous penserez comme moi, madame, que c'est là un beau , un précieux travail.

Je viens de vous donner, moi, j'espère, pour mon propre compte, une bien grande preuve d'abnégation.

Je n'ai apprécié cette œuvre que d'une manière fort in-
suffisante, sans doute, d'une manière fort abrégée; mais
enfin il y a eu effort, il y a eu sacrifice; car voilà long-
temps que je vous entretiens du commentaire, du commentaire seul, et pas un seul mot encore du volume qui
le contient. Il faut pourtant bien que le bibliophile ait
enfin son tour; il faut bien que je continue ici, en ce
qui touche ce volume, la revue des livres plus ou moins
curieux que j'ai commencé de faire avec vous. Parlons
donc un peu, madame, de ce que l'impression prochaine
du commentaire ne vous apprendra pas.

Mon volume est de l'édition Barbou, 1776, petit
in-8°, avec une vie de Malherbe et quelques notes par
Meunier de Querlon. Elle a toujours passé pour une des
meilleures éditions du poète lyrique; M. Brunet l'a men-
tionnée en son lieu. Le livre, du reste, est relié en veau,
doré sur tranches, et d'une fort *belle conservation.* Quant
au commentaire, il est écrit avec plus de soin et de
netteté qu'aucun des autographes de Chénier que j'ai
pu avoir sous les yeux. Il n'offre pas une seule rature,
et j'ai lieu de croire qu'André Chénier commençait par
faire, sur un papier à part, les brouillons de ses notes,
pour les reporter ensuite sur les marges du livre qu'il
commentait. Une circonstance singulière indique même
l'importance qu'il attachait à son volume ainsi qu'à ses
observations, et vous allez en juger par une note qu'il
convient que je vous fasse connaître ici, ne croyant pas
devoir la joindre aux autres lors de l'impression de l'ouvrage, d'un côté, parce qu'elle se rattache à un point
tout matériel, que rien ne rappellerait; d'un autre côté,
parce qu'elle me semble offrir quelque chose de juvénile,
peu en rapport avec la gravité du reste de cette publication.

d

Deux feuillets du volume présentent une certaine réunion de taches d'encre qui ont atteint une assez grande partie de ces quatre pages, et qui sont évidemment le résultat d'un seul accident. Sur la marge de la première page André Chénier a écrit :

« J'ai prêté, il y a quelques mois, ce livre à un homme » qui l'avait vu sur ma table et me l'avait demandé » instamment. Il vient de me le rendre (en 1784) en me » faisant *mille excuses*. Je suis certain qu'il ne l'a pas » lu. Le seul usage qu'il en ait fait a été d'y renverser » son écritoire, peut-être pour me montrer que lui aussi » il sait *commenter* et couvrir les marges d'encre. Que » le bon Dieu lui pardonne, et lui ôte à jamais l'envie » de me demander des livres. »

Les deux mots soulignés l'ont été par André Chénier. J'ai dit tout à l'heure et je trouve, en effet, madame, que la fin surtout de cette note n'a pas la gravité des observations littéraires qu'on lit sur les marges de ce volume. Elle sent un peu trop, ce me semble, le jeune étudiant contrarié. Mais faut-il pourtant vous le dire? eh bien! cette note-là même, ayant par sa nature quelque chose de plus personnel à celui qui les a toutes faites, rappelant ainsi plus vivement son *individualité* que celles où l'on oublie naturellement l'annotateur pour s'occuper de l'objet de ses réflexions, a excité plus d'une fois mon attention particulière; plus d'une fois, considérant les traces de la maladresse qui excitait l'indignation d'André Chénier, je me suis surpris ne souhaitant point que son ami eût été plus soigneux... Cet aveu fait, je termine brusquement ici ma lettre ; car si je m'appesantissais trop long-temps sur la majesté de cette superbe tache d'encre, je pourrais bien me faire appliquer avec justice, sinon par vous, madame, par quelqu'un de moins indulgent pour nos faiblesses, peut-être même par quelque bibliomane honteux, la spirituelle et très-plaisante épigramme de Pons de Verdun.

Agréez, etc.

TENANT DE LATOUR.

LIVRE PREMIER,

LES PIÈCES COMPOSÉES AVANT 1605.

ÉPIGRAMME

sur

LE PORTRAIT D'ESTIENNE PASQUIER,

AVOCAT AU PARLEMENT DE PARIS,

QUE L'ON AVOIT PEINT SANS MAINS [1].

1585.

Il ne faut qu'avec le visage
L'on tire tes mains au pinceau :
Tu les montres dans ton ouvrage,
Et les caches dans le tableau.

[1]. L'auteur des *Recherches de la France,* né en 1529, mort en 1615.
ÉDIT.

1

STANCES.

1586.

Si des maux renaissants avec ma patience
N'ont pouvoir d'arrêter un esprit si hautain,
Le temps est médecin d'heureuse expérience;
Son remède est tardif, mais il est bien certain.

Le temps à mes douleurs promet une allégeance,
Et de voir vos beautés se passer quelque jour;
Lors je serai vengé, si j'ai de la vengeance
Pour un si beau sujet pour qui j'ai tant d'amour.

Vous aurez un mari sans être guère aimée,
Ayant de ses désirs amorti le flambeau;
Et de cette prison de cent chaînes formée
Vous n'en sortirez point que par l'huis du tombeau.

Tant de perfections qui vous rendent superbe,
Les restes d'un mari, sentiront le reclus;
Et vos jeunes beautés flétriront comme l'herbe [1]
Que l'on a trop foulée et qui ne fleurit plus.

---

1. Cette image est bonne; on peut la polir avec succès. Il vaut mieux l'employer en métaphore qu'avec l'attirail d'une comparaison. *Vos jeunes beautés* est charmant. Remarquez *flétrir* au neutre pour *se flétrir*.

A. CHÉNIER.

Vous aurez des enfants, des douleurs incroyables,
Qui seront près de vous et crieront à l'entour;
Lors fuiront de vos yeux les soleils agréables,
Y laissant pour jamais des étoiles autour.

Si je passe en ce temps dedans votre province,
Vous voyant sans beautés et moi rempli d'honneur,
Car peut-être qu'alors les bienfaits d'un grand prince [1]
Marieront ma fortune avecque le bonheur;

Ayant un souvenir de ma peine fidèle,
Mais n'ayant point à l'heure autant que j'ai d'ennuis,
Je dirai : Autrefois cette femme fut belle,
Et je fus autrefois plus sot que je ne suis.

---

1. Henri d'Angoulême, Grand-Prieur de France et bâtard d'Henri II, dont Malherbe avoit été gentilhomme, mort au mois de juin 1586.   ÉDIT

LES LARMES

DE SAINT PIERRE,

IMITÉES DU TANSILLE [1].

AU ROI HENRI III.

1587.

Ce n'est pas en mes vers qu'une amante abusée
Des appas enchanteurs d'un parjure Thésée,
Après l'honneur ravi de sa pudicité,
Laissée ingratement en un bord solitaire,
Fait de tous les assauts que la rage peut faire
Une fidèle preuve à l'infidélité.

---

[1]. L'ouvrage italien a pour titre : *Lagrime di santo Pietro del Signor Luigi Tansillo.*

Louis Tansille, né à Nole vers 1510, mourut en 1569. Son principal ouvrage a pour titre : *Il Vendemiatore o stanze sopra la Coltura degli orti delle donne.* ÉDIT.

Quoique le fond des choses soit détestable dans ce poème, il ne faut point le mépriser. La versification en est étonnante. On y voit combien Malherbe connaissait notre langue, et était né à notre poésie ; combien son oreille était délicate et pure dans le choix et l'enchaînement de syllabes sonores et harmonieuses, et de cette musique de ses vers qu'aucun de nos poètes n'a surpassée. A. CHÉNIER.

Les ondes que j'épands d'une éternelle veine
Dans un courage saint ont leur sainte fontaine ;
Où l'amour de la terre et le soin de la chair
Aux fragiles pensers ayant ouvert la porte,
Une plus belle amour se rendit la plus forte,
Et le fit repentir aussitôt que pécher.

Henri, de qui les yeux et l'image sacrée
Font un visage d'or à cette âge ferrée,
Ne refuse à mes vœux un favorable appui ;
Et si pour ton autel ce n'est chose assez grande,
Pense qu'il est si grand, qu'il n'auroit point d'offrande
S'il n'en recevoit point que d'égales à lui.

La foi qui fut au cœur d'où sortirent ces larmes
Est le premier essai de tes premières armes,
Pour qui tant d'ennemis à tes pieds abattus,
Pâles ombres d'enfer, poussière de la terre,
Ont connu ta fortune, et que l'art de la guerre
A moins d'enseignements que tu n'as de vertus.

De son nom de rocher, comme d'un bon augure,
Un éternel état l'Église se figure ;
Et croit, par le destin de tes justes combats,
Que ta main relevant son épaule courbée [1],
Un jour, qui n'est pas loin, elle verra tombée
La troupe qui l'assaut et la veut mettre bas.

[1]   Puisse prêter l'épaule au monde chancelant,
a dit le grand Corneille par une image différente dans la *Mort de Pompée*.
                                             A. CHENIER.

                                        1.

Mais le coq a chanté pendant que je m'arrête
A l'ombre des lauriers qui t'embrassent la tête,
Et la source déjà commençant à s'ouvrir,
A lâché les ruisseaux qui font bruire leur trace,
Entre tant de malheurs estimant une grace,
Qu'un Monarque si grand les regarde courir.

Ce miracle d'amour, ce courage invincible,
Qui n'espéroit jamais une chose possible
Que rien finît sa foi que le même trépas,
De vaillant fait couard, de fidèle fait traître,
Aux portes de la peur abandonne son maître,
Et jure impudemment qu'il ne le connoît pas.

A peine la parole avoit quitté sa bouche,
Qu'un regret aussi prompt en son ame le touche ;
Et mesurant sa faute à la peine d'autrui,
Voulant faire beaucoup, il ne peut davantage
Que soupirer tout bas, et se mettre au visage
Sur le feu de sa honte une cendre d'ennui.

Les arcs qui de plus près sa poitrine joignirent,
Les traits qui plus avant dans le sein l'atteignirent,
Ce fut quand du Sauveur il se vit regardé ;
Les yeux furent les arcs, les œillades les flèches
Qui percèrent son ame, et remplirent de brèches
Le rempart qu'il avoit si lâchement gardé.

Cet assaut comparable à l'éclat d'une foudre,
Pousse et jette d'un coup ses défenses en poudre ;

Ne laissant rien chez lui que le même penser
D'un homme qui, tout nu de glaive et de courage,
Voit de ses ennemis la menace et la rage,
Qui le fer en la main le viennent offenser.

Ces beaux yeux souverains qui traversent la terre
Mieux que les yeux mortels ne traversent le verre,
Et qui n'ont rien de clos à leur juste courroux,
Entrent victorieux en son ame étonnée,
Comme dans une place au pillage donnée,
Et lui font recevoir plus de morts que de coups.

La mer a dans son sein moins de vagues courantes,
Qu'il n'a dans le cerveau de formes différentes,
Et n'a rien toutefois qui le mette en repos;
Car aux flots de la peur sa navire qui tremble [1]
Ne trouve point de port, et toujours il lui semble
Que des yeux de son maître il entend ce propos :

Eh bien ! où maintenant est ce brave langage?
Cette roche de foi? cet acier de courage?
Qu'est le feu de ton zèle au besoin devenu?
Où sont tant de serments qui juroient une fable?
Comme tu fus menteur, suis-je pas véritable?
Et que t'ai-je promis qui ne soit avenu?

Toutes les cruautés de ces mains qui m'attachent,
Le mépris effronté que ces bouches me crachent,

[1]. Lourd et chargé.   A. CHENIER.

Les preuves que je fais de leur impiété,
Pleines également de fureur et d'ordure,
Ne me sont une pointe aux entrailles si dure,
Comme le souvenir de ta déloyauté.

Je sais bien qu'au danger les autres de ma suite
Ont eu peur de la mort et se sont mis en fuite;
Mais toi, que plus que tous j'aimai parfaitement,
Pour rendre en me niant ton offense plus grande,
Tu suis mes ennemis, t'assembles à leur bande,
Et des maux qu'ils me font prends ton ébattement.

Le nombre est infini des paroles empreintes
Que regarde l'Apôtre en ces lumières saintes;
Et celui seulement que sous une beauté
Les feux d'un œil humain ont rendu tributaire,
Jugera sans mentir quel effet a pu faire
Des rayons immortels l'immortelle clarté.

Il est bien assuré que l'angoisse qu'il porte
Ne s'emprisonne pas sous les clefs d'une porte,
Et que de tous côtés elle suivra ses pas;
Mais pour ce qu'il la voit dans les yeux de son maître,
Il se veut absenter, espérant que peut-être
Il la sentira moins en ne la voyant pas.

La place lui déplaît, où la troupe maudite
Son Seigneur attaché par outrages dépite;
Et craint tant de tomber en un autre forfait,
Qu'il estime déjà ses oreilles coupables

D'entendre ce qui sort de leurs bouches damnables,
Et ses yeux d'assister aux tourments qu'on lui fait.

Il part, et la douleur qui d'un morne silence
Entre les ennemis couvroit sa violence,
Comme il se voit dehors a si peu de compas,
Qu'il demande tout haut que le sort favorable,
Lui fasse rencontrer un ami secourable,
Qui touché de pitié lui donne le trépas.

En ce piteux état il n'a rien de fidèle
Que sa main qui le guide où l'orage l'appelle ;
Ses pieds, comme ses yeux, ont perdu leur vigueur ;
Il a de tout conseil son ame dépourvue,
Et dit, en soupirant, que la nuit de sa vue
Ne l'empêche pas tant que la nuit de son cœur.

Sa vie, auparavant si chèrement gardée,
Lui semble trop long-temps ici bas retardée ;
C'est elle qui le fâche et le fait consumer ;
Il la nomme parjure, il la nomme cruelle,
Et toujours se plaignant que sa faute vient d'elle,
Il n'en veut faire compte et ne la peut aimer.

Va, laisse-moi, dit-il, va, déloyale vie ;
Si de te retenir autrefois j'eus l'envie,
Et si j'ai désiré que tu fusses chez moi,
Puisque tu m'as été si mauvaise compagne,
Ton infidèle foi maintenant je dédagne ;
Quitte moi, je te quitte, et ne veux plus de toi.

Sont-ce tes beaux desseins, mensongère et méchante,
Qu'une seconde fois ta malice m'enchante,
Et que pour retarder une heure seulement
La nuit déjà prochaine à ta courte journée,
Je demeure en danger que l'ame, qui est née
Pour ne mourir jamais, meure éternellement ?

Non, ne m'abuse plus d'une lâche pensée ;
Le coup encore frais de ma chute passée
Me doit avoir appris à me tenir debout,
Et savoir discerner de la trève la guerre,
Des richesses du ciel les fanges de la terre,
Et d'un bien qui s'envole un qui n'a point de bout [1]

Si quelqu'un d'aventure en délices abonde,
Il se perd aussi tôt et déloge du monde ;
Qui te porte amitié, c'est à lui que tu nuis ;
Ceux qui te veulent mal sont ceux que tu conserves ;
Tu vas à qui te fuit, et toujours le réserves
A souffrir ; en vivant, davantage d'ennuis.

On voit par ta rigueur tant de blondes jeunesses,
Tant de riches grandeurs, tant d'heureuses vieillesses,

---

[1]. Ridicule assemblage de deux similitudes incohérentes. Il accouple de même ailleurs deux métaphores qui n'ont aucun rapport.

Quel *astre* malheureux ma fortune a bâtie !

C'est pourtant un défaut dont il se moquait beaucoup chez les autres.

A. CHENIER.

En fuyant le trépas, au trépas arriver ;
Et celui qui chétif aux misères succombe,
Sans vouloir autre bien que celui de la tombe,
N'ayant qu'un jour à vivre, il ne peut l'achever [1] !

Que d'hommes fortunés en leur âge première,
Trompés de l'inconstance à nos ans coutumière [2],
Du depuis se sont vus en étrange langueur ;
Qui fussent morts contents, si le ciel amiable
Ne les abusant pas en ton sein variable,
Au temps de leur repos eût coupé ta longueur !

Quiconque du plaisir a son ame assouvie,
Plein d'honneur et de bien, non sujet à l'envie,
Sans jamais en son aise un malaise éprouver,
S'il demande à ses jours davantage de terme,
Que fait-il, ignorant, qu'attendre de pied ferme
De voir à son beau temps un orage arriver ?

Et moi, si de mes jours l'importune durée
Ne m'eût en vieillissant la cervelle empirée,
Ne devois-je être sage, et me ressouvenir
D'avoir vu la lumière aux aveugles rendue,
Rebailler aux muets la parole perdue,
Et faire dans les corps les ames revenir ?

---

1. Voilà trois beaux vers, surtout le dernier qui est divin.   A. CHÉNIER.
2. Je regrette beaucoup ce mot-là, surtout après l'usage qu'en a fait Corneille dans Polyeucte :

> Et mes yeux éclairés des célestes lumières
> Ne trouvent plus aux siens leurs graces coutumières.
>   A. CHÉNIER.

De ces faits non communs la merveille profonde,
Qui par la main d'un seul étonnoit tout le monde,
Et tant d'autres encor, me devoient avertir
Que, si pour leur auteur j'endurois de l'outrage,
Le même qui les fit, en faisant davantage,
Quand on m'offenseroit me pourroit garantir.

Mais, troublé par les ans, j'ai souffert que la crainte,
Loin encore du mal, ait découvert ma feinte,
Et sortant promptement de mon sens et de moi,
Ne me suis aperçu qu'un destin favorable
M'offroit en ce danger un sujet honorable
D'acquérir par ma perte un triomphe à ma foi.

Que je porte d'envie à la troupe innocente
De ceux qui, massacrés d'une main violente,
Virent dès le matin leur beau jour accourci[1]!
Le fer qui les tua leur donna cette grace,
Que si de faire bien ils n'eurent pas l'espace,
Ils n'eurent pas le temps de faire mal aussi.

De ces jeunes guerriers la flotte vagabonde
Alloit courre fortune aux orages du monde,
Et déjà pour voguer abandonnoit le bord,
Quand l'aguet d'un pirate arrêta leur voyage;

[1]. Cette image charmante, et devenue commune, est exprimée de la manière la plus fraîche et la plus heureuse. Il suffit presque de ce mauvais poème-là pour voir que Malherbe était né à la poésie française.

A. CHÉNIER.

Mais leur sort fut si bon que d'un même naufrage
Ils se virent sous l'onde et se virent au port.

Ce furent de beaux lis qui, mieux que la nature,
Mêlant à leur blancheur l'incarnate peinture
Que tira de leur sein le couteau criminel,
Devant que d'un hiver la tempête et l'orage
A leur teint délicat pussent faire dommage,
S'en allèrent fleurir au printemps éternel.

Ces enfants bienheureux (créatures parfaites,
Sans l'imperfection de leurs bouches muettes)
Ayant Dieu dans le cœur ne le purent louer,
Mais leur sang leur en fut un témoin véritable;
Et moi, pouvant parler, j'ai parlé, misérable,
Pour lui faire vergogne et le désavouer.

Le peu qu'ils ont vécu leur fut grand avantage,
Et le trop que je vis ne me fait que dommage;
Cruelle occasion du souci qui me nuit !
Quand j'avois de ma foi l'innocence première,
Si la nuit de la mort m'eût privé de lumière [1],
Je n'aurois pas la peur d'une immortelle nuit.

Ce fut en ce troupeau que, venant à la guerre
Pour combattre l'enfer et défendre la terre,
Le Sauveur inconnu sa grandeur abaissa;
Par eux il commença la première mêlée,

---

1. Trois beaux vers.   A. CHÉNIER.

Et furent eux aussi que la rage aveuglée
Du contraire parti les premiers offensa.

Qui voudra se vanter avec eux se compare,
D'avoir reçu la mort par un glaive barbare,
Et d'être allé soi-même au martyre s'offrir ;
L'honneur leur appartient d'avoir ouvert la porte
A quiconque osera, d'une ame belle et forte,
Pour vivre dans le ciel en la terre mourir.

O désirable fin de leurs peines passées !
Leurs pieds, qui n'ont jamais les ordures pressées,
Un superbe plancher des étoiles se font ;
Leur salaire payé les services précède ;
Premier que d'avoir mal ils trouvent le remède,
Et devant le combat ont les palmes au front.

Que d'applaudissements, de rumeur et de presse,
Que de feux, que de jeux, que de traits de caresse,
Quand là-haut en ce point on les vit arriver !
Et quel plaisir encore à leur courage tendre,
Voyant Dieu devant eux en ses bras les attendre,
Et pour leur faire honneur les Anges se lever [1] !

Et vous femmes, trois fois, quatre fois bienheureuses,
De ces jeunes Amours les mères amoureuses,

1. Beau tableau en deux vers ! C'est l'*assurgere* des Latins.

. U*que viro Phœbi chorus assurrexerit omnis.*

A. CHÉNIER.

Que faites-vous pour eux, si vous les regrettez ?
Vous fâchez leur repos, et vous rendez coupables,
Ou de n'estimer pas leurs trépas honorables,
Ou de porter envie à leurs félicités.

Le soir fut avancé de leurs belles journées [1] ;
Mais qu'eussent-ils gagné par un siècle d'années ?
Ou que leur avint-il en ce vite départ,
Que laisser promptement une basse demeure,
Qui n'a rien que du mal, pour avoir de bonne heure
Aux plaisirs éternels une éternelle part ?

Si vos yeux pénétrant jusqu'aux choses futures
Vous pouvoient enseigner leurs belles aventures,
Vous auriez tant de bien en si peu de malheurs,
Que vous ne voudriez pas pour l'empire du monde
N'avoir eu dans le sein la racine féconde
D'où naquit entre nous ce miracle de fleurs.

Mais moi, puisque les lois me défendent l'outrage
Qu'entre tant de langueurs me commande la rage,

---

1. Le même vers que j'ai noté p. 11. Peut-être à cette source nous devons
le vers divin de La Fontaine :

    « Rien ne trouble sa fin, c'est le soir d'un beau jour. »

Pétrarque a dit en un vers délicieux, par la bouche de Laure :

    « E compi mia giornata inanzi sera. »

Et moi, dans une de mes élégies :

    « Je meurs : avant le soir j'ai fini ma journée. »

                                        A. CHENIER.

Et qu'il ne faut soi-même éteindre son flambeau ;
Que m'est-il demeuré pour conseil et pour armes,
Que d'écouler ma vie en un fleuve de larmes,
Et la chassant de moi l'envoyer au tombeau ?

Je sais bien que ma langue ayant commis l'offense,
Mon cœur incontinent en a fait pénitence.
Mais quoi ! Si peu de cas ne me rend satisfait,
Mon regret est si grand, et ma faute si grande,
Qu'une mer éternelle à mes yeux je demande
Pour pleurer à jamais le péché que j'ai fait.

Pendant que le chétif en ce point se lamente,
S'arrache les cheveux, se bat et se tourmente,
En tant d'extrémités cruellement réduit,
Il chemine toujours ; mais rêvant à sa peine,
Sans donner à ses pas une règle certaine,
Il erre vagabond où le pied le conduit.

A la fin égaré (car la nuit qui le trouble
Par les eaux de ses pleurs son ombrage redouble),
Soit qu'il vienne d'aventure, ou que Dieu l'ait permis,
Il arrive au jardin, où la bouche du traître,
Profanant d'un baiser la bouche de son maître,
Pour en priver les bons aux méchants l'a remis.

Comme un homme dolent que le glaive contraire [1]
A privé de son fils et du titre de père,

1. *Contraire*, pour *ennemi*.   A. CHENIER.

Plaignant deçà, delà, son malheur avenu,
S'il arrive en la place où s'est fait le dommage,
L'ennui renouvelé plus rudement l'outrage
En voyant le sujet à ses yeux revenu ;

Le vieillard, qui n'attend une telle rencontre,
Sitôt qu'au dépourvu sa fortune lui montre
Le lieu qui fut témoin d'un si lâche méfait,
De nouvelles fureurs se déchire et s'entame,
Et de tous les pensers qui travaillent son ame
L'extrême cruauté plus cruelle se fait.

Toutefois il n'a rien qu'une tristesse peinte ;
Ses ennuis sont des jeux, son angoisse une feinte,
Son malheur un bonheur, et ses larmes un ris,
Au prix de ce qu'il sent, quand sa vue abaissée
Remarque les endroits où la terre pressée
A des pieds du Sauveur les vestiges écrits.

C'est alors que ses cris en tonnerres s'éclatent,
Ses soupirs se font vents, qui les chênes combattent,
Et ses pleurs, qui tantôt descendoient mollement,
Ressemblent un torrent qui, des hautes montagnes,
Ravageant et noyant les voisines campagnes,
Veut que tout l'univers ne soit qu'un élément [1].

Il y fiche ses yeux, il les baigne, il les baise,
Il se couche dessus, et seroit à son aise,

[1]. Ces trois vers, mettant à part ce qui les précède, sont beaux et d'une harmonie pleine et sentie.   A. CHÉNIER.

2.

S'il pouvoit avec eux à jamais s'attacher.
Il demeure muet du respect qu'il leur porte :
Mais enfin la douleur, se rendant la plus forte,
Lui fait encore un coup une plainte arracher.

Pas adorés de moi quand par accoutumance
Je n'aurois, comme j'ai, de vous la connoissance,
Tant de perfections vous découvrent assez ;
Vous avez une odeur des parfums d'Assyrie;
Les autres ne l'ont pas, et la terre flétrie
Est belle seulement où vous êtes passés.

Beaux pas de ces seuls pieds que les astres connoissent,
Comme ores à mes yeux vos marques apparoissent !
Telle autrefois de vous la merveille me prit,
Quand, déjà demi-clos sous la vague profonde,
Vous ayant appelés, vous affermites l'onde,
Et m'assurant les pieds m'étonnâtes l'esprit.

Mais, ô de tant de biens indigne récompense !
O dessus les sablons inutile semence !
Une peur, ô Seigneur ! m'a séparé de toi ;
Et d'une ame semblable à la mienne parjure,
Tous ceux qui furent tiens, s'ils ne t'ont fait injure,
Ont laissé ta présence et t'ont manqué de foi.

De douze, deux fois cinq étonnés de courage,
Par une lâche fuite évitèrent l'orage,
Et tournèrent le dos quand tu fus assailli;

L'autre qui fut gagné d'une sale avarice,
Fit un prix de ta vie à l'injuste supplice ;
Et l'autre, en te niant, plus que tous a failli.

C'est chose à mon esprit impossible à comprendre,
Et nul autre que toi ne me la peut apprendre,
Comme a pu ta bonté nos outrages souffrir.
Et qu'attend plus de nous ta longue patience,
Sinon qu'à l'homme ingrat la seule conscience
Doit être le couteau qui le fasse mourir ?

Toutefois tu sais tout, tu connois qui nous sommes,
Tu vois quelle inconstance accompagne les hommes,
Faciles à fléchir quand il faut endurer.
Si j'ai fait, comme un homme, en faisant une offense,
Tu feras, comme Dieu, d'en laisser la vengeance,
Et m'ôter un sujet de me désespérer.

Au moins, si les regrets de ma faute avenue
M'ont de ton amitié quelque part retenue,
Pendant que je me trouve au milieu de tes pas,
Désireux de l'honneur d'une si belle tombe,
Afin qu'en autre part ma dépouille ne tombe,
Puisque ma fin est près, ne la recule pas.

En ces propos mourants ses complaintes se meurent :
Mais vivantes sans fin ses angoisses demeurent,
Pour le faire en langueur à jamais consumer.
Tandis la nuit s'en va, ses lumières s'éteignent,

Et déjà devant lui les campagnes se peignent
Du safran que le jour apporte de la mer [1].

L'aurore d'une main, en sortant de ses portes,
Tient un vase de fleurs languissantes et mortes,
Elle verse de l'autre une cruche de pleurs;
Et d'un voile tissu de vapeur et d'orage [2]
Couvrant ses cheveux d'or, découvre en son visage
Tout ce qu'une ame sent de cruelles douleurs.

Le soleil, qui dédaigne une telle carrière,
Puisqu'il faut qu'il déloge, éloigne sa barrière;
Mais comme un criminel qui chemine au trépas,
Montrant que dans le cœur ce voyage le fâche,
Il marche lentement, et désire qu'on sache
Que, si ce n'étoit force, il ne le feroit pas.

Ses yeux par un dépit en ce monde regardent,
Ses chevaux tantôt vont, et tantôt se retardent,
Eux-mêmes ignorants de la course qu'ils font [3];
Sa lumière pâlit, sa couronne se cache;

---

1. Il est fâcheux que l'impossibilité d'employer ce mot de *safran* nous
force de renoncer à une image agréable et que les anciens aimaient.
                                                          A. CHENIER.
2 Ce quatrième vers est un des plus poétiques et des plus heureux qu'il
y ait dans notre langue et dans aucune langue.   A. CHENIER.
3. Expression latine dont notre langue a été enrichie par l'usage heureux
qu'en a fait Despréaux :

  « Mais sans cesse *ignorants de* nos propres besoins. »

Corneille a dit :

  « *Savante* à ses dépens *de* ce qu'il savait faire. »

et c'est légèrement que M. de Voltaire l'en a repris.   A. CHENIER.

Aussi n'en veut-il pas, cependant qu'on attache
A celui qui l'a fait des épines au front.

Au point accoutumé les oiseaux qui sommeillent,
Apprêtés à chanter dans les bois se réveillent ;
Mais voyant ce matin des autres différent,
Remplis d'étonnement ils ne daignent paroître,
Et font à qui les voit ouvertement connoître
De leur peine secrète un regret apparent.

Le jour est déja grand, et la honte plus claire
De l'Apôtre ennuyé l'avertit de se taire,
Sa parole se lasse, et le quitte au besoin ;
Il voit de tous côtés qu'il n'est vu de personne ;
Toutefois le remords que son ame lui donne,
Témoigne assez le mal qui n'a point de témoin.

Aussi l'homme qui porte une ame belle et haute,
Quand seul en une part il a fait une faute,
S'il n'a de jugement son esprit dépourvu,
Il rougit de lui-même ; et, combien qu'il ne sente
Rien que le ciel présent et la terre présente,
Pense qu'en se voyant tout le monde l'a vu [1].

---

1. Il est plaisant de voir Malherbe, comme son modèle, se travailler à
finir chaque strophe par un trait d'esprit presque toujours ridicule, du
moins par la place qu'il occupe.   A. CHÉNIER.

STANCES

POUR

M. LE DUC DE MONTPENSIER [1],

QUI DEMANDOIT EN MARIAGE

MADAME CATHERINE,

PRINCESSE DE NAVARRE, SŒUR D'HENRI IV.

1591 ou 1592.

Beau ciel, par qui mes jours sont troubles ou sont calmes,
Seule terre où je prends mes cyprès et mes palmes,
Catherine, dont l'œil ne luit que pour les dieux [2],
Punissez vos beautés plutôt que mon courage,
Si, trop haut s'élevant, il adore un visage
Adorable par force à quiconque a des yeux.

Je ne suis pas ensemble aveugle et téméraire,
Je connois bien l'erreur que l'amour m'a fait faire,
Cela seul ici-bas surpassoit mon effort ;
Mais mon ame qu'à vous ne peut être asservie,
Les Destins n'ayant point établi pour ma vie
Hors de cet océan de naufrage et de port.

1. Henri de Bourbon. — Ce mariage n'eut pas lieu.   ÉDIT.
2. Qu'est-ce que cela veut dire ?   A. CHÉNIER.

Beauté, par qui les dieux, las de notre dommage,
Ont voulu réparer les défauts de notre âge,
Je mourrai dans vos feux, éteignez-les ou non,
Comme le fils d'Alcmène, en me brûlant moi-même ;
Il suffit qu'en mourant dans cette flamme extrême,
Une gloire éternelle accompagne mon nom.

On ne doit point, sans sceptre, aspirer où j'aspire ;
C'est pourquoi, sans quitter les lois de votre empire,
Je veux de mon esprit tout espoir rejeter.
Qui cesse d'espérer, il cesse aussi de craindre ;
Et, sans atteindre au but où l'on ne peut atteindre,
Ce m'est assez d'honneur que j'y voulois monter.

Je maudis le bonheur où le ciel m'a fait naître,
Qui m'a fait désirer ce qu'il m'a fait connoître :
Il faut ou vous aimer, ou ne vous faut point voir.
L'astre qui luit aux grands en vain à ma naissance
Épandit dessus moi tant d'heur et de puissance,
Si pour ce que je veux j'ai trop peu de pouvoir.

Mais il le faut vouloir, et vaut mieux se résoudre,
En aspirant au ciel, être frappé de foudre,
Qu'aux desseins de la terre assuré se ranger.
J'ai moins de repentir, plus je pense à ma faute,
Et la beauté des fruits d'une palme si haute
Me fait par le désir oublier le danger.

ODE

AU ROI HENRI LE GRAND,

SUR

LA RÉDUCTION DE MARSEILLE A L'OBÉISSANCE DE CE ROI,

SOUS LES ORDRES

DU DUC DE GUISE,

GOUVERNEUR DE PROVENCE.

1596 [1].

Enfin, après tant d'années,
Voici l'heureuse saison,
Où nos misères bornées
Vont avoir leur guérison.
Les dieux, longs à se résoudre,
Ont fait un coup de leur foudre,
Qui montre aux ambitieux,
Que les fureurs de la terre
Ne sont que paille et que verre
A la colère des cieux.

1. Cette ode est belle; elle est courte et pleine de chaleur. La marche est vive et lyrique; le style, noble et ferme; les images, vraies et variées.

A. CHÉNIER.

Peuples, à qui la tempête [1]
A fait faire tant de vœux,
Quelles fleurs à cette fête
Couronneront vos cheveux ?
Quelle victime assez grande
Donnerez-vous pour offrande ?
Et quel Indique séjour [2]
Une perle fera naître
D'assez de lustre, pour être
La marque d'un si beau jour ?

Cet effroyable colosse,
Cazaux, l'appui des mutins [3],
A mis le pied dans la fosse
Que lui cavoient les destins [4].
Il est bas, le parricide.

1. Charmante image, prise aux anciens, et qu'il a répétée mille fois, selon sa coutume. A. CHÉNIER.

2. Image moderne, riche et belle et poétique. Cela donne à nos beaux poèmes une physionomie française; ils n'ont plus l'air de traductions des anciens. Cette image remplace le :

« Cressa ne careat pulchra dies nota. »

L'image des quatre derniers vers de cette seconde strophe n'est point moderne comme je l'avais cru. La voilà dans Martial :

« O nox omnis, et hora, quæ notata est
» Caris littoris indici lapillis ! »
(L. x, c. 38.)

Ce qui ne diminue point du tout le mérite de Malherbe. A. CHÉNIER.

3 *Charles Casaux*, consul de Marseille, s'étant rendu maître absolu dans cette ville, avec *Louis d'Aix*, avoit appelé les Espagnols à son secours pour se maintenir contre les forces du roi, commandées par le duc de Guise.   ÉDIT.

4. *Cavoient* est presque plus beau, là, que *creusoient*. A. CHÉNIER.

3

Un Alcide, fils d'Alcide [1],
A qui la France a prêté
Son invincible génie,
A coupé sa tyrannie [2]
D'un glaive de liberté [3].

Les aventures du monde
Vont d'un ordre mutuel,
Comme on voit au bord de l'onde
Un reflus perpétuel.
L'aise et l'ennui de la vie
Ont leur course entresuivie
Aussi naturellement
Que le chaud et la froidure;
Et rien, afin que tout dure,
Ne dure éternellement [4].

---

1. Charles, fils d'Henri, duc de Guise, surnommé *le Balafré*. ÉDIT.

2. Deux vers divins. A. CHENIER.

3. Toute cette strophe est admirable et sublime, et supérieurement coupée. Il y a près de 200 ans qu'un homme en France écrivait de ce style.

4.
> La jeunesse de l'année
> Soudain se voit terminée.
> Après le chaud véhément
> Revient l'extrême froidure;
> Et rien au monde ne dure
> Qu'un éternel changement.
> Leurs courses entresuivies
> Vont comme un flus et reflus.

> RACAN, *Ode à M. de Termes.*

Cette strophe philosophique est fort bien placée. Il n'est rien de plus intéressant et de plus délicieux que ce mélange adroit et facile de faits et de réflexions morales. Le grand Rousseau n'a pas toujours connu cet art charmant, dans lequel Horace excelle comme dans tout le reste.

A. CHENIER.

Cinq àns Marseille volée
A son juste possesseur
Avoit langui désolée
Aux mains de cet oppresseur.
Enfin le temps l'a remise
En sa première franchise ;
Et les maux qu'elle enduroit
Ont eu ce bien pour échange,
Qu'elle a vu parmi la fange
Fouler ce qu'elle adoroit.

Déjà tout le peuple more [1]
A ce miracle entendu ;
A l'un et l'autre Bosphore
Le bruit en est répandu ;
Toutes les plaines le savent,
Que l'Inde et l'Euphrate lavent ;
Et déja pâle d'effroi [2]
Memphis se pense captive,
Voyant si près de sa rive
Un neveu de Godefroi [3].

1. Strophe très-belle, bien du ton de la lyre, et qui termine parfaitement
ce poème. Il y a eu depuis Malherbe peu de nos poètes qui l'aient égalé
dans cet art charmant des anciens, de rendre poétiquement des détails géo-
graphiques. Rien ne donne plus d'âme et de vie à un tableau.
                                                    A. CHÉNIER.

2 Divin.
        La Judée en pâlit. . . . .
                RACINE, Bérén., act. 1, sc 4
                                        A. CHÉNIER.

3 Le duc de Guise, sorti de la maison de Lorraine. qui prétend tirer son
origine de Godefroi de Bouillon.   EDIT.

FRAGMENTS D'UNE ODE

AU ROI HENRI LE GRAND,

SUR LE MÊME SUJET QUE LA PRÉCÉDENTE.

1596.

Soit que de tes lauriers la grandeur poursuivant,
D'un cœur où l'ire juste et la gloire commande,
Tu passes, comme un foudre, en la terre flamande [1],
D'Espagnols abattus la campagne pavant;
    Soit qu'en sa dernière tête
    L'hydre civile t'arrête [2],
    Roi, que je verrai jouir
    De l'empire de la terre,
    Laisse le soin de la guerre
    Et pense à te réjouir.

Nombre tous les succès où ta fatale main,
Sous l'appui du bon droit aux batailles conduite,

1. Cette image est belle, et l'expression du quatrième vers riche et pittoresque. Il l'a répétée dans l'ode au duc de Bellegarde :

> Soit que près de Seine et de Loire
> Il *pavât* les plaines de morts.   A. CHENIER.

2. L'*hydre* civile est très-beau; il l'a répété souvent :

> Quand la rébellion plus qu'une hydre féconde....
> Donner le dernier coup a la dernière tête
>   De la rébellion.   A. CHENIER.

De tes peuples mutins la malice a détruite,
Par un heur éloigné de tout penser humain.

    Jamais tu n'as vu journée

    De si douce destinée;

    Non celle où tu rencontras

    Sur la Dordogne en désordre

    L'orgueil à qui tu fis mordre

    La poussière de Coutras.

Cazaux, ce grand Titan, qui se moquoit des cieux [1],
A vu par le trépas son audace arrêtée,
Et sa rage infidèle aux étoiles montée,
Du plaisir de sa chute a fait rire nos yeux.

    . . . .

    . . . .

    . . . .

Ce dos chargé de pourpre et rayé de clinquants,
A dépouillé sa gloire au milieu de la fange,
Les dieux qu'il ignoroit ayant fait cet échange
Pour venger en un jour les crimes de cinq ans.

    La mer en cette furie

    A peine a sauvé Dorie [2];

    Et le funeste remords,

    Que fait la peur des supplices,

    A laissé tous ses complices

    Plus morts que s'ils étoient morts.

---

1. Ces quatre vers sont de la plus grande beauté; surtout le dernier, qui est d'une harmonie, d'une hardiesse, d'une richesse et d'une vérité d'expression qui ne se peuvent trop louer. Racine n'a pas mieux fait.
                                A. CHENIER.

2. *Charles Doria*, Génois qui commandoit les galères d'Espagne que Casaux devait introduire dans le port de Marseille.   Édit.

STANCES.

1596.

Enfin cette beauté m'a la place rendue [1],
Qu'elle avoit contre moi si long-temps défendue;
Mes vainqueurs sont vaincus ; ceux qui m'ont fait la loi,
   La reçoivent de moi.

J'honore tant la palme acquise en cette guerre,
Que, si victorieux des deux bouts de la terre,
J'avois mille lauriers de ma gloire témoins [2],
   Je les priserois moins.

Au repos où je suis tout ce qui me travaille,
C'est le doute que j'ai qu'un malheur ne m'assaille,
Qui me sépare d'elle, et me fasse lâcher
   Un bien que j'ai si cher.

1. Ce genre de strophe à rime plate, composée de trois grands vers et d'un petit, est malheureux et fade à l'oreille. Ce n'est pas le seul exemple qu'il y en ait dans Malherbe. A. CHÉNIER.

2. Ce vers peut avoir fait naître le beau vers de Bérénice :

« Et ces lauriers encor témoins de sa victoire. »
                                        A. CHÉNIER.

Il n'est rien ici-bas d'éternelle durée ;
Une chose qui plaît n'est jamais assurée ;
L'épine suit la rose [1], et ceux qui sont contents
    Ne le sont pas long-temps.

Et puis qui ne sait point que la mer amoureuse
En sa bonace même est souvent dangereuse,
Et qu'on y voit toujours quelques nouveaux rochers,
    Inconnus aux nochers ?

Déjà de toutes parts tout le monde m'éclaire ;
Et bientôt les jaloux, ennuyés de se taire,
Si les vœux que je fais n'en détournent l'assaut,
    Vont médire tout haut.

Peuple, qui me veux mal, et m'imputes à vice
D'avoir été payé d'un fidèle service,
Où trouves-tu qu'il faille avoir semé son bien,
    Et ne recueillir rien ?

Voudrois-tu que ma dame, étant si bien servie,
Refusât le plaisir où l'âge la convie,
Et qu'elle eût des rigueurs à qui mon amitié
    Ne sût faire pitié ?

Ces vieux contes d'honneur, invisibles chimères,
Qui naissent aux cerveaux des maris et des mères,
Étoient-ce impressions qui pussent aveugler
    Un jugement si clair ?

1. Hémistiche heureux.   A. CHÉNIER.

Non, non, elle a bien fait de m'être favorable,
Voyant mon feu si grand et ma foi si durable;
Et j'ai bien fait aussi d'asservir ma raison
         En si belle prison.

C'est peu d'expérience à conduire sa vie,
De mesurer son aise au compas de l'envie,
Et perdre ce que l'âge a de fleur et de fruit,
         Pour éviter un bruit.

De moi que tout le monde à me nuire s'apprête,
Le ciel à tous ses traits fasse un but de ma tête ;
Je me suis résolu d'attendre le trépas,
         Et ne la quitter pas.

Plus j'y vois de hasard, plus j'y trouve d'amorce :
Où le danger est grand, c'est là que je m'efforce;
En un sujet aisé moins de peine apportant,
         Je ne brûle pas tant.

Un courage élevé toute peine surmonte ;
Les timides conseils n'ont rien que de la honte;
Et le front d'un guerrier aux combats étonné,
         Jamais n'est couronné.

Soit la fin de mes jours contrainte ou naturelle,
S'il plaît à mes destins que je meure pour elle,
Amour en soit loué! je ne veux un tombeau
         Plus heureux ni plus beau.

STANCES.

CONSOLATION A CARITÉE [1].

1599.

Ainsi quand Mausole fut mort,
Artemise accusa le sort,
De pleurs se noya le visage,
Et dit aux astres innocents
Tout ce que fait dire la rage
Quand elle est maîtresse des sens.

Ainsi fut sourde au reconfort,
Quand elle eut trouvé dans le port
La perte qu'elle avoit songée,
Celle de qui les passions
Firent voir à la mer Égée
Le premier nid des Alcyons [2].

1. C'était, selon Ménage, la veuve d'un gentilhomme de Provence (*M. Levesque*, seigneur de Saint-Étienne). ÉDIT.

2. Alcyone, femme de Céyx. ÉDIT.

Vous n'êtes seule en ce tourment
Qui témoignez du sentiment,
O trop fidèle CARITÉE !
En toutes ames l'amitié
Des mêmes ennuis agitée
Fait les mêmes traits de pitié.

De combien de jeunes maris,
En la querelle de Pâris,
Tomba la vie entre les armes,
Qui fussent retournés un jour,
Si la mort se payoit de larmes,
A Mycènes faire l'amour.

Mais le destin qui fait nos lois
Est jaloux qu'on passe deux fois
Au deçà du rivage blême ;
Et les dieux ont gardé ce don,
Si rare que Jupiter même
Ne le sut faire à Sarpédon.

Pourquoi donc, si peu sagement
Démentant votre jugement,
Passez-vous en cette amertume
Le meilleur de votre saison,
Aimant mieux plaindre par coutume
Que vous consoler par raison ?

Nature fait bien quelque effort
Qu'on ne peut condamner qu'à tort;
Mais que direz-vous pour défendre
Ce prodige de cruauté,
Par qui vous semblez entreprendre
De ruiner votre beauté?

Que vous ont fait ces beaux cheveux,
Dignes objets de tant de vœux,
Pour endurer votre colère?
Et, devenus vos ennemis,
Recevoir l'injuste salaire
D'un crime qu'ils n'ont point commis?

Quelles aimables qualités
En celui que vous regrettez
Ont pu mériter qu'à vos roses
Vous ôtiez leur vive couleur,
Et livriez de si belles choses
A la merci de la douleur?

Remettez-vous l'ame en repos,
Changez ces funestes propos;
Et, par la fin de vos tempêtes,
Obligeant tous les beaux esprits
Conservez au siècle où vous êtes
Ce que vous lui donnez de prix.

Amour, autrefois en vos yeux
Pleins d'appas si délicieux ,
Devient mélancolique et sombre ,
Quand il voit qu'un si long ennui
Vous fait consumer pour une ombre
Ce que vous n'avez que pour lui.

S'il vous ressouvient du pouvoir
Que ses traits vous ont fait avoir,
Quand vos lumières étoient calmes ,
Permettez-lui de vous guérir,
Et ne différez point les palmes
Qu'il brûle de vous acquérir.

Le temps d'un insensible cours
Nous porte à la fin de nos jours ;
C'est à notre sage conduite,
Sans murmurer de ce défaut ,
De nous consoler de sa fuite,
En le ménageant comme il faut.

STANCES.

1598.

Beauté, mon cher souci, de qui l'ame incertaine
A, comme l'Océan, son flux et son reflux,
Pensez de vous résoudre à soulager ma peine,
Ou je me résoudrai de ne la souffrir plus.

Vos yeux ont des appas que j'aime et que je prise,
Et qui peuvent beaucoup dessus ma liberté,
Mais pour me retenir, s'ils font cas de ma prise,
Il leur faut de l'amour autant que de beauté.

Quand je pense être au point que cela s'accomplisse,
Quelque excuse toujours en empêche l'effet;
C'est la toile sans fin de la femme d'Ulysse,
Dont l'ouvrage du soir au matin se défait.

Madame, avisez-y, vous perdrez votre gloire
De me l'avoir promis et vous rire de moi.
S'il ne vous en souvient, vous manquez de mémoire;
Ou s'il vous en souvient, vous n'avez point de foi.

J'avois toujours fait compte, aimant chose si haute,
De ne m'en séparer qu'avecque le trépas;
S'il arrive autrement, ce sera votre faute,
De faire des serments et ne les tenir pas.

4

STANCES.

CONSOLATION

A M. DU PERIER [1].

1599.

Ta douleur, DU PERIER, sera donc éternelle ?
    Et les tristes discours,
Que te met en l'esprit l'amitié paternelle,
    L'augmenteront toujours ?

Le malheur de ta fille au tombeau descendue
    Par un commun trépas,
Est-ce quelque dédale, où ta raison perdue
    Ne se retrouve pas ?

Je sais de quels appas son enfance étoit pleine,
    Et n'ai pas entrepris,
Injurieux ami, de soulager ta peine
    Avecque son mépris.

1. François Du Perier, gentilhomme d'Aix en Provence, un des beaux esprits du temps. Sa fille se nommait Marguerite. ÉDIT.

Mais elle étoit du monde, où les plus belles choses
        Ont le pire destin;
Et rose elle a vécu ce que vivent les roses,
        L'espace d'un matin.

Puis quand ainsi seroit que, selon ta prière,
        Elle auroit obtenu
D'avoir en cheveux blancs terminé sa carrière,
        Qu'en fût-il avenu?

Penses-tu que, plus vieille, en la maison céleste
        Elle eût eu plus d'accueil?
Ou qu'elle eût moins senti la poussière funeste
        Et les vers du cercueil?

Non, non, mon DU PERIER, aussitôt que la Parque
        Ote l'ame du corps,
L'âge s'évanouit au deçà de la barque,
        Et ne suit point les morts.

Tithon n'a plus les ans qui le firent cigale;
        Et Pluton aujourd'hui,
Sans égard du passé, les mérites égale
        D'Archémore [1] et de lui.

1. Surnom d'Ophelies, fils de Lycurgue, roi de Némée, en l'honneur du-
quel furent établis les jeux Néméens. *Stace, Thébaïde*, liv. 4 et 5. ÉDIT

Ne te lasse donc plus d'inutiles complaintes ;
      Mais, sage à l'avenir,
Aime une ombre comme ombre, et des cendres éteintes
      Éteins le souvenir.

C'est bien, je le confesse, une juste coutume,
      Que le cœur affligé,
Par le canal des yeux versant son amertume,
      Cherche d'être allégé.

Même quand il avient que la tombe sépare
      Ce que nature a joint,
Celui qui ne s'émeut a l'ame d'un barbare,
      Ou n'en a du tout point.

Mais d'être inconsolable et dedans sa mémoire
      Enfermer un ennui,
N'est-ce pas se haïr pour acquérir la gloire
      De bien aimer autrui ?

Priam qui vit ses fils abattus par Achille,
      Dénué de support
Et hors de tout espoir du salut de sa ville,
      Reçut du reconfort.

François, quand la Castille, inégale à ses armes,
      Lui vola son dauphin [1],

---

1. *François*, dauphin de France, fils aîné de François I. Il mourut em-

Sembloit d'un si grand coup devoir jeter des larmes
     Qui n'eussent jamais fin.

Il les sécha pourtant, et, comme un autre Alcide,
     Contre fortune instruit,
Fit qu'à ses ennemis d'un acte si perfide
     La honte fut le fruit.

Leur camp, qui la Durance avoit presque tarie
     De bataillons épais,
Entendant sa constance, eut peur de sa furie,
     Et demanda la paix [1]

De moi, déjà deux fois d'une pareille foudre
     Je me suis vu perclus,
Et deux fois [2] la raison m'a fait si bien résoudre
     Qu'il ne m'en souvient plus.

Non qu'il ne me soit mal que la tombe possède
     Ce qui me fut si cher;
Mais en un accident qui n'a point de remède,
     Il n'en faut point chercher.

---

poisonné le 28 février 1536, âgé de 18 ans, et l'on attribua cette mort si prématurée à la cour de Madrid, qui redoutait les talents que ce jeune prince faisait voir pour la guerre. ÉDIT.

1. En cette même année (1536) Charles-Quint fit une irruption en Provence, mais son armée s'y détruisit; ce qui l'obligea, l'année d'après, de faire une trêve de quelques mois, suivie, en 1538, d'une autre trêve pour dix ans. ÉDIT.

2. Malherbe fait ici allusion à la perte de sa fille, morte de la peste à l'âge de cinq ou six ans, et à celle de son fils, tué en duel. ÉDIT.

4.

La Mort a des rigueurs à nulle autre pareilles :
          On a beau la prier,
La cruelle qu'elle est se bouche les oreilles
          Et nous laisse crier.

Le pauvre en sa cabane, où le chaume le couvre,
          Est sujet à ses lois;
Et la garde qui veille aux barrières du Louvre
          N'en défend point nos rois.

De murmurer contre elle et perdre patience,
          Il est mal à propos;
Vouloir ce que Dieu veut est la seule science
          Qui nous met en repos.

ODE [1]

A LA REINE MARIE DE MÉDICIS,

SUR SA BIENVENUE EN FRANCE;

PRÉSENTÉE A AIX, L'ANNÉE 1600.

Peuples, qu'on mette sur la tête [2]

Tout ce que la terre a de fleurs;

Peuples, que cette belle fête

A jamais tarisse nos pleurs;

Qu'aux deux bouts du monde se voie [3]

Luire le feu de notre joie,

Et soient dans les coupes noyés [4]

Les soucis de tous ces orages,

1. Cette ode est bien écrite, pleine d'images et d'expressions heureuses, mais un peu froide et vide de choses, comme presque tout ce qu'a fait Malherbe, car il faut avouer que le poète n'est guère recommandable que pour le style. Au lieu de cet insupportable amas de fastidieuse galanterie dont il assassine cette pauvre reine, un poète fécond et véritablement lyrique, en parlant à une princesse du nom de Médicis, n'aurait pas oublié de s'étendre sur les louanges de cette famille illustre, qui a ressuscité les lettres et les arts en Italie et de là en Europe. Comme elle venait régner en France, il en aurait tiré un augure favorable pour les arts et la littérature de ce pays. Il eût fait un tableau court, pathétique et chaud de la barbarie où nous étions jusqu'au règne de François Ier. Ce plan lui eût fourni un poème grand, noble, varié, plein d'âme et d'intérêt, et plus flatteur pour une jeune princesse, surtout s'il eût su lui parler de sa beauté moins longuement et d'une manière plus simple, plus vraie, plus naïve qu'il ne l'a fait. Je demande si cela ne vaudrait pas mieux pour la gloire du poète et pour le plaisir du lecteur. Il eût peut-être appris à traiter l'ode de cette manière, s'il eût mieux lu, étudié, compris la langue et le ton de Pindare, qu'il méprisait beaucoup au lieu de chercher à le connaître un peu. A. CHENIER.

2. Début noble et beau. La répétition du mot *peuples* est vive et animée.
A. CHENIER

3. Chargé. A. CHENIER.

4. La Fontaine. A. CHENIER.

Que pour nos rebelles courages
Les dieux nous avoient envoyés.

A ce coup iront en fumée
Les vœux que faisoient nos mutins,
En leur ame encore affamée
De massacres et de butins.
Nos doutes seront éclaircies,
Et mentiront les prophéties
De tous ces visages pâlis,
De qui le cerveau s'alambique
A chercher l'an climatérique
De l'éternelle fleur de lis.

Aujourd'hui nous est amenée
Cette princesse, que la foi
D'un saint et loyal hyménée
Destine au lit de notre roi.
La voici, la belle MARIE,
Belle merveille d'Étrurie,
Qui fait confesser au soleil,
Quoi que l'âge passé raconte,
Que du ciel, depuis qu'il y monte,
Ne vint jamais rien de pareil.

Telle n'est point la Cythérée,
Quand, d'un nouveau feu s'allumant,
Elle sort pompeuse et parée
Pour la conquête d'un amant :
Telle ne luit en sa carrière

Des mois l'inégale courrière ;
Et telle dessus l'horizon
L'aurore au matin ne s'étale,
Quand les yeux mêmes de Céphale
En feroient la comparaison.

L'antique sceptre de sa race,
Où l'heur aux mérites est joint,
Lui met le respect en la face,
Mais il ne l'enorgueillit point.
Nulle vanité ne la touche ;
Les graces parlent par sa bouche ;
Et son front, témoin assuré
Qu'au vice elle est inaccessible,
Ne peut que d'un cœur insensible
Être vu sans être adoré.

Quantesfois, lorsque sur les ondes
Ce nouveau miracle flottoit,
Neptune en ses caves profondes
Plaignit-il le feu qu'il sentoit !
Et quantesfois en sa pensée,
De vives atteintes blessée,
Sans l'honneur de la royauté
Qui lui fit celer son martyre,
Eût-il voulu de son empire
Faire échange à cette beauté !

Dix jours ne pouvant se distraire
Du plaisir de la regarder,

Il a par un effort contraire
Essayé de la retarder.
Mais à la fin, soit que l'audace
Au meilleur avis ait fait place,
Soit qu'un autre démon plus fort
Aux vents ait imposé silence,
Elle est hors de sa violence,
Et la voici dans notre port.

La voici, peuples, qui nous montre
Tout ce que la gloire a de prix ;
Les fleurs naissent à sa rencontre
Dans les cœurs et dans les esprits ;
Et la présence des merveilles
Qu'en oyoient dire nos oreilles,
Accuse la témérité
De ceux qui nous l'avoient décrite,
D'avoir figuré son mérite
Moindre que n'est la vérité.

O toute parfaite princesse,
L'étonnement de l'univers !
Astre par qui vont avoir cesse
Nos ténèbres et nos hivers ;
Exemple sans autres exemples,
Future image de nos temples,
Quoi que notre foible pouvoir
En votre accueil ose entreprendre,
Peut-il espérer de vous rendre
Ce que nous vous allons devoir ?

Ce sera vous qui de nos villes
Ferez la beauté refleurir,
Vous qui de nos haines civiles
Ferez la racine mourir,
Et par vous la paix assurée
N'aura pas la courte durée
Qu'espèrent infidèlement,
Non lassés de notre souffrance,
Ces François qui n'ont de la France
Que la langue et l'habillement.

Par vous un dauphin nous va naître,
Que vous-même verrez un jour
De la terre entière le maître,
Ou par armes ou par amour ;
Et ne tarderont ses conquêtes,
Dans les oracles déjà prêtes,
Qu'autant que le premier coton,
Qui de jeunesse est le message,
Tardera d'être en son visage
Et de faire ombre à son menton.

O ! Combien lors aura de veuves [1]
La gent qui porte le turban !

---

1. Strophe admirable, pleine de poésie, dans le vrai goût d'Horace ; c'est
cette géographie poétique, pleine de tableaux, que Malherbe rend supérieurement, et en cela il était inventeur parmi nous, et forcé de créer son expression. Il faut donc lui pardonner si ce travail amortit souvent son feu,
et s'il n'éprouve que par intervalles la véritable ivresse lyrique.
                                                    A. CHÉNIER.

Que de sang rougira les fleuves [1]
Qui lavent les pieds du Liban !
Que le Bosphore en ses deux rives
Aura de sultanes captives !
Et que de mères à Memphis,
En pleurant, diront la vaillance
De son courage et de sa lance,
Aux funérailles de leurs fils !

Cependant notre grand Alcide,
Amolli par vos doux appas,
Perdra la fureur qui sans bride
L'emporte à chercher le trépas ;
Et cette valeur indomptée
De qui l'honneur est l'Euristhée [2],
Puisque rien n'a su l'obliger
A ne nous donner plus d'alarmes,
Au moins pour épargner vos larmes,
Aura peur de nous affliger.

Si l'espoir qu'aux bouches des hommes
Nos beaux faits seront récités,
Est l'aiguillon par qui nous sommes
Dans les hasards précipités ;

---

1. Ces images toutes neuves avaient séduit tous les poètes. Tous se travaillaient à les enchâsser dans leurs ouvrages à tort et à travers. C'est ce dont Boileau se moque plaisamment en plusieurs endroits de ses satires.
　　　　　　　　　　　　　　　　　　A. CHÉNIER.

2. Vers obscur et tourmenté. C'est un de ces vers qui sentent l'huile.
　　　　　　　　　　　　　　　　　　A. CHÉNIER.

Lui, de qui la gloire semée
Par les voix de la Renommée,
En tant de parts s'est fait ouïr,
Que tout le siècle en est un livre,
N'est-il pas indigne de vivre,
S'il ne vit pour se réjouir?

Qu'il lui suffise que l'Espagne
Réduite par tant de combats
A ne l'oser voir en campagne,
A mis l'ire et les armes bas;
Qu'il ne provoque point l'envie
Du mauvais sort contre sa vie,
Et puisque, selon son dessein,
Il a rendu nos troubles calmes,
S'il veut davantage de palmes,
Qu'il les acquière en votre sein.

C'est là qu'il faut qu'à son génie [1],
Seul arbitre de ses plaisirs,
Quoi qu'il demande, il ne dénie
Rien qu'imaginent ses désirs;
C'est là qu'il faut que les années [2]

---

1. Cette strophe est très-élégamment écrite et poétiquement tournée;
mais les quatre premiers vers ont un sens obscène, et c'est une grande
absurdité. Il faut avoir bien peu de goût, de jugement, de bienséance, pour
présenter une pareille image a une jeune femme qui vient de se marier.
Les épithalames antiques sont remplis de tableaux tendres, jeunes, volup-
tueux, mais jamais licencieux. Ces peintures libertines, qui excitent les sens
lorsqu'on les trouve dans une ode bachique ou dans une priapée, choquent
et déplaisent dans une occasion comme celle-ci. A. CHÉNIER.

2. Deux vers exquis! A. CHÉNIER.

Lui coulent comme des journées,
Et qu'il ait de quoi se vanter
Que la douceur qui tout excède
N'est point ce que sert Ganymède
A la table de Jupiter.

Mais d'aller plus à ces batailles [1]
Où tonnent les foudres d'enfer,
Et lutter contre des murailles
D'où pleuvent la flamme et le fer,
Puisqu'il sait qu'en ses destinées
Les nôtres seront terminées,
Et qu'après lui notre discord
N'aura plus qui dompte sa rage ;
N'est-ce pas nous rendre au naufrage [2],
Après nous avoir mis à bord ?

Cet Achille, de qui la pique
Faisoit aux braves d'Ilion
La terreur que fait en Afrique
Aux troupeaux l'assaut d'un lion,
Bien que sa mère eût à ses armes
Ajouté la force des charmes,
Quand les destins l'eurent permis,
N'eut-il pas sa trame coupée

---

1. Quelles images frappantes ! quelles expressions vives, neuves et hardies ! *Lutter contre des murailles !* Le quatrième vers est le *ferreus imber* de Virgile. A. CHÉNIER.

2. Élégant. A. CHÉNIER.

De la moins redoutable épée
Qui fût parmi ses ennemis ?

Les Parques d'une même soie
Ne dévident pas tous nos jours ;
Ni toujours par semblable voie
Ne font les planètes leur cours.
Quoi que promette la Fortune,
A la fin quand on l'importune,
Ce qu'elle avoit fait prospérer
Tombe du faîte au précipice ;
Et, pour l'avoir toujours propice,
Il la faut toujours révérer.

Je sais bien que sa Carmagnole [1]
Devant lui se représentant,
Telle qu'une plaintive idole,
Va son courroux sollicitant,
Et l'invite à prendre pour elle
Une légitime querelle ;
Mais doit-il vouloir que pour lui
Nous ayons toujours le teint blême,
Cependant qu'il tente lui-même
Ce qu'il peut faire par autrui ?

Si vos yeux sont toute sa braise,
Et vous la fin de tous ses vœux,

---

1. Il s'agit de la guerre de Savoie commencée en 1600, pour recouvrer le marquisat de Saluces, dont le duc de Savoie s'était emparé en 1598. Carmagnole en est la capitale. ÉDIT.

Peut-il pas languir à son aise
Dans la prison de vos cheveux ;
Et commettre aux dures corvées
Toutes ces ames relevées,
Que d'un conseil ambitieux
La faim de gloire persuade
D'aller sur les pas d'Encelade
Porter des échelles aux cieux [1] ?

Apollon n'a point de mystère,
Et sont profanes ses chansons,
Ou, devant que le Sagittaire
Deux fois ramène les glaçons,
Le succès de leurs entreprises,
De qui deux provinces conquises
Ont déjà fait preuve à leur dam,
Favorisé de la victoire,
Changera la fable en histoire
De Phaéton en l'Éridan.

Nice, payant avecque honte
Un siége autrefois repoussé [2],
Cessera de nous mettre en compte
Barberousse qu'elle a chassé ;

1. Allusion aux montagnes de Savoie. ÉDIT.

2. C'est celui qui fut fait en 1543 du côté de la terre par le comte d'En-
ghien, avec l'armée française, et du côté de la mer par une flotte turque, que
commandait Barberousse, Philippe Doria, Génois, commandant la flotte de
Charles-Quint, fit lever ce siége. ÉDIT.

Guise [1] en ses murailles forcées
Remettra les bornes passées
Qu'avoit notre empire marin [2] ;
Et Soissons, fatal aux superbes,
Fera chercher parmi les herbes
En quelle place fut Turin [3].

1. Charles, duc de Guise. EDIT.

2. Nice appartenait autrefois à la France, comme faisant partie du comté de Provence. EDIT.

3. Image forte, rendue par une expression vive et fière. Racine a dit :

> • Et de Jérusalem l'herbe cache les murs. »

Et Rousseau :

> « De ses temples détruits et cachés sous les herbes
> • Sion vit relever les portiques superbes. »

A. CHENIER.

SONNET

A JEAN RABEL,

PEINTRE [1],

SUR UN LIVRE DE FLEURS QU'IL AVOIT PEINTES.

1602 OU 1603.

Quelques louanges nonpareilles
Qu'ait Apelle encore aujourd'hui,
Cet ouvrage plein de merveilles
Met Rabel au-dessus de lui.

L'art y surmonte la nature;
Et, si mon jugement n'est vain,
Flore lui conduisoit la main
Quand il faisoit cette peinture.

Certes il a privé mes yeux
De l'objet qu'ils aiment le mieux,
N'y mettant point de Marguerite :

Mais pouvoit-il être ignorant
Qu'une fleur de tant de mérite
Auroit terni le demeurant?

---

1. C'est plutôt Daniel Rabel qu'il faut lire ici. Jean Rabel ne peignai
guère que le portrait. Daniel, peintre et graveur, avait donné une collec-
tion de fleurs et d'insectes, gravée sous le titre de *Theatrum Floræ*.
Paris, 1622, in-fol. — Ces deux peintres étaient Français. ÉDIT.

STANCES.

PROSOPOPÉE D'OSTENDE,

IMITÉE DU LATIN DE HUGUES GROTIUS [1].

1604.

Trois ans déjà passés, théâtre de la guerre,
J'exerce de deux chefs les funestes combats,
Et fais émerveiller tous les yeux de la terre,
De voir que le malheur ne m'ose mettre à bas.

A la merci du ciel en ces rives je reste,
Où je souffre l'hiver froid à l'extrémité;
Lorsque l'été revient, il m'apporte la peste,
Et le glaive est le moins de ma calamité.

---

[1]. Voici les vers de Grotius :

Area parva Ducum, totus quam respicit orbis,
Celsior una malis, et quam damnare ruinæ
Nunc quoque fata timent, alieno in littore resto .
Tertius annus abit, toties mutavimus hostem;
Sævit hiems pelago, morbisque furentibus æstas;
Et minimum est quod fecit Iber. Crudelior armis,
In nos orta lues; nullum est sine funere funus :
Nec perimit mors una semel. Fortuna, quid hæres?
Quâ mercede tenes mixtos in sanguine manes?
Quis tumulos moriens hos occupet, hoste perempto,
Quæritur, et sterili tantum de pulvere pugna est

Grotius, né à Delft en 1583, mort à Rostock en 1645   ÉDIT.

Tout ce dont la Fortune afflige cette vie,
Pêle-mêle assemblé, me presse tellement,
Que c'est parmi les miens être digne d'envie
Que de pouvoir mourir d'une mort seulement.

Que tardez-vous, Destins? Ceci n'est pas matière
Qu'avecque tant de doute il faille décider;
Toute la question n'est que d'un cimetière :
Prononcez librement qui le doit posséder.

STANCES

AUX OMBRES DE DAMON.

FRAGMENT.

1604.

L'Orne [1] comme autrefois nous reverroit encore,
Ravis de ces pensers que le vulgaire ignore,
Égarer à l'écart nos pas et nos discours;
Et couchés sur les fleurs, comme étoiles semées,
Rendre en si doux ébat les heures consumées,
    Que les soleils nous seroient courts.

1. Rivière qui passe à Caen. Ces vers s'adressent vraisemblablement à un compatriote de Malherbe. ÉDIT.

Mais, ô loi rigoureuse à la race des hommes !
C'est un point arrêté, que tout ce que nous sommes,
Issus de pères rois et de pères bergers,
La Parque également sous la tombe nous serre ;
Et les mieux établis aux repos de la terre
            N'y sont qu'hôtes et passagers.

Tout ce que la grandeur a de vains équipages,
D'habillements de pourpre et de suite de pages,
Quand le terme est échu, n'allonge point nos jours ;
Il faut aller tout nus où le destin commande ;
Et de toutes douleurs la douleur la plus grande,
            C'est qu'il faut laisser nos amours :

Amours qui, la plupart infidèles et feintes,
Font gloire de manquer à nos cendres éteintes,
Et qui, plus que l'honneur estimant les plaisirs,
Sous le masque trompeur de leurs visages blêmes,
Acte digne du foudre ! en nos obsèques mêmes
            Conçoivent de nouveaux désirs.

Elles savent assez alléguer Artémise,
Disputer du devoir et de la foi promise :
Mais tout ce beau langage est de si peu d'effet,
Qu'à peine en leur grand nombre une seule se treuve
De qui la foi survive, et qui fasse la preuve
            Que ta Carinice te fait.

Depuis que tu n'es plus, la campagne déserte
A dessous deux hivers perdu sa robe verte,

Et deux fois le printemps l'a repeinte de fleurs,
Sans que d'aucun discours sa douleur se console,
Et que ni la raison ni le temps qui s'envole
    Puisse faire tarir ses pleurs.

Le silence des nuits, l'horreur des cimetières,
De son contentement sont les seules matières ;
Tout ce qui plaît déplaît à son triste penser ;
Et si tous ses appas sont encore en sa face,
C'est que l'Amour y loge, et que rien qu'elle fasse
    N'est capable de l'en chasser.

    . . . .

Mais quoi ! c'est un chef-d'œuvre où tout mérite abonde,
Un miracle du ciel, une perle du monde,
Un esprit adorable à tous autres esprits ;
Et nous sommes ingrats d'une telle aventure,
Si nous ne confessons que jamais la nature
    N'a rien fait de semblable prix.

J'ai vu maintes beautés à la cour adorées,
Qui des vœux des amants à l'envi désirées,
Aux plus audacieux ôtoient la liberté :
Mais de les approcher d'une chose si rare,
C'est vouloir que la rose au pavot se compare,
    Et le nuage à la clarté.

Celle à qui dans mes vers, sous le nom de Nérée,
J'allois bâtir un temple éternel en durée,
Si sa déloyauté ne l'avoit abattu,
Lui peut bien ressembler du front ou de la joue :

Mais quoi ! puisqu'à ma honte il faut que je l'avoue,
    Elle n'a rien de sa vertu.

L'ame de cette ingrate est une ame de cire,
Matière à toute forme, incapable d'élire,
Changeant de passion aussitôt que d'objet ;
Et de la vouloir vaincre avecque des services,
Après qu'on a tout fait, on trouve que ses vices
    Sont de l'essence du sujet.

Souvent de tes conseils la prudence fidèle
M'avoit sollicité de me séparer d'elle,
Et de m'assujettir à de meilleures lois :
Mais l'aise de la voir avoit tant de puissance,
Que cet ombrage faux m'ôtoit la connoissance
    Du vrai bien où tu m'appelois.

Enfin après quatre ans une juste colère

. . . .

Que le flux de ma peine a trouvé son reflux ;
Mes sens qu'elle aveugloit ont connu leur offense,
Je les en ai purgés, et leur ai fait défense
    De me la ramentevoir plus.

La femme est une mer aux naufrages fatale ;
Rien ne peut aplanir son humeur inégale ;
Ses flammes d'aujourd'hui seront glaces demain ;
Et s'il s'en rencontre une à qui cela n'avienne,
Fais compte, cher esprit, qu'elle a comme la tienne
    Quelque chose de plus qu'humain.

STANCES.

PARAPHRASE

DU PSAUME VIII.

1604.

O sagesse éternelle, à qui cet univers
Doit le nombre infini des miracles divers
Qu'on voit également sur la terre et sur l'onde !
   Mon Dieu, mon Créateur,
Que ta magnificence étonne tout le monde,
Et que le ciel est bas au prix de ta hauteur !

Quelques blasphémateurs, oppresseurs d'innocents,
A qui l'excès d'orgueil a fait perdre le sens,
De profanes discours ta puissance rabaissent ;
   Mais la naïveté
Dont mêmes au berceau les enfants te confessent,
Clôt-elle pas la bouche à leur impiété ?

De moi, toutes les fois que j'arrête les yeux
A voir les ornements dont tu pares les cieux,

Tu me sembles si grand, et nous si peu de chose,
　　　Que mon entendement
Ne peut s'imaginer quelle amour te dispose
A nous favoriser d'un regard seulement.

Il n'est foiblesse égale à nos infirmités ;
Nos plus sages discours ne sont que vanités,
Et nos sens corrompus n'ont goût qu'à des ordures ;
　　　Toutefois, ô bon Dieu,
Nous te sommes si chers, qu'entre tes créatures,
Si l'ange a le premier, l'homme a le second lieu.

Quelles marques d'honneur se peuvent ajouter
A ce comble de gloire où tu l'as fait monter ?
Et, pour obtenir mieux, quel souhait peut-il faire,
　　　Lui que, jusqu'au ponant,
Depuis où le soleil vient dessus l'hémisphère,
Ton absolu pouvoir a fait son lieutenant ?

Sitôt que le besoin excite son désir,
Qu'est-ce qu'en ta largesse il ne trouve à choisir ?
Et, par ton règlement, l'air, la mer et la terre
　　　N'entretiennent-ils pas
Une secrète loi de se faire la guerre
A qui de plus de mets fournira ses repas ?

Certes je ne puis faire, en ce ravissement,
Que rappeler mon ame, et dire bassement :
O sagesse éternelle, en merveilles féconde !

Mon Dieu, mon Créateur,
Que ta magnificence étonne tout le monde,
Et que le ciel est bas au prix de ta hauteur !

LIVRE DEUXIÈME,

CONTENANT

LES PIÈCES COMPOSÉES DEPUIS 1605.

JUSQU'À LA MORT DE HENRI IV,

EN 1610.

STANCES [1]

POUR

LES PALADINS DE FRANCE,

ASSAILLANTS DANS UN COMBAT DE BARRIÈRE.

1605.

Eh quoi donc ! la France, féconde
En incomparables guerriers,
Aura jusques au bout du monde
Planté des forêts de lauriers,
Et fait gagner à ses armées

1. C'est ici que se trouvaient, dans l'exemplaire d'André Chénier, la tache
d'encre et la note rapportée dans la lettre à madame la Comtesse de Banc...
                                                          ÉDIT.

Des batailles si renommées,
Afin d'avoir cette douleur
D'ouïr démentir ses victoires,
Et nier ce que les histoires
Ont publié de sa valeur !

Tant de fois le Rhin et la Meuse,
Par nos redoutables efforts,
Auront vu leur onde écumeuse
Regorger de sang et de morts ;
Et tant de fois nos destinées
Des Alpes et des Pyrénées
Les sommets auront fait branler ;
Afin que je ne sais quels Scythes,
Bas de fortune et de mérites,
Présument de nous égaler ?

Non, non : s'il est vrai que nous sommes
Issus de ces nobles aïeux
Que la voix commune des hommes
A fait asseoir entre les dieux ;
Ces arrogants, à leur dommage,
Apprendront un autre langage,
Et, dans leur honte ensevelis,
Feront voir à toute la terre
Qu'on est brisé comme du verre
Quand on choque les fleurs de lis.

HENRI, l'exemple des monarques
Les plus vaillants et les meilleurs,

Plein de mérites et de marques
Qui ne seront jamais ailleurs ;
Bel astre vraiment adorable,
De qui l'ascendant favorable
En tous lieux nous sert de rempart,
Si vous aimez votre louange,
Désirez-vous pas qu'on la venge
D'une injure où vous avez part ?

Ces arrogants, qui se défient
De n'avoir pas de lustre assez,
Impudemment se glorifient
Aux fables des siècles passés ;
Et d'une audace ridicule
Nous content qu'ils sont fils d'Hercule,
Sans toutefois en faire foi :
Mais qu'importe qui puissent être
Ni leur père ni leur ancêtre,
Puisque vous êtes notre roi ?

Contre l'aventure funeste
Que leur garde notre courroux,
Si quelque espérance leur reste,
C'est d'obtenir grace de vous,
Et confesser que nos épées,
Si fortes et si bien trempées
Qu'il faut leur céder ou mourir,
Donneront à votre couronne
Tout ce que le ciel environne,
Quand vous le voudrez acquérir.

SONNET

A MADAME LA PRINCESSE DOUAIRIÈRE [1],

POUR L'INVITER

A REVENIR DE PROVENCE A PARIS.

1605.

Quoi donc ! grande princesse en la terre adorée,
Et que même le ciel est contraint d'admirer,
Vous avez résolu de nous voir demeurer
En une obscurité d'éternelle durée?

La flamme de vos yeux, dont la cour éclairée
A vos rares vertus ne peut rien préférer,
Ne se lasse donc point de nous désespérer,
Et d'abuser les vœux dont elle est désirée?

Vous êtes en des lieux où les champs toujours verts,
Pour ce qu'ils n'ont jamais que de tièdes hivers,
Semblent en apparence avoir quelque mérite;

Mais si c'est pour cela que vous causez nos pleurs,
Comment faites-vous cas de chose si petite,
Vous de qui chaque pas fait naître mille fleurs?

---

1. Charlotte Catherine de la Trémoille, veuve de Henri I de Bourbon, prince de Condé, mort à Saint-Jean-d'Angély, le 5 mars 1588.   ÉDIT.

STANCES.

PRIÈRE
POUR LE ROI HENRI-LE-GRAND,
ALLANT EN LIMOUSIN[1].

1605.

O Dieu, dont les bontés de nos larmes touchées
Ont aux vaines fureurs les armes arrachées,
Et rangé l'insolence aux pieds de la raison,
Puisque à rien d'imparfait ta louange n'aspire,
Achève ton ouvrage au bien de cet empire,
Et nous rends l'embonpoint comme la guérison [2].

Nous sommes sous un roi si vaillant et si sage,
Et qui si dignement a fait l'apprentissage
De toutes les vertus propres à commander,
Qu'il semble que cet heur nous impose silence,
Et qu'assurés par lui de toute violence,
Nous n'avons plus sujet de te rien demander.

---

1. Cette pièce est fort belle, pleine de dignité, de chaleur, de poésie, de sentiments nobles et patriotiques. Les pensées convenables au sujet, et l'expression convenable aux pensées ; personne n'a donné à notre langue plus de grace, de fraîcheur, de nouveauté qu'on n'en trouve dans certains vers de ce poème. A. CHÉNIER.

2. Ingénieux et excellent. A. CHÉNIER

Certes quiconque a vu pleuvoir dessus nos têtes
Les funestes éclats des plus grandes tempêtes
Qu'excitèrent jamais deux contraires partis,
Et n'en voit aujourd'hui nulle marque paroître,
En ce miracle seul il peut assez connoître
Quelle force a la main qui nous a garantis.

Mais quoi ! De quelque soin qu'incessamment il veille,
Quelque gloire qu'il ait à nulle autre pareille,
Et quelque excès d'amour qu'il porte à notre bien,
Comme échapperons-nous en des nuits si profondes,
Parmi tant de rochers qui lui cachent les ondes,
Si ton entendement ne gouverne le sien?

Un malheur inconnu glisse parmi les hommes [1],
Qui les rend ennemis du repos où nous sommes :
La plupart de leurs vœux tendent au changement;
Et comme s'ils vivoient des misères publiques,
Pour les renouveler, ils font tant de pratiques
Que qui n'a point de peur n'a point de jugement.

En ce fâcheux état ce qui nous réconforte,
C'est que la bonne cause est toujours la plus forte,
Et qu'un bras si puissant t'ayant pour son appui,
Quand la rébellion plus qu'une hydre féconde [2]
Auroit pour le combattre assemblé tout le monde,
Tout le monde assemblé s'enfuiroit devant lui.

1. Élégant. A. CHENIER.
2. Ces vers sont d'une expression grande, d'une tournure pleine de magnificence et de sublime. Ils feraient honneur à Racine.   A. CHENIER.

Conforme donc, Seigneur, ta grace à nos pensées;
Ote-nous ces objets qui des choses passées
Ramènent à nos yeux le triste souvenir;
Et comme sa valeur, maîtresse de l'orage,
A nous donner la paix a montré son courage,
Fais luire sa prudence à nous l'entretenir.

Il n'a point son espoir au nombre des armées [1],
Étant bien assuré que ces vaines fumées
N'ajoutent que de l'ombre à nos obscurités.
L'aide qu'il veut avoir, c'est que tu le conseilles;
Si tu le fais, Seigneur, il fera des merveilles,
Et vaincra nos souhaits par nos prospérités.

Les fuites des méchants tant soient-elles secrètes,
Quand il les poursuivra, n'auront point de cachettes,
Aux lieux les plus profonds ils seront éclairés :
Il verra sans effet leur honte se produire,
Et rendra les desseins qu'ils feront pour lui nuire
Aussitôt confondus comme délibérés.

La rigueur de ses lois, après tant de licence,
Redonnera le cœur à la foible innocence,
Que dedans la misère on faisoit envieillir.
A ceux qui l'oppressoient il ôtera l'audace;
Et sans distinction de richesse ou de race,
Tous de peur de la peine auront peur de faillir.

1. Vide! A. Chenier.

La terreur de son nom rendra nos villes fortes [1],
On n'en gardera plus ni les murs ni les portes,
Les veilles cesseront au sommet de nos tours;
Le fer mieux employé cultivera la terre,
Et le peuple qui tremble aux frayeurs de la guerre,
Si ce n'est pour danser, n'orra plus de tambours.

Loin des mœurs de son siècle il bannira les vices [2],
L'oisive nonchalance et les molles délices,
Qui nous avoient portés jusqu'aux derniers hasards;
Les vertus reviendront de palmes couronnées,
Et ses justes faveurs, aux mérites données,
Feront ressusciter l'excellence des arts.

La foi de ses aïeux, ton amour et ta crainte,
Dont il porte dans l'ame une éternelle empreinte,
D'actes de piété ne pourront l'assouvir [3];
Il étendra ta gloire autant que sa puissance,
Et n'ayant rien si cher que ton obéissance,
Où tu le fais régner, il te fera servir [4].

1. Strophe excellente. Le premier vers est plein de sens et d'une expression nerveuse. Le troisième est pittoresque et d'une franchise, d'une pureté et d'une élegance de langage admirables; de même est le suivant. La pensée des derniers est excellente. *N'orra* n'est pas heureux. A. CHENIER.

2. Celle-ci n'est pas moins belle et pour le sens et pour tout; peut-être même est-elle plus parfaite comme poésie. Là belle image que celle du quatrième vers! Il n'y a rien en notre langue d'un style plus excellent que ces trois derniers vers-là A. CHENIER.

3. Difficile! A. CHENIER.

4. Équivoque! A. CHENIER.

Tu nous rendras alors nos douces destinées [1] ;
Nous ne reverrons plus ces fâcheuses années,
Qui pour les plus heureux n'ont produit que des pleurs.
Toute sorte de biens comblera nos familles,
La moisson de nos champs lassera les faucilles,
Et les fruits passeront la promesse des fleurs [2].

La fin de tant d'ennuis dont nous fûmes la proie
Nous ravira les sens de merveille et de joie [3] ;
Et d'autant que le monde est ainsi composé,
Qu'une bonne fortune en craint une mauvaise,
Ton pouvoir absolu, pour conserver notre aise,
Conservera celui qui nous l'aura causé.

Quand un roi fainéant, la vergogne des rois [4],
Laissant à ses flatteurs le soin de ses provinces,
Entre les voluptés indignement s'endort,
Quoique l'on dissimule, on en fait peu d'estime ;
Et si la vérité se peut dire sans crime,
C'est avecque plaisir qu'on survit à sa mort.

---

1. Autre strophe pure, harmonieuse, animée, pleine de grace et de facilité. Je ne sais rien nulle part où il y ait plus d'imagination, de goût, de vraie poésie que dans les deux derniers vers. Le dernier surtout est d'une élégance si exquise, qu'il n'a pas été surpassé en français. Il est tout à fait virgilien. A. CHÉNIER.

2. Divin ! A. CHÉNIER.

3. Au second vers *merveille* est employé dans son sens primitif d'*étonnement*, comme *maraviglia* en italien. Il faut s'en souvenir et l'imiter ; car c'est une vraie richesse de langage.   A. CHÉNIER.

4. Voilà une strophe divine, pleine de noblesse, de courage, de liberté ; d'une force et d'une franchise d'expression qui rend le poëte respectable et décèle une grande ame. Il est beau d'oser écrire à un roi sur ce ton. Mais Henri IV pouvait tout entendre. Il y a d'autant plus de mérite à avoir fait cette strophe, qu'elle renferme une allusion évidente au règne de Henri III. A. CHÉNIER.

Mais ce roi, des bons rois l'éternel exemplaire,
Qui de notre salut est l'ange tutélaire,
L'infaillible refuge et l'assuré secours,
Son extrême douceur ayant dompté l'envie,
De quels jours assez longs peut-il borner sa vie,
Que notre affection ne les juge trop courts?

Nous voyons les esprits nés à la tyrannie,
Ennuyés de couver leur cruelle manie,
Tourner tous leurs conseils à notre affliction;
Et lisons clairement dedans leur conscience,
Que s'ils tiennent la bride à leur impatience,
Nous n'en sommes tenus qu'à sa protection.

Qu'il vive donc, Seigneur, et qu'il nous fasse vivre!
Que de toutes ces peurs nos ames il délivre;
Et rendant l'univers de son heur étonné,
Ajoute chaque jour quelque nouvelle marque
Au nom qu'il s'est acquis du plus rare monarque
Que ta bonté propice ait jamais couronné!

Cependant son dauphin, d'une vitesse prompte,
Des ans de sa jeunesse accomplira le compte;
Et suivant de l'honneur les aimables appas,
De faits si renommés ourdira son histoire,
Que ceux qui dedans l'ombre éternellement noire
Ignorent le soleil, ne l'ignoreront pas [1].

---

1. Noble, pompeux, grave.

    Stesichorique graves camenæ.   A. CHÉNIER.

Par sa fatale main qui vengera nos pertes,

L'Espagne pleurera ses provinces désertes,

Ses châteaux abattus et ses camps déconfits ;

Et si de nos discords l'infâme vitupère

A pu la dérober aux victoires du père,

Nous la verrons captive aux triomphes du fils.

ODE [1]

AU SUJET DE L'ATTENTAT COMMIS SUR LE PONT-NEUF,

EN LA PERSONNE

DE HENRI-LE-GRAND,

le 19 décembre 1605,

PAR

ÉTIENNE DE LISLE,

PROCUREUR A SENLIS [2].

1606.

Que direz-vous, races futures,

Si quelquefois un vrai discours

Vous récite les aventures

De nos abominables jours?

1. Cette ode est une de celles où Malherbe a mis le plus de cette chaleur et de cet enthousiasme qui constituent le genre lyrique. En général, il en manque.   A. CHÉNIER.

2. Ce de Lisle, se jetant sur le roi comme il passait à cheval sur le Pont-Neuf, le tira par son manteau qu'il fit tomber. Il fut pris aussitôt et mené à la Bastille ; mais comme, par ses interrogatoires, il parut aliéné d'esprit, il ne fut point puni.   ÉDIT.

Lirez-vous, sans rougir de honte,
Que notre impiété surmonte
Les faits les plus audacieux
Et les plus dignes du tonnerre,
Qui firent jamais à la terre
Sentir la colère des cieux ?

O que nos fortunes prospères [1]
Ont un change bien apparent !
O que du siècle de nos pères
Le nôtre s'est fait différent !
La France, devant ces orages
Pleine de mœurs et de courages
Qu'on ne pouvoit assez louer,
S'est faite aujourd'hui si tragique,
Qu'elle produit ce que l'Afrique
Auroit vergogne d'avouer.

Quelles preuves incomparables
Peut donner un prince de soi,
Que les rois les plus adorables
N'en quittent l'honneur à mon roi !
Quelle terre n'est parfumée
Des odeurs de sa renommée [2] !

1. On assure que Malherbe lui-même condamnait cette expression. Il avait tort. Racine a dit :

Ont vu bénir le cours de leurs destins prospères.
                                        A. CHENIER.

2. Ces deux vers ont une tournure bouffonne.

Odeur de saint se sentait à la ronde !
                                        A. CHENIER.

Et qui peut nier qu'après Dieu,
Sa gloire, qui n'a point d'exemples,
N'ait mérité que dans nos temples   .
On lui donne le second lieu [1] ?

Qui ne sait point qu'à sa vaillance
Il ne se peut rien ajouter;
Qu'on reçoit de sa bienveillance
Tout ce qu'on en doit souhaiter;
Et que si de cette couronne,
Que sa tige illustre lui donne,
Les lois ne l'eussent revêtu,
Nos peuples d'un juste suffrage
Ne pouvoient, sans faire naufrage [2],
Ne l'offrir point à sa vertu?

Toutefois, ingrats que nous sommes,
Barbares et dénaturés,
Plus qu'en ce climat où les hommes
Par les hommes sont dévorés,
Toujours nous assaillons sa tête
De quelque nouvelle tempête;
Et d'un courage forcené,
Rejetant son obéissance,
Lui défendons la jouissance
Du repos qu'il nous a donné.

1. Tous ces éloges-là sont d'une gaucherie !   A. CHÉNIER.
2. Rime parasite.   A. CHÉNIER.

La main de cet esprit farouche,
Qui, sorti des ombres d'enfer,
D'un coup sanglant frappa sa bouche [1],
A peine avoit laissé le fer ;
Et voici qu'un autre perfide,
Où la même audace réside,
Comme si détruire l'État
Tenoit lieu de juste conquête,
De pareilles armes s'apprête
A faire un pareil attentat.

O soleil, ô grand luminaire !
Si jadis l'horreur d'un festin
Fit que de ta route ordinaire
Tu reculas vers le matin,
Et d'un émerveillable change
Te couchas aux rives du Gange,
D'où vient que ta sévérité,
Moindre qu'en la faute d'Atrée,
Ne punit point cette contrée
D'une éternelle obscurité [2] ?

Non, non, tu luis sur le coupable,
Comme tu fais sur l'innocent ;

1. Jean Châtel.　Édit.
2. Cette strophe est belle ; le passage est rapide et chaud. Le troisième et le quatrième vers rendent très-bien une belle image, que les deux suivants gâtent. La faute d'Atrée est de la dernière faiblesse. Cette apostrophe pathétique et inattendue est, je crois. ce qu'il y a de plus lyrique dans tout Malherbe.　A. Chénier.

Ta nature n'est point capable [1]
Du trouble qu'une ame ressent ;
Tu dois ta flamme à tout le monde ;
Et ton allure vagabonde,
Comme une servile action
Qui dépend d'une autre puissance,
N'ayant aucune connoissance,
N'a point aussi d'affection.

Mais, ô planète belle et claire [2].
Je ne parle pas sagement ;
Le juste excès de la colère
M'a fait perdre le jugement.
Ce traître, quelque frénésie
Qui travaillât sa fantaisie,
Eut encore assez de raison
Pour ne vouloir rien entreprendre,
Bel astre, qu'il n'eût vu descendre
Ta lumière sous l'horizon.

Au point qu'il écuma sa rage [3],
Le Dieu de Seine étoit dehors
A regarder croître l'ouvrage
Dont ce prince embellit ses bords [4].

---

1. Cela devient sec et froid. A. CHENIER.

2. Et ceci à la glace, et d'un style presque burlesque. A. CHENIER.

3. Cette strophe est fort bien ; la fin en est charmante. C'est une idée très-ingénieuse de faire sortir les dieux de la Seine, pour admirer les bâtiments que le roi faisait construire. A. CHENIER.

4. La grande galerie du Louvre. ÉDIT.

Il se resserra tout à l'heure
Au plus bas lieu de sa demeure ;
Et ses nymphes dessus les eaux,
Toutes sans voix et sans haleine,
Pour se cacher furent en peine
De trouver assez de roseaux.

La terreur des choses passées
A leurs yeux se ramentevant
Faisoit prévoir à leurs pensées
Plus de malheurs qu'auparavant ;
Et leur étoit si peu croyable
Qu'en cet accident effroyable
Personne les pût secourir,
Que, pour en être dégagées,
Le ciel les auroit obligées,
S'il leur eût permis de mourir.

Revenez, belles fugitives [1] ;
De quoi versez-vous tant de pleurs ?
Assurez vos ames craintives,
Remettez vos chapeaux de fleurs.
Le roi vit, et ce misérable,
Ce monstre vraiment déplorable,
Qui n'avoit jamais éprouvé
Que peut un visage d'Alcide,

---

[1]. Ceci est charmant, d'un style frais et plein de grâce, et feroit bien plus d'effet, si les strophes qui précèdent peignoient la terreur avec des couleurs plus fortes et plus animées. A. CHÉNIER.

A commencé le parricide,
Mais il ne l'a pas achevé.

Pucelles, qu'on se réjouisse [1],
Mettez-vous l'esprit en repos;
Que cette peur s'évanouisse,
Vous la prenez mal à propos;
Le roi vit, et les destinées
Lui gardent un nombre d'années
Qui fera maudire le sort
A ceux dont l'aveugle manie
Dresse des plans de tyrannie
Pour bâtir quand il sera mort.

O bienheureuse intelligence,
Puissance quiconque tu sois,
Dont la fatale diligence [2]
Préside à l'empire françois!
Toutes ces visibles merveilles
De soins, de peines et de veilles,
Qui jamais ne t'ont pu lasser,
N'ont-elles pas fait une histoire

---

1 Cette strophe et la précédente auraient dû être fondues en une. La marche est lente. A. CHENIER.

2. Le mot fatal est là dans le vrai sens du latin. On ne l'emploie plus ainsi. C'était une richesse véritable. Malherbe l'aimait. Il a dit ailleurs :

> Qui ne sait de quelles tempêtes
> Leur fatale main autrefois,
> Portant la foudre de nos rois,
> Des Alpes a battu les têtes?..

Et ailleurs :

> Par cet espoir fatal...

A CHENIER

Qu'en la plus ingrate mémoire
L'oubli ne sauroit effacer ?

Ces archers aux casaques peintes
Ne peuvent pas n'être surpris,
Ayant à combattre les feintes
De tant d'infidèles esprits.
Leur présence n'est qu'une pompe ;
Avecque peu d'art on les trompe.
Mais de quelle dextérité
Se peut déguiser une audace,
Qu'en l'ame aussitôt qu'en la face
Tu n'en lises la vérité ?

Grand démon d'éternelle marque [1],
Fais qu'il te souvienne toujours
Que tous nos maux en ce monarque
Ont leur refuge et leur secours ;
Et qu'arrivant l'heure prescrite,
Que le trépas, qui tout limite,
Nous privera de sa valeur,
Nous n'avons jamais eu d'alarmes
Où nous ayons versé des larmes
Pour une semblable douleur.

Je sais bien que par la justice,
Dont la paix accroît le pouvoir,

---

[1] Toute cette fin est trop longue, défaut commun à presque toutes les odes de Malherbe, et même de Rousseau. Il est bien difficile de soutenir si long-temps le ton de chaleur et d'enthousiasme qui convient à la lyre.
                                        A. CHÉNIER.

Il fait demeurer la malice
Aux bornes de quelque devoir,
Et que son invincible épée
Sous telle influence est trempée,
Qu'elle met la frayeur partout
Aussitôt qu'on la voit reluire :
Mais quand le malheur veut nous nuire,
De quoi ne vient-il point à bout ?

Soit que l'ardeur de la prière [1]
Le tienne devant un autel,
Soit que l'honneur à la barrière
L'appelle à débattre un cartel,
Soit que dans la chambre il médite,
Soit qu'aux bois la chasse l'invite,
Jamais ne t'écarte si loin,
Qu'aux embûches qu'on lui peut tendre
Tu ne sois prêt à le défendre,
Sitôt qu'il en aura besoin.

Garde sa compagne fidèle,
Cette reine, dont les bontés
De notre foiblesse mortelle
Tous les défauts ont surmontés.
Fais que jamais rien ne l'ennuie ;
Que toute infortune la fuie ;

---

1. Cette strophe est belle, surtout pour le tour, qui est le même que dans l'ode au duc de Bellegarde :

    Soit que l'honneur de la carrière, etc....

                                    A. CHENIER.

Et qu'aux roses de sa beauté
L'âge, par qui tout se consume,
Redonne contre sa coutume
Les graces de la nouveauté.

Serre d'une étreinte si ferme
Le nœud de leurs chastes amours,
Que la seule mort soit le terme
Qui puisse en arrêter le cours.
Bénis les plaisirs de leur couche,
Et fais renaître de leur souche
Des scions si beaux et si verts,
Que de leur feuillage sans nombre [1]
A jamais ils puissent faire ombre
Aux peuples de tout l'univers.

Surtout pour leur commune joie [2]
Dévide aux ans de leur dauphin,
A longs filets d'or et de soie,
Un bonheur qui n'ait point de fin;
Quelques vœux que fasse l'envie,
Conserve-leur sa chère vie;

---

1. Belle image bien rendue pour le temps. A. CHENIER.

2.   Ainsi de tant d'or et de soie
                Ton ame dévide son cours....

Ailleurs :
                Nos jours filés de toutes soies
                Ont des ennuis comme des joies.

Cette image est belle et poétique. Malherbe l'a épuisée. Il se répète souvent, soit pour la pensée, soit pour l'expression ; souvenons-nous aussi qu'il
faisait la langue, et qu'à mesure qu'il enfantoit une nouvelle pensée, il lui
fallait créer aussi une expression nouvelle. A. CHENIER.

Et tiens par elle ensevelis
D'une bonace continue
Les Aquilons, dont sa venue
A garanti les fleurs de lis.

Conduis-le sous leur assurance [1]
Promptement jusques au sommet
De l'inévitable espérance
Que son enfance leur promet.
Et pour achever leurs journées,
Que les oracles ont bornées
Dedans le trône impérial,
Avant que le ciel les appelle,
Fais-leur ouïr cette nouvelle,
Qu'il a rasé l'Escurial.

[1]. Quatre vers fort beaux. *L'inévitable espérance* est de la précision la plus heureuse et la plus poétique. A. CHÉNIER.

STANCES

AUX DAMES,

POUR

LES DEMI-DIEUX MARINS

CONDUITS PAR NEPTUNE,

DANS LE CARROUSEL DES QUATRE ÉLÉMENTS, EN MARS 1606 [1].

O ! qu'une sagesse profonde
Aux aventures de ce monde
Préside souverainement !
Et que l'audace est mal apprise
De ceux qui font une entreprise,
Sans douter de l'événement !

Le renom que chacun admire
Du prince qui tient cet empire
Nous avoit fait ambitieux
De mériter sa bienveillance,
Et donner à notre vaillance
Le témoignagne de ses yeux.

---

1. Ce carrousel eut lieu à l'occasion de l'accouchement de la reine, qui, le 20 février précédent, avait mis au monde madame Chrétienne ou Christine, depuis duchesse de Savoie. ÉDIT.

Nos forces, partout reconnues,
Faisoient monter jusques aux nues
Les desseins de nos vanités;
Et voici qu'avecque des charmes
Un enfant qui n'avoit point d'armes
Nous a ravi nos libertés.

Belles merveilles de la terre,
Doux sujets de paix et de guerre,
Pouvons-nous avecque raison
Ne bénir pas les destinées
Par qui nos ames enchaînées
Servent en si belle prison?

L'aise nouveau de cette vie
Nous ayant fait perdre l'envie
De nous en retourner chez nous,
Soit notre gloire ou notre honte,
Neptune peut bien faire compte
De nous laisser avecque vous.

Nous savons quelle obéissance
Nous oblige notre naissance
De porter à sa royauté;
Mais est-il ni crime ni blâme
Dont vous ne dispensiez une ame
Qui dépend de votre beauté?

8

Qu'il s'en aille à ses Néréides,
Dedans ses cavernes humides,
Et vive misérablement,
Confiné parmi ses tempêtes;
Quant à nous, étant où vous êtes,
Nous sommes en notre élément.

ODE

AU ROI HENRI-LE-GRAND,

SUR L'HEUREUX SUCCÈS DU VOYAGE DE SÉDAN,

ENTREPRIS POUR RÉDUIRE

LE DUC DE BOUILLON,

EN MARS ET AVRIL 1606.

Enfin après les tempêtes
Nous voici rendus au port;
Enfin nous voyons nos têtes
Hors de l'injure du sort.
Nous n'avons rien qui menace
De troubler notre bonace;
Et ces matières de pleurs,
Massacres, feux et rapines,
De leurs funestes épines
Ne gâteront plus nos fleurs.

Nos prières sont ouïes,
Tout est réconcilié ;
Nos peurs sont évanouies,
Sédan s'est humilié.
A peine il a vu le foudre
Parti pour le mettre en poudre,
Que, faisant comparaison
De l'espoir et de la crainte,
Pour éviter la contrainte
Il s'est mis à la raison.

Qui n'eût cru que ses murailles,
Que défendoit un lion,
Eussent fait des funérailles
Plus que n'en fit Ilion ;
Et qu'avant qu'être à la fête
De si pénible conquête,
Les champs se fussent vêtus
Deux fois de robe nouvelle,
Et le fer eût en javelle
Deux fois les blés abattus?

Et toutefois, ô merveille !
Mon roi, l'exemple des rois,
Dont la grandeur nonpareille
Fait qu'on adore ses lois,
Accompagné d'un génie,
Qui les volontés manie,

L'a su tellement presser
D'obéir et de se rendre,
Qu'il n'a pas eu pour le prendre
Loisir de le menacer.

Tel qu'à vagues épandues
Marche un fleuve impérieux,
De qui les neiges fondues
Rendent le cours furieux :
Rien n'est sûr en son rivage ;
Ce qu'il trouve il le ravage ;
Et traînant comme buissons
Les chênes et leurs racines,
Ote aux campagnes voisines
L'espérance des moissons.

Tel, et plus épouvantable,
S'en alloit ce conquérant,
A son pouvoir indomptable
Sa colère mesurant.
Son front avoit une audace
Telle que Mars en la Thrace ;
Et les éclairs de ses yeux
Étoient comme d'un tonnerre
Qui gronde contre la terre,
Quand elle a fâché les cieux.

Quelle vaine résistance
A son puissant appareil

N'eût porté la pénitence
Qui suit un mauvais conseil,
Et vu sa faute bornée
D'une chute infortunée,
Comme la rébellion,
Dont la fameuse folie
Fit voir à la Thessalie
Olympe sur Pélion !

Voyez comme en son courage,
Quand on se range au devoir,
La pitié calme l'orage
Que l'ire a fait émouvoir.
A peine fut réclamée
Sa douceur accoutumée,
Que d'un sentiment humain
Frappé non moins que de charmes,
Il fit la paix, et les armes
Lui tombèrent de la main.

Arrière, vaines chimères
De haines et de rancueurs;
Soupçons de choses amères,
Éloignez-vous de nos cœurs :
Loin, bien loin, tristes pensées
Où nos misères passées
Nous avoient ensevelis.
Sous Henri, c'est ne voir goutte
Que de révoquer en doute
Le salut des fleurs de lis.

O roi, qui du rang des hommes
T'exceptes par ta bonté,
Roi, qui de l'âge où nous sommes
Tout le mal as surmonté ;
Si tes labeurs, d'où la France
A tiré sa délivrance,
Sont écrits avecque foi,
Qui sera si ridicule
Qu'il ne confesse qu'Hercule
Fut moins Hercule que toi ?

De combien de tragédies,
Sans ton assuré secours,
Étoient les trames ourdies
Pour ensanglanter nos jours !
Et qu'auroit fait l'innocence,
Si l'outrageuse licence,
De qui le souverain bien
Est d'opprimer et de nuire,
N'eût trouvé pour la détruire
Un bras fort comme le tien ?

Mon roi, connois ta puissance,
Elle est capable de tout ;
Tes desseins n'ont pas naissance
Qu'on en voit déjà le bout ;
Et la fortune, amoureuse
De ta vertu généreuse,

Trouve de si doux appas
A te servir et te plaire,
Que c'est la mettre en colère
Que de ne l'employer pas.

Use de sa bienveillance,
Et lui donne ce plaisir,
Qu'elle suive ta vaillance
A quelque nouveau désir.
Où que tes bannières aillent,
Quoi que tes armes assaillent,
Il n'est orgueil endurci
Que brisé comme du verre
A tes pieds elle n'atterre
S'il n'implore ta merci.

Je sais bien que les oracles
Prédisent tous qu'à ton fils
Sont réservés les miracles
De la prise de Memphis;
Et que c'est lui dont l'épée,
Au sang barbare trempée,
Quelque jour apparoissant
A la Grèce qui soupire,
Fera décroître l'empire
De l'infidèle Croissant.

Mais tandis que les années
Pas à pas font avancer

L'âge où de ses destinées
La gloire doit commencer ;
Que fais-tu que, d'une armée
A te venger animée,
Tu ne mets dans le tombeau
Ces voisins, dont les pratiques
De nos rages domestiques
Ont allumé le flambeau ?

Quoique les Alpes chenues
Les couvrent de toutes parts,
Et fassent monter aux nues
Leurs effroyables remparts ;
Alors que de ton passage
On leur fera le message,
Qui verront-elles venir
Envoyé sous tes auspices,
Qu'aussitôt leurs précipices
Ne se laissent aplanir ?

Crois-moi, contente l'envie
Qu'ont tant de jeunes guerriers
D'aller exposer leur vie
Pour t'acquérir des lauriers ;
Et ne tiens point otieuses
Ces ames ambitieuses,
Qui, jusques où le matin
Met les étoiles en fuite,
Oseront sous ta conduite
Aller querir du butin.

Déjà le Tésin tout morne
Consulte de se cacher,
Voulant garantir sa corne,
Que tu lui dois arracher ;
Et le Pô, tombe certaine
De l'audace trop hautaine,
Tenant baissé le menton
Dans sa caverne profonde,
S'apprête à voir en son onde
Choir un autre Phaéton.

Va, monarque magnanime,
Souffre à ta juste douleur
Qu'en leurs rives elle imprime
Les marques de ta valeur ;
L'astre dont la course ronde
Tous les jours voit tout le monde
N'aura point achevé l'an
Que tes conquêtes ne rasent
Tout le Piémont, et n'écrasent
La couleuvre [1] de Milan.

Ce sera là que ma lyre,
Faisant son dernier effort,
Entreprendra de mieux dire
Qu'un cygne près de sa mort,

1. Allusion aux armes du duché de Milan. ÉDIT.

Et se rendant favorable
Ton oreille incomparable,
Te forcera d'avouer
Qu'en l'aise de la victoire
Rien n'est si doux que la gloire
De se voir si bien louer.

Il ne faut pas que tu penses
Trouver de l'éternité
En ces pompeuses dépenses
Qu'invente la vanité :
Tous ces chefs-d'œuvres antiques
Ont à peine leurs reliques [1].
Par les Muses seulement
L'homme est exempt de la Parque,
Et ce qui porte leur marque
Demeure éternellement.

Par elles traçant l'histoire
De tes faits laborieux,

1. Ce mot de reliques est beau et sonore ; de plus, employé rarement, il est encore presque tout neuf. C'est pourquoi il ne faut point qu'il soit perdu pour notre poésie. Racine, qui connaissait les véritables richesses et qui ne les laissait point échapper, l'a mis en usage deux fois. Dans Phèdre :

. . . . Ces tombeaux antiques
Où des rois, ses aïeux, sont les froides reliques.

Dans Bajazet :

Déjà, sur un vaisseau dans le port préparé,
Chargeant de mon débris les reliques plus chères,
Je méditais ma fuite aux terres étrangères.

Ce dernier exemple est bien beau et bien hardi. A. CHENIER.

Je défendrai ta mémoire
Du trépas injurieux ;
Et quelque assaut que te fasse
L'oubli, par qui tout s'efface,
Ta louange dans mes vers,
D'amarante couronnée,
N'aura sa fin terminée
Qu'en celle de l'univers.

CHANSON

FAITE CONJOINTEMENT

AVEC LA DUCHESSE DE BELLEGARDE

ET LE MARQUIS DE RACAN.

1606.

Qu'autres que vous soient désirées,
Qu'autres que vous soient adorées,
Cela se peut facilement ;
Mais qu'il soit des beautés pareilles
A vous, merveille des merveilles,
Cela ne se peut nullement.

Que chacun sous votre puissance
Captive son obéissance,

Cela se peut facilement ;
Mais qu'il soit une amour si forte
Que celle-là que je vous porte,
Cela ne se peut nullement.

Que le fâcheux nom de cruelles
Semble doux à beaucoup de belles,
Cela se peut facilement ;
Mais qu'en leur ame trouve place
Rien de si froid que votre glace,
Cela ne se peut nullement.

Qu'autres que moi soient misérables
Par vos rigueurs inexorables,
Cela se peut facilement ;
Mais que la cause de leurs plaintes
Porte de si vives atteintes,
Cela ne se peut nullement.

Qu'on serve bien lorsque l'on pense
En recevoir la récompense,
Cela se peut facilement ;
Mais qu'une autre foi que la mienne
N'espère rien et se maintienne,
Cela ne se peut nullement.

Qu'à la fin la raison essaie
Quelque guérison à ma plaie,
Cela se peut facilement ;
Mais que d'un si digne servage

La remontrance me dégage,
Cela ne se peut nullement.

Qu'en ma seule mort soient finies
Mes peines et vos tyrannies,
Cela se peut facilement;
Mais que jamais par le martyre
De vous servir je me retire,
Cela ne se peut nullement.

STANCES

POUR

M. LE DUC DE BELLEGARDE,

A UNE FEMME QUI S'ÉTOIT IMAGINÉ QU'IL ÉTOIT AMOUREUX D'ELLE.

1606.

PHILIS qui me voit le teint blême,
Les sens ravis hors de moi-même,
Et les yeux trempés tout le jour,
Cherchant la cause de ma peine,
Se figure, tant elle est vaine,
Qu'elle m'a donné de l'amour.

9

Je suis marri que la colère
Me porte jusqu'à lui déplaire ;
Mais pourquoi ne m'est-il permis
De lui dire qu'elle s'abuse,
Puisqu'à ma honte elle s'accuse
De ce qu'elle n'a point commis ?

En quelle école nonpareille
Auroit-elle appris la merveille
De si bien charmer ses appas,
Que je pusse la trouver belle,
Pâlir, transir, languir pour elle,
Et ne m'en apercevoir pas ?

O ! qu'il me seroit désirable
Que je ne fusse misérable
Que pour être en telle prison !
Mon mal ne m'étonneroit guères,
Et les herbes les plus vulgaires
M'en donneroient la guérison.

Mais, ô rigoureuse aventure !
Un chef-d'œuvre de la nature,
Au lieu du monde le plus beau,
Tient ma liberté si bien close,
Que le mieux que je m'en propose,
C'est d'en sortir par le tombeau.

Pauvre PHILIS mal avisée,
Cessez de servir de risée,
Et souffrez que la vérité
Vous témoigne votre ignorance,
Afin que, perdant l'espérance,
Vous perdiez la témérité.

C'est de Glycère que procèdent
Tous les ennuis qui me possèdent,
Sans remède et sans reconfort.
Glycère fait mes destinées;
Et, comme il lui plaît, mes années
Sont ou près ou loin de la mort.

C'est bien un courage de glace,
Où la pitié n'a point de place,
Et que rien ne peut émouvoir;
Mais quelque défaut que j'y blâme,
Je ne puis l'ôter de mon ame,
Non plus que vous y recevoir.

SONNET

AU ROI HENRI-LE-GRAND [1].

1607.

Je le connois, Destins, vous avez arrêté
Qu'aux deux fils de mon roi se partage la terre,
Et qu'après le trépas ce miracle de guerre
Soit encore effroyable en sa postérité.

Leur courage aussi grand que leur prospérité
Tous les forts orgueilleux brisera comme verre ;
Et qui de leurs combats attendra le tonnerre
Aura le châtiment de sa témérité.

Le cercle imaginé qui de même intervalle
Du Nord et du Midi les distances égale [2],
De pareille grandeur bornera leur pouvoir :

Mais étant fils d'un père où tant de gloire abonde,
Pardonnez-moi, Destins, quoi qu'ils puissent avoir,
Vous ne leur donnez rien s'ils n'ont chacun un monde.

1. A l'occasion de la naissance du second fils d'Henri IV, le duc d'Orléans, né le 6 avril 1607 et mort en 1611, le même dont on lit l'épitaphe, liv. III. ÉDIT.

2. L'équateur. ÉDIT.

SONNET

AU ROI HENRI-LE-GRAND.

1607 ou 1608.

Mon Roi, s'il est ainsi que des choses futures
L'école d'Apollon apprend la vérité,
Quel ordre merveilleux de belles aventures
Va combler de lauriers votre postérité!

Que vos jeunes lions vont amasser de proie,
Soit qu'aux rives du Tage ils portent leurs combats,
Soit que de l'Orient mettant l'empire bas,
Ils veuillent rebâtir les murailles de Troie [1]!

Ils seront malheureux seulement en un point :
C'est que si leur courage à leur fortune joint
Avoit assujetti l'un et l'autre hémisphère,

Votre gloire est si grande en la bouche de tous,
Que toujours on dira qu'ils ne pouvoient moins faire,
Puisqu'ils avoient l'honneur d'être sortis de vous.

---

1. Allusion à l'ancienne fable qui fait descendre les Français d'un prétendu fils d'Hector nommé *Francus* ou *Francion*. ÉDIT.

9.

CHANSON

SUR LE DÉPART DE LA VICOMTESSE D'AUCHY [1].

1608.

Ils s'en vont ces rois de ma vie,
Ces yeux, ces beaux yeux,
Dont l'éclat fait pâlir d'envie
Ceux même des cieux.
Dieux, amis de l'innocence,
Qu'ai-je fait pour mériter
Les ennuis où cette absence
Me va précipiter?

Elle s'en va, cette merveille
Pour qui, nuit et jour,
Quoi que la raison me conseille,
Je brûle d'amour.
Dieux, amis de l'innocence,
Qu'ai-je fait pour mériter
Les ennuis où cette absence
Me va précipiter?

1. Charlotte des Ursins. C'est la Caliste du troisième livre des Lettres de Malherbe. On a d'elle une *Paraphrase sur l'Epître de S. Paul aux Hébreux*. ÉDIT.

En quel effroi de solitude
    Assez écarté
Mettrai-je mon inquiétude
    En sa liberté?
  Dieux, amis de l'innocence,
  Qu'ai-je fait pour mériter
  Les ennuis où cette absence
    Me va précipiter?

Les affligés ont en leur peine
    Recours à pleurer :
Mais quand mes yeux seroient fontaines,
    Que puis-je espérer?
  Dieux, amis de l'innocence,
  Qu'ai-je fait pour mériter
  Les ennuis où cette absence
    Me va précipiter?

ODE

A M. LE DUC DE BELLEGARDE,

GRAND-ÉCUYER DE FRANCE.

1608.

A la fin, c'est trop de silence
En si beau sujet de parler;
Le mérite qu'on veut celer
Souffre une injuste violence.
BELLEGARDE, unique support
Où mes vœux ont trouvé leur port,
Que tarde ma paresse ingrate,
Que déjà ton bruit nonpareil
Aux bords du Tage et de l'Euphrate
N'a vu l'un et l'autre soleil?

Les Muses hautaines et braves
Tiennent le flatter odieux,
Et comme parentes des dieux
Ne parlent jamais en esclaves;
Mais aussi ne sont-elles pas
De ces beautés dont les appas
Ne sont que rigueur et que glace,
Et de qui le cerveau léger,

Quelque service qu'on leur fasse,
Ne se peut jamais obliger !

La vertu, qui de leur étude
Est le fruit le plus précieux,
Sur tous les actes vicieux
Leur fait haïr l'ingratitude,
Et les agréables chansons,
Par qui les doctes nourrissons
Savent charmer les destinées,
Récompensent un bon accueil
De louanges que les années
Ne mettent point dans le cercueil.

Les tiennes par moi publiées,
Je le jure sur les autels,
En la mémoire des mortels
Ne seront jamais oubliées;
Et l'éternité que promet
La montagne au double sommet
N'est que mensonge et que fumée,
Ou je rendrai cet univers
Amoureux de ta renommée,
Autant que tu l'es de mes vers.

Comme, en cueillant une guirlande,
L'homme est d'autant plus travaillé
Que le parterre est émaillé
D'une diversité plus grande,

Tant de fleurs de tant de côtés
Faisant paroître en leurs beautés
L'artifice de la nature,
Qu'il tient suspendu son désir,
Et ne sait en cette peinture
Ni que laisser, ni que choisir :

Ainsi, quand pressé de la honte
Dont me fait rougir mon devoir,
Je veux une œuvre concevoir
Qui pour toi les âges surmonte,
Tu me tiens les sens enchantés
De tant de rares qualités
Où brille un excès de lumière,
Que plus je m'arrête à penser
Laquelle sera la première,
Moins je sais par où commencer.

Si nommer en son parentage
Une longue suite d'aïeux
Que la gloire a mis dans les cieux
Est réputé grand avantage,
De qui n'est-il point reconnu
Que toujours les tiens ont tenu
Les charges les plus honorables,
Dont le mérite et la raison,
Quand les Destins sont favorables,
Parent une illustre maison?

Qui ne sait de quelles tempêtes
Leur fatale main autrefois,
Portant la foudre de nos rois,
Des Alpes a battu les têtes [1] !
Qui n'a vu dessous leurs combats
Le Pô mettre les cornes bas,
Et les peuples de ses deux rives,
Dans la frayeur ensevelis,
Laisser leurs dépouilles captives
A la merci des fleurs de lis?

Mais de chercher aux sépultures
Des témoignages de valeur,
C'est à ceux qui n'ont rien du leur
Estimable aux races futures;
Non pas à toi qui, revêtu
De tous les dons que la Vertu
Peut recevoir de la Fortune,
Connois ce qui vraiment est bien,
Et ne veux pas, comme la lune,
Luire d'autre feu que du tien.

Quand le monstre infâme d'Envie,
A qui rien de l'autrui ne plaît,
Tout lâche et perfide qu'il est,
Jette les yeux dessus ta vie,

---

1. Ceci regarde le maréchal de Termes, allié à la maison de Bellegarde.
                                        ÉDIT.

Et te voit emporter le prix
Des grands cœurs et des beaux-esprits,
Dont aujourd'hui la France est pleine,
Est-il pas contraint d'avouer
Qu'il a lui-même de la peine
A s'empêcher de te louer ?

Soit que l'honneur de la carrière
T'appelle à monter un cheval,
Soit qu'il se présente un rival
Pour la lice ou par la barrière,
Soit que tu donnes ton loisir
A prendre quelque autre plaisir,
Éloigné des molles délices,
Qui ne sait que toute la cour
A regarder tes exercices
Comme à des théâtres accourt ?

Quand tu passas en Italie,
Où tu fus querir pour ton roi
Ce joyau d'honneur et de foi
Dont l'Arne à la Seine s'allie,
Thétis ne suivit-elle pas
Ta bonne grace et tes appas,
Comme un objet émerveillable,
Et jura qu'avecque Jason
Jamais Argonaute semblable
N'alla conquérir la Toison ?

Tu menois le blond Hyménée,
Qui devoit solennellement
De ce fatal accouplement
Célébrer l'heureuse journée.
Jamais il ne fut si paré,
Jamais en son habit doré
Tant de richesses n'éclatèrent;
Toutefois les nymphes du lieu,
Non sans apparence, doutèrent
Qui de vous deux étoit le dieu.

De combien de pareilles marques,
Dont on ne peut me démentir,
Ai-je de quoi te garantir
Contre les menaces des Parques?
Si ce n'est qu'un si long discours
A de trop pénibles détours;
Et qu'à bien dispenser les choses,
Il faut mêler pour un guerrier
A peu de myrte et peu de roses
Force palme et force laurier.

Achille étoit haut de corsage;
L'or éclatoit en ses cheveux,
Et les dames avecque vœux
Soupiroient après son visage;
Sa gloire à danser et chanter,
Tirer de l'arc, sauter, lutter,

A nulle autre n'étoit seconde :
Mais s'il n'eût rien eu de plus beau,
Son nom qui vole par le monde
Seroit-il pas dans le tombeau ?

S'il n'eût, par un bras homicide
Dont rien ne repoussoit l'effort,
Sur Ilion vengé le tort
Qu'avoit reçu le jeune Atride,
De quelque adresse qu'au giron
Ou de Phénix, ou de Chiron,
Il eût fait son apprentissage,
Notre âge auroit-il aujourd'hui
Le mémorable témoignage
Que la Grèce a donné de lui ?

C'est aux magnanimes exemples,
Qui, sous la bannière de Mars,
Sont faits au milieu des hasards,
Qu'il appartient d'avoir des temples ;
Et c'est avecque ces couleurs
Que l'histoire de nos malheurs
Marquera si bien ta mémoire,
Que tous les siècles à venir
N'auront point de nuit assez noire
Pour en cacher le souvenir.

En ce long temps, où les manies
D'un nombre infini de mutins,

Poussés de nos mauvais destins,
Ont assouvi leurs félonies,
Par quels faits d'armes valeureux,
Plus que nul autre aventureux,
N'as-tu mis ta gloire en estime,
Et déclaré ta passion
Contre l'espoir illégitime
De la rebelle ambition?

Tel que d'un effort difficile
Un fleuve, au travers de la mer,
Sans que son goût devienne amer,
Passe d'Élide en la Sicile;
Ses flots, par moyens inconnus,
En leur douceur entretenus,
Aucun mélange ne reçoivent,
Et dans Syracuse arrivant
Sont trouvés de ceux qui les boivent
Aussi peu salés que devant.

Tel entre ces esprits tragiques,
Ou plutôt démons insensés,
Qui de nos dommages passés
Tramoient les funestes pratiques,
Tu ne t'es jamais diverti
De suivre le juste parti;
Mais, blâmant l'impure licence
De leurs déloyales humeurs,
As toujours aimé l'innocence
Et pris plaisir aux bonnes mœurs.

Depuis que, pour sauver sa terre,
Mon roi, le plus grand des humains,
Eut laissé partir de ses mains
Le premier trait de son tonnerre,
Jusqu'à la fin de ses exploits,
Que tout eût reconnu ses lois,
A-t-il jamais défait armée,
Pris ville, ni forcé rempart,
Où ta valeur accoutumée
N'ait eu la principale part ?

Soit que près de Seine et de Loire
Il pavât les plaines de morts,
Soit que le Rhône outre ses bords
Lui vît faire éclater sa gloire,
Ne l'as-tu pas toujours suivi,
Ne l'as-tu pas toujours servi,
Et toujours par dignes ouvrages
Témoigné le mépris du sort
Que sait imprimer aux courages
Le soin de vivre après la mort ?

Mais quoi ! ma barque vagabonde
Est dans les sirtes bien avant,
Et le plaisir la décevant,
Toujours l'emporte au gré de l'onde.
BELLEGARDE, les matelots
Jamais ne méprisent les flots,

Quelque phare qui les éclaire ;
Je ferai mieux de relâcher,
Et borner le soin de te plaire,
Par la crainte de te fâcher.

L'unique but où mon attente
Croit avoir raison d'aspirer,
C'est que tu veuilles m'assurer
Que mon offrande te contente.
Donne-m'en d'un clin de tes yeux
Un témoignage gracieux ;
Et si tu la trouves petite,
Ressouviens-toi qu'une action
Ne peut avoir peu de mérite,
Ayant beaucoup d'affection.

Ainsi de tant d'or et de soie
Ton âge dévide son cours,
Que tu reçoives tous les jours
Nouvelles matières de joie !
Ainsi tes honneurs fleurissants
De jour en jour aillent croissants
Malgré la fortune contraire !
Et ce qui les fait trébucher,
De toi ni de TERMES, ton frère,
Ne puisse jamais approcher !

Quand la faveur à pleines voiles,
Toujours compagne de vos pas,

Vous feroit devant le trépas
Avoir le front dans les étoiles,
Et remplir de votre grandeur
Ce que la terre a de rondeur ;
Sans être menteur, je puis dire
Que jamais vos prospérités
N'iront jusques où je désire,
Ni jusques où vous méritez.

SONNET

A M. DE FLURANCE,

SUR SON LIVRE

DE L'*ART D'EMBELLIR* [1].

1608.

Voyant ma CALISTE si belle,
Que l'on n'y peut rien désirer,
Je ne pouvois me figurer
Que ce fût chose naturelle.

1. Livre tout moral dont l'objet est déterminé par le titre : *L'Art d'embellir, tiré du sens de ce sacré Paradoxe : La sagesse de la personne embellit sa face, étendu en toute sorte de beauté et ès-moyens de faire que le corps retire en effet son embellissement des belles qualités de l'ame ; dédié à la reine, par le sieur de Flurance-Rivault.* Paris, 1608. Cet auteur était de Laval. Il fit d'abord profession des armes, fut

J'ignorois que ce pouvoit être
Qui lui coloroit ce beau teint,
Où l'Aurore même n'atteint,
Quand elle commence de naître.

Mais, FLURANCE, ton docte écrit
M'ayant fait voir qu'un bel esprit
Est la cause d'un beau visage;

Ce ne m'est plus de nouveauté,
Puisqu'elle est parfaitement sage,
Qu'elle soit parfaite en beauté.

---

fait par Henri IV gentilhomme de sa chambre, puis sous-précepteur de
Louis XIII et son lecteur en mathématiques; ensuite, après la mort de
Des Yveteaux et de Nicolas Lefebvre, qui furent successivement précepteurs
du roi, il obtint cette place. Il mourut à Tours au mois de janvier 1616, âgé
de 45 ans. ÉDIT.

SONNET

SUR L'ABSENCE DE LA VICOMTESSE D'AUCHY.

1608.

Quel astre malheureux ma fortune a bâtie !
A quelles dures lois m'a le ciel attaché,
Que l'extrême regret ne m'ait point empêché
De me laisser résoudre à cette départie ?

Quelle sorte d'ennuis fut jamais ressentie
Égale au déplaisir dont j'ai l'esprit touché ?
Qui vit jamais coupable expier son péché
D'une douleur si forte et si peu divertie ?

On doute en quelle part est le funeste lieu
Que réserve aux damnés la justice de Dieu,
Et de beaucoup d'avis la dispute en est pleine.

Mais sans être savant et sans philosopher,
Amour en soit loué, je n'en suis point en peine :
Où CALISTE n'est point, c'est là qu'est mon enfer.

STANCES

POUR LA MÊME.

1608.

Laisse-moi, Raison importune,
Cesse d'affliger mon repos,
En me faisant mal à propos
Désespérer de ma fortune ;
Tu perds temps de me secourir,
Puisque je ne veux point guérir.

Si l'Amour en tout son empire,
Au jugement des beaux esprits,
N'a rien qui ne quitte le prix
A celle pour qui je soupire,
D'où vient que tu me veux ravir
L'aise que j'ai de la servir ?

A quelles roses ne fait honte
De son teint la vive fraîcheur ?
Quelle neige a tant de blancheur
Que sa gorge ne la surmonte ?
Et quelle flamme luit aux cieux
Claire et nette comme ses yeux ?

Soit que de ses douces merveilles
Sa parole enchante les sens,
Soit que sa voix de ses accents
Frappe les cœurs par les oreilles :
A qui ne fait-elle avouer
Qu'on ne la peut assez louer ?

Tout ce que d'elle on me peut dire,
C'est que son trop chaste penser,
Ingrat à me récompenser,
Se moquera de mon martyre ;
Supplice qui jamais ne faut
Aux désirs qui volent trop haut.

Je l'accorde, il est véritable,
Je devois bien moins désirer ;
Mais mon humeur est d'aspirer
Où la gloire est indubitable.
Les dangers me sont des appas :
Un bien sans mal ne me plaît pas.

Je me rends donc sans résistance
A la merci d'elle et du Sort :
Aussi bien par la seule mort
Se doit faire la pénitence
D'avoir osé délibérer
Si je la devois adorer.

SONNET

POUR LA MÊME.

1608.

Il n'est rien de si beau comme CALISTE est belle :
C'est une œuvre où nature a fait tous ses efforts ;
Et notre âge est ingrat qui voit tant de trésors,
S'il n'élève à sa gloire une marque éternelle.

La clarté de son teint n'est pas chose mortelle :
Le baume est dans sa bouche, et les roses dehors ;
Sa parole et sa voix ressuscitent les morts,
Et l'art n'égale point sa douceur naturelle.

La blancheur de sa gorge éblouit les regards ;
Amour est dans ses yeux, il y trempe ses dards,
Et la fait reconnoître un miracle visible.

En ce nombre infini de graces et d'appas,
Qu'en dis-tu, ma Raison ? Crois-tu qu'il soit possible
D'avoir du jugement et ne l'adorer pas ?

STANCES

SUR L'ÉLOIGNEMENT PROCHAIN

DE LA COMTESSE DE LA ROCHE,

OU DE LA VICOMTESSE D'AUCHY.

1608.

Le dernier de mes jours est dessus l'horizon ;
Celle dont mes ennuis avoient leur guérison
S'en va porter ailleurs ses appas et ses charmes.
Je fais ce que je puis, l'en pensant divertir ;
Mais tout m'est inutile, et semble que mes larmes
Excitent sa rigueur à la faire partir.

Beaux yeux, à qui le ciel et mon consentement,
Pour me combler de gloire, ont donné justement
Dessus mes volontés un empire suprême,
Que ce coup m'est sensible, et que tout à loisir
Je vais bien éprouver qu'un déplaisir extrême
Est toujours à la fin d'un extrême plaisir !

Quel tragique succès ne dois-je redouter
Du funeste voyage où vous m'allez ôter
Pour un terme si long tant d'aimables délices,
Puisque, votre présence étant mon élément,

Je pense être aux enfers et souffrir leurs supplices,
Lorsque je m'en sépare une heure seulement!

Au moins si je voyois cette fière beauté,
Préparant son départ, cacher sa cruauté
Dessous quelque tristesse, ou feinte, ou véritable;
L'espoir, qui volontiers accompagne l'amour,
Soulageant ma langueur, la rendroit supportable,
Et me consoleroit jusques à son retour.

Mais quel aveuglement me le fait désirer?
Avec quelle raison me puis-je figurer
Que cette ame de roche une grace m'octroie,
Et qu'ayant fait dessein de ruiner ma foi,
Son humeur se dispose à vouloir que je croic
Qu'elle a compassion de s'éloigner de moi?

Puis, étant son mérite infini comme il est,
Dois-je pas me résoudre à tout ce qui lui plaît,
Quelques lois qu'elle fasse et quoi qu'il m'en avienne,
Sans faire cette injure à mon affection,
D'appeler sa douleur au secours de la mienne,
Et chercher mon repos en son affliction?

Non, non, qu'elle s'en aille à son contentement,
Ou dure ou pitoyable, il n'importe comment;
Je n'ai point d'autre vœu que ce qu'elle souhaite;
Et quand de mes travaux je n'aurois jamais rien,
Le sort en est jeté, l'entreprise en est faite,
Je ne saurois brûler d'autre feu que le sien.

11

Je ne ressemble point à ces foibles esprits
Qui, bientôt délivrés comme ils sont bientôt pris,
En leur fidélité n'ont rien que du langage;
Toute sorte d'objets les touche également.
Quant à moi, je dispute avant que je m'engage;
Mais quand je l'ai promis, j'aime éternellement.

SONNET

A LA VICOMTESSE D'AUCHY.

1608.

Beauté de qui la grace étonne la nature,
Il faut donc que je cède à l'injure du Sort,
Que je vous abandonne, et, loin de votre port,
M'en aille au gré du vent suivre mon aventure!

Il n'est ennui si grand que celui que j'endure;
Et la seule raison qui m'empêche la mort,
C'est le doute que j'ai que ce dernier effort
Ne fût mal employé pour une ame si dure.

CALISTE, où pensez-vous? qu'avez-vous entrepris?
Vous résoudrez-vous point à borner ce mépris,
Qui de ma patience indignement se joue?

Mais, ô de mon erreur l'étrange nouveauté!
Je vous souhaite douce, et toutefois j'avoue
Que je dois mon salut à votre cruauté.

SONNET [1]

FAIT A FONTAINEBLEAU,

SUR L'ABSENCE DE LA MÊME.

1608.

Beaux et grands bâtiments d'éternelle structure,
Superbes de matière et d'ouvrages divers,
Où le plus digne roi qui soit en l'univers
Aux miracles de l'art fait céder la nature;

1. Je crois que c'est le meilleur. Au reste, un bon sonnet n'a jamais eu
un grand charme pour moi ; c'est un genre de poésie que je n'aime point,
même dans Pétrarque, et je ne sais pas pourquoi Despréaux l'enrichit
d'une *beauté suprême.*

                                        A CHENIER.

Beau parc et beaux jardins, qui, dans votre clôture,
Avez toujours des fleurs et des ombrages verts,
Non sans quelque démon qui défend aux hivers [1]
D'en effacer jamais l'agréable peinture ;

Lieux qui donnez aux cœurs tant d'aimables désirs,
Bois, fontaines, canaux, si, parmi vos plaisirs,
Mon humeur est chagrine et mon visage triste,

Ce n'est point qu'en effet vous n'ayez des appas ;
Mais quoi que vous ayez, vous n'avez point CALISTE,
Et moi je ne vois rien quand je ne la vois pas.

---

[1]. Céphale, dans les Filles de Minée, appelle les vents des *démons* dans
ce vers charmant :

Venez, *légers démons* par qui nos champs fleurissent.

A. CHENIER.

SONNET

SUR LE MÊME SUJET QUE LE PRÉCÉDENT,

ET FAIT SANS DOUTE AU MÊME LIEU.

1608.

CALISTE, en cet exil j'ai l'ame si gênée,
Qu'au tourment que je souffre il n'est rien de pareil ;
Et ne saurois ouïr ni raison ni conseil,
Tant je suis dépité contre ma destinée.

J'ai beau voir commencer et finir la journée,
En quelque part des cieux que luise le soleil,
Si le plaisir me fuit, aussi fait le sommeil,
Et la douleur que j'ai n'est jamais terminée.

Toute la cour fait cas du séjour où je suis,
Et pour y prendre goût je fais ce que je puis ;
Mais j'y deviens plus sec, plus j'y vois de verdure.

En ce piteux état si j'ai du reconfort,
C'est, ô rare beauté ! que vous êtes si dure,
Qu'autant près comme loin je n'attends que la mort.

11.

SONNET

POUR LA MÊME.

1608.

C'est fait, belle CALISTE, il n'y faut plus penser;
Il se faut affranchir des lois de votre empire.
Leur rigueur me dégoûte, et fait que je soupire
Que ce qui s'est passé n'est à recommencer.

Plus en vous adorant je me pense avancer,
Plus votre cruauté, qui toujours devient pire,
Me défend d'arriver au bonheur où j'aspire,
Comme si vous servir étoit vous offenser.

Adieu donc, ô beauté, des beautés la merveille!
Il faut qu'à l'avenir ma raison me conseille,
Et dispose mon ame à se laisser guérir.

Vous m'étiez un trésor aussi cher que la vie;
Mais puisque votre amour ne se peut acquérir,
Comme j'en perds l'espoir, j'en veux perdre l'envie.

STANCES

A MADAME LA PRINCESSE DE CONTI [1],

POUR M. LE DUC DE BELLEGARDE.

1608.

Dure contrainte de partir,
A quoi je ne puis consentir,
Et dont je ne m'ose défendre,
Que ta rigueur a de pouvoir,
Et que tu me fais bien apprendre
Quel tyran c'est que le devoir!

J'aurai donc nommé ces beaux yeux
Tant de fois mes rois et mes dieux,
Pour aujourd'hui n'en tenir compte,
Et permettre qu'à l'avenir
On leur impute cette honte
De n'avoir su me retenir!

---

1 Fille de Henri, duc de Guise, dit le Balafré. ÉDIT.

Ils auront donc ce déplaisir
Que je meurs après un désir
Où la vanité me convie,
Et qu'ayant juré si souvent
D'être auprès d'eux toute ma vie,
Mes serments s'en aillent au vent !

Vraiment je puis bien avouer
Que j'aurois tort de me louer
Par-dessus le reste des hommes ;
Je n'ai point d'autre qualité
Que celle du siècle où nous sommes,
La fraude et l'infidélité.

Mais à quoi tendent ces discours,
O beauté, qui de mes amours
Êtes le port et le naufrage ?
Ce que je dis contre ma foi,
N'est-ce pas un vrai témoignage
Que je suis déjà hors de moi ?

Votre esprit, de qui la beauté
Dans la plus sombre obscurité
Se fait une insensible voie,
Ne vous laisse pas ignorer
Que c'est le comble de ma joie
Que l'honneur de vous adorer.

Mais pourrois-je n'obéir pas
Au Destin, de qui le compas
Marque à chacun son aventure,
Puisqu'en leur propre adversité
Les Dieux, tout-puissants de nature,
Cèdent à la nécessité?

Pour le moins j'ai ce reconfort,
Que les derniers traits de la mort
Sont peints en mon visage blême,
Et font voir assez clair à tous
Que c'est m'arracher à moi-même
Que dé me séparer de vous.

Un lâche espoir de revenir
Tâche en vain de m'entretenir,
Ce qu'il me propose m'irrite;
Et mes vœux n'auront point de lieu,
Si par le trépas je n'évite
La douleur de vous dire adieu.

SONNET

A L'OCCASION

DE LA GOUTTE DONT HENRI-LE-GRAND FUT ATTAQUÉ

AU MOIS DE JANVIER 1609.

Quoi donc ! c'est un arrêt qui n'épargne personne,
Que rien n'est ici-bas heureux parfaitement,
Et qu'on ne peut au monde avoir contentement,
Qu'un funeste malheur aussitôt n'empoisonne ?

La santé de mon prince en la guerre étoit bonne,
Il vivoit aux combats comme en son élément ;
Depuis que dans la paix il règne absolument,
Tous les jours la douleur quelque atteinte lui donne.

Dieux, à qui nous devons ce miracle des rois,
Qui du bruit de sa gloire et de ses justes lois
Invite à l'adorer tous les yeux de la terre ;

Puisque seul, après vous, il est notre soutien,
Quelques malheureux fruits que produise la guerre,
N'ayons jamais la paix, et qu'il se porte bien !

STANCES

DE LA RENOMMÉE AU ROI HENRI-LE GRAND,

DANS LE BALLET DE LA REINE

DANSÉ AU MOIS DE MARS 1609.

Pleine de langues et de voix,
O Roi, le miracle des rois,
Je viens de voir toute la terre,
Et publier en ses deux bouts
Que pour la paix ni pour la guerre
Il n'est rien de pareil à vous.

Par ce bruit je vous ai donné
Un renom qui n'est terminé
Ni de fleuve, ni de montagne ;
Et par lui j'ai fait désirer
A la troupe que j'accompagne
De vous voir et vous adorer.

Ce sont douze rares beautés,
Qui de si dignes qualités
Tirent un cœur à leur service,
Que leur souhaiter plus d'appas,

C'est vouloir avec injustice
Ce que les cieux ne peuvent pas.

L'Orient, qui de leurs aïeux
Sait les titres ambitieux,
Donne à leur sang un avantage
Qu'on ne leur peut faire quitter,
Sans être issu du parentage,
Ou de vous, ou de Jupiter.

Tout ce qu'à façonner un corps
Nature assemble de trésors
Est en elles sans artifice;
Et la force de leurs esprits,
D'où jamais n'approche le vice,
Fait encore accroître leur prix.

Elles souffrent bien que l'Amour
Par elles fasse chaque jour
Nouvelles preuves de ses charmes;
Mais sitôt qu'il les veut toucher,
Il reconnoît qu'il n'a point d'armes
Qu'elles ne fassent reboucher.

Loin des vaines impressions
De toutes folles passions,
La vertu leur apprend à vivre,
Et dans la cour leur fait des lois
Que Diane auroit peine à suivre,
Au plus grand silence des bois.

Une reine qui les conduit
De tant de merveilles reluit,
Que le soleil qui tout surmonte,
Quand même il est plus flamboyant,
S'il étoit sensible à la honte,
Se cacheroit en la voyant.

Aussi le temps a beau courir,
Je la ferai toujours fleurir
Au rang des choses éternelles,
Et, non moins que les immortels,
Tant que mon dos aura des ailes,
Son image aura des autels.

Grand Roi, faites-leur bon accueil;
Louez leur magnanime orgueil
Que vous seul avez fait ployable,
Et vous acquérez sagement,
Afin de me rendre croyable,
La faveur de leur jugement.

Jusqu'ici vos faits glorieux
Peuvent avoir des envieux;
Mais quelles ames si farouches
Oseront douter de ma foi,
Quand on verra leurs belles bouches
Les raconter avecque moi?

STANCES [1]

POUR HENRI-LE-GRAND, SOUS LE NOM D'ALCANDRE

AU SUJET DE L'ABSENCE DE LA PRINCESSE DE CONDÉ [2],

SOUS LE NOM D'ORANTHE.

1609.

Donc cette merveille des cieux,

Parce qu'elle est chère à mes yeux,

En sera toujours éloignée,

Et mon impatiente amour,

Par tant de larmes témoignée,

N'obtiendra jamais son retour !

Mes vœux donc ne servent de rien !

Les dieux, ennemis de mon bien,

---

1 Il y a d'excellentes choses dans cette pièce et dans les deux autres. Les vers qu'il a faits pour les amours d'autrui valent mieux que ceux où il chante les siens ; mais tout cela est encore bien froid. On ne s'échauffe pas de la chaleur d'un autre, et il n'avait jamais aimé lui-même. Je n'aime point à voir sa lyre devenir l'*entremetteuse* du roi et de plusieurs particuliers. A. CHÉNIER.

2. Charlotte-Marguerite de Montmorency, femme de Henri de Bourbon, premier prince du sang, et fille du dernier connétable de Montmorency. Comme Henri IV en était amoureux, M. le prince avait quitté la cour, qui se tenait alors à Fontainebleau, pour se retirer à Moret avec la princesse.

ÉDIT.

Ne veulent plus que je la voie,
Et semble que de rechercher
Qu'ils me permettent cette joie,
Les invite à me l'empêcher.

O beauté, reine des beautés !
Seule de qui les volontés
Président à ma destinée,
Pourquoi n'est, comme la Toison,
Votre conquête abandonnée
A l'effort d'un autre Jason ?

Quels feux, quels dragons, quels taureaux,
Quelle horreur de monstres nouveaux,
Et quelle puissance de charmes,
Pourroient empêcher qu'aux enfers
Je n'allasse avecque les armes
Rompre vos chaînes et vos fers ?

N'ai-je pas le cœur aussi haut,
Et, pour oser tout ce qu'il faut,
Un aussi grand désir de gloire,
Que j'avois lorsque je couvri
D'exploits d'éternelle mémoire
Les plaines d'Arques et d'Ivry ?

Mais quoi ! ces lois, dont la rigueur
Retient mes souhaits en langueur,
Règnent avec un tel empire,
Que si le ciel ne les dissout,

Pour pouvoir ce que je désire,
Ce n'est rien que de pouvoir tout.

Je ne veux point, en me flattant,
Croire que le Sort inconstant
De ces tempêtes me délivre;
Quelque espoir qui se puisse offrir,
Il faut que je cesse de vivre,
Si je veux cesser de souffrir.

Arrière donc ces vains discours,
Qu'après les nuits viennent les jours,
Et le repos après l'orage.
Autre sorte de reconfort
Ne me satisfait le courage
Que de me résoudre à la mort.

C'est là que de tout mon tourment
Se bornera le sentiment;
Ma foi seule, aussi pure et belle
Comme le sujet en est beau,
Sera ma compagne éternelle,
Et me suivra dans le tombeau.

Ainsi, d'une mourante voix,
ALCANDRE, au silence des bois,
Témoignoit ses vives atteintes,
Et son visage sans couleur
Faisoit connoître que ses plaintes
Étoient moindres que sa douleur.

ORANTHE, qui, par les zéphyrs,
Reçut les funestes soupirs
D'une passion si fidèle,
Le cœur outré de même ennui,
Jura que s'il mouroit pour elle,
Elle mourroit aussi pour lui.

STANCES

POUR ALCANDRE,

SUR LE MÊME SUJET QUE LES PRÉCÉDENTES.

1609.

Quelque ennui donc qu'en cette absence
Avec une injuste licence
Le Destin me fasse endurer,
Ma peine lui semble petite,
Si chaque jour il ne l'irrite
D'un nouveau sujet de pleurer !

Paroles que permet la rage
A l'innocence qu'on outrage,
C'est aujourd'hui votre saison :
Faites-vous ouïr en ma plainte;
Jamais l'ame n'est bien atteinte
Quand on parle avecque raison.

12.

O fureurs, dont même les Scythes
N'useroient pas vers des mérites
Qui n'ont rien de pareil à soi !
Ma dame est captive; et son crime,
C'est que je l'aime, et qu'on estime
Qu'elle en fait de même de moi.

Rochers où mes inquiétudes
Viennent chercher les solitudes
Pour blasphémer contre le sort,
Quoiqu'insensibles aux tempêtes,
Je suis plus rocher que vous n'êtes,
De le voir et n'être pas mort.

Assez de preuves à la guerre,
D'un bout à l'autre de la terre,
Ont fait paroître ma valeur;
Ici je renonce à la gloire,
Et ne veux point d'autre victoire
Que de céder à ma douleur.

Quelquefois les dieux pitoyables
Terminent des maux incroyables;
Mais en un lieu que tant d'appas
Exposent à la jalousie,
Ne seroit-ce pas frénésie
De ne les en soupçonner pas?

Qui ne sait combien de mortelles
Les ont fait soupirer pour elles,
Et d'un conseil audacieux,
En bergers, bêtes et satyres,
Afin d'apaiser leurs martyres,
Les ont fait descendre des cieux ?

Non, non, si je veux un remède,
C'est de moi qu'il faut qu'il procède
Sans les importuner de rien ;
J'ai su faire la délivrance
Du malheur de toute la France,
Je la saurai faire du mien

Hâtons donc ce fatal ouvrage ;
Trouvons le salut au naufrage,
Et multiplions dans les bois
Les herbes, dont les feuilles peintes
Gardent les sanglantes empreintes
De la fin tragique des rois.

Pour le moins la haine et l'envie
Ayant leur rigueur assouvie,
Quand j'aurai clos mon dernier jour,
Oranthe sera sans alarmes,
Et mon trépas aura des larmes
De quiconque aura de l'amour.

A ces mots tombant sur la place,
Transi d'une mortelle glace,
ALCANDRE cessa de parler;
La nuit assiégea ses prunelles,
Et son ame, étendant les ailes,
Fut toute prête à s'envoler.

Que fais-tu, monarque adorable?
Lui dit un démon favorable.
En quels termes te réduis-tu?
Veux-tu succomber à l'orage,
Et laisser perdre à ton courage
Le nom qu'il a pour sa vertu?

N'en doute point, quoi qu'il avienne,
La belle ORANTHE sera tienne;
C'est chose qui ne peut faillir.
Le temps adoucira les choses,
Et tous deux vous aurez des roses,
Plus que vous n'en sauriez cueillir.

STANCES.

ALCANDRE PLAINT LA CAPTIVITÉ DE SA MAÎTRESSE.

1609.

Que d'épines, Amour, accompagnent tes roses !
Que d'une aveugle erreur tu laisses toutes choses
  A la merci du Sort !
Qu'en tes prospérités à bon droit on soupire,
Et qu'il est malaisé de vivre en ton empire,
  Sans désirer la mort !

Je sers, je le confesse, une jeune merveille,
En rares qualités à nulle autre pareille,
  Seule semblable à soi ;
Et, sans faire le vain, mon aventure est telle,
Que de la même ardeur que je brûle pour elle,
  Elle brûle pour moi.

Mais parmi tout cet heur, ô dure Destinée !
Que de tragiques soins, comme oiseaux de Phinée [1],

1. Les Harpies. ÉDIT.

Sens-je me dévorer !
Et ce que je supporte avecque patience,
Ai-je quelque ennemi, s'il n'est sans conscience,
Qui le vit sans pleurer ?

La mer a moins de vents qui ses vagues irritent
Que je n'ai de pensers qui tous me sollicitent
D'un funeste dessein ;
Je ne trouve la paix qu'à me faire la guerre,
Et si l'Enfer est fable au centre de la terre,
Il est vrai dans mon sein.

Depuis que le soleil est dessus l'hémisphère,
Qu'il monte ou qu'il descende, il ne me voit rien faire
Que plaindre et soupirer ;
Des autres actions j'ai perdu la coutume,
Et ce qui s'offre à moi, s'il n'a de l'amertume,
Je ne puis l'endurer.

Comme la nuit arrive, et que par le silence,
Qui fait des bruits du jour cesser la violence,
L'esprit est relâché,
Je vois de tous côtés, sur la terre et sur l'onde,
Les pavots qu'elle sème assoupir tout le monde,
Et n'en suis point touché.

S'il m'avient quelquefois de clore les paupières,
Aussitôt ma douleur en nouvelles manières

Fait de nouveaux efforts;
Et de quelque souci qu'en veillant je me ronge,
Il ne me trouble point comme le meilleur songe
Que je fais quand je dors

Tantôt cette beauté, dont ma flamme est le crime,
M'apparoît à l'autel, où comme une victime
On la veut égorger;
Tantôt je me la vois d'un pirate ravie,
Et tantôt la fortune abandonne sa vie
A quelque autre danger.

En ces extrémités la pauvrette s'écrie :
ALCANDRE, mon ALCANDRE, ôte-moi, je te prie,
Du malheur où je suis!
La fureur me saisit, je mets la main aux armes;
Mais son destin m'arrête, et lui donner des larmes,
C'est tout ce que je puis.

Voilà comme je vis, voilà ce que j'endure
Pour une affection que je veux qui me dure
Au delà du trépas.
Tout ce qui me la blâme offense mon oreille;
Et qui veut m'affliger, il faut qu'il me conseille
De ne m'affliger pas.

On me dit qu'à la fin toute chose se change,
Et qu'avecque le temps les beaux yeux de mon ange

Reviendront m'éclairer.
Mais voyant tous les jours ses chaînes se restreindre,
Désolé que je suis, que ne dois-je point craindre,
Ou que puis-je espérer?

Non, non, je veux mourir, la raison m'y convie;
Aussi bien le sujet qui m'en donne l'envie
Ne peut être plus beau;
Et le Sort, qui détruit tout ce que je consulte,
Me fait voir assez clair que jamais ce tumulte
N'aura paix qu'au tombeau.

Ainsi le grand ALCANDRE aux campagnes de Seine
Faisoit, loin de témoins, le récit de sa peine,
Et se fondoit en pleurs.
Le fleuve en fut ému, ses nymphes se cachèrent,
Et l'herbe du rivage, où ses larmes touchèrent,
Perdit toutes ses fleurs.

STANCES

POUR ALCANDRE

AU RETOUR D'ORANTHE A FONTAINEBLEAU.

1609.

Revenez, mes plaisirs, ma dame est revenue ;
Et les vœux que j'ai faits pour revoir ses beaux yeux,
Rendant par mes soupirs ma douleur reconnue,
    Ont eu grace des cieux.

Les voici de retour, ces astres adorables,
Où prend mon océan son flux et son reflux ;
Soucis, retirez-vous, cherchez les misérables,
    Je ne vous connois plus.

Peut-on voir ce miracle, où le soin de nature
A semé comme fleurs tant d'aimables appas,
Et ne confesser point qu'il n'est pire aventure
    Que de ne la voir pas !

Certes l'autre soleil, d'une erreur vagabonde,
Court inutilement par ses douze maisons;
C'est elle, et non pas lui, qui fait sentir au monde
    Le change des saisons.

13

Avecque sa beauté toutes beautés arrivent ;
Ces déserts sont jardins de l'un à l'autre bout,
Tant l'extrême pouvoir des graces qui la suivent
  Les pénètre partout.

Ces bois en ont repris leur verdure nouvelle,
L'orage en est cessé, l'air en est éclairci ;
Et même ces canaux ont leur course plus belle,
  Depuis qu'elle est ici.

De moi, que les respects obligent au silence,
J'ai beau me contrefaire et beau dissimuler ;
Les douceurs où je nage ont une violence
  Qui ne se peut celer.

Mais, ô rigueur du Sort ! tandis que je m'arrête
A chatouiller mon ame en ce contentement,
Je ne m'aperçois pas que le Destin m'apprête
  Un autre partement [1].

Arrière ces pensées que la crainte m'envoie !
Je ne sais que trop bien l'inconstance du Sort ;
Mais de m'ôter le goût d'une si chère joie,
  C'est me donner la mort.

---

1. Le prince de Condé, quelque temps après, s'étant enfui de Fontainebleau avec la princesse sa femme, se retira d'abord en Flandre, et ensuite
à Milan. Ils ne revinrent en France qu'en 1610, après la mort du roi.
        ÉDIT.

CHANSON

POUR HENRI-LE-GRAND,

SUR LA DERNIÈRE ABSENCE DE LA PRINCESSE DE CONDÉ.

1609.

Que n'êtes-vous lassées,
  Mes tristes pensées,
De troubler ma raison,
Et faire avecque blâme
  Rébeller mon ame
Contre sa guérison !

Que ne cessent mes larmes,
  Inutiles armes !
Et que n'ôte des cieux
La fatale ordonnance
  A ma souvenance
Ce qu'elle ôte à mes yeux !

O beauté nonpareille,
  Ma chère merveille,
Que le rigoureux sort
Dont vous m'êtes ravie

Aimeroit ma vie,
S'il me donnoit la mort !

Quelles pointes de rage
   Ne sent mon courage
De voir que le danger,
En vos ans les plus tendres,
   Menace vos cendres
D'un cercueil étranger !

Je m'impose silence
   En la violence
Que me fait le malheur ;
Mais j'accrois mon martyre,
   Et n'oser rien dire
M'est douleur sur douleur.

Aussi suis-je un squelette,
   Et la violette,
Qu'un froid hors de saison
Ou le soc a touchée,
   De ma peau séchée
Est la comparaison.

Dieux, qui les destinées
   Les plus obstinées
Tournez de mal en bien,
Après tant de tempêtes
   Mes justes requêtes
N'obtiendront-elles rien ?

Avez-vous eu les titres
  D'absolus arbitres
De l'état des mortels,
Pour être inexorables
  Quand les misérables
Implorent vos autels?

Mon soin n'est point de faire
  En l'autre hémisphère
Voir mes actes guerriers,
Et jusqu'aux bords de l'onde
  Où finit le monde
Acquérir des lauriers.

Deux beaux yeux sont l'empire
  Pour qui je soupire,
Sans eux rien ne m'est doux ;
Donnez-moi cette joie
  Que je les revoie,
Je suis Dieu comme vous.

SONNET

A MONSEIGNEUR LE DAUPHIN,

DEPUIS ROI LOUIS XIII.

1609.

Que l'honneur de mon prince est cher aux destinées !
Que le démon est grand qui lui sert de support,
Et que visiblement un favorable sort
Tient ses prospérités l'une à l'autre enchaînées !

Ses filles sont encore en leurs tendres années,
Et déjà leurs appas ont un charme si fort,
Que les rois les plus grands du Ponent et du Nord
Brûlent d'impatience après leurs hyménées.

Pensez à vous, DAUPHIN ; j'ai prédit en mes vers
Que le plus grand orgueil de tout cet univers
Quelque jour à vos pieds doit abaisser sa tête.

Mais ne vous flattez point de ces vaines douceurs :
Si vous ne vous hâtez d'en faire la conquête,
Vous en serez frustré par les yeux de vos sœurs.

STANCES

COMPOSÉES EN BOURGOGNE.

1609.

Complices de ma servitude,
Pensers, où mon inquiétude
Trouve son repos désiré,
Mes fidèles amis et mes vrais secrétaires,
Ne m'abandonnez point en ces lieux solitaires;
C'est pour l'amour de vous que j'y suis retiré.

Partout ailleurs je suis en crainte,
Ma langue demeure contrainte;
Si je parle, c'est à regret;
Je pèse mes discours, je me trouble et m'étonne,
Tant j'ai peu d'assurance en la foi de personne;
Mais à vous je suis libre, et n'ai rien de secret.

Vous lisez bien en mon visage
Ce que je souffre en ce voyage,
Dont le ciel m'a voulu punir;
Et savez bien aussi que je ne vous demande,
Étant loin de ma dame, une grace plus grande
Que d'aimer sa mémoire et m'en entretenir.

Dites-moi donc sans artifice,
Quand je lui vouai mon service,
Faillis-je en mon élection ?
N'est-ce pas un objet digne d'avoir un temple,
Et dont les qualités n'ont jamais eu d'exemple,
Comme il n'en fut jamais de mon affection ?

Au retour des saisons nouvelles,
Choisissez les fleurs les plus belles
De qui la campagne se peint ;
En trouverez-vous une où le soin de nature
Ait avecque tant d'art employé sa peinture,
Qu'elle soit comparable aux roses de son teint ?

Peut-on assez vanter l'ivoire
De son front, où sont en leur gloire
La douceur et la majesté,
Ses yeux, moins à des yeux qu'à des soleils semblables,
Et de ses beaux cheveux les nœuds inviolables,
D'où n'échappa jamais rien qu'elle ait arrêté ?

Ajoutez à tous ces miracles
Sa bouche, de qui les oracles
Ont toujours de nouveaux trésors ;
Prenez garde à ses mœurs, considérez-la toute :
Ne m'avoûrez-vous pas que vous êtes en doute
Ce qu'elle a plus parfait, ou l'esprit, ou le corps ?

Mon roi, par son rare mérite,
A fait que la terre est petite
Pour un nom si grand que le sien ;
Mais si mes longs travaux faisoient cette conquête,
Quelques fameux lauriers qui lui couvrent la tête,
Il n'en auroit pas un qui fût égal au mien.

Aussi, quoi que l'on me propose,
Que l'espérance m'en est close,
Et qu'on n'en peut rien obtenir ;
Puisqu'à si beau dessein mon désir me convie,
Son extrême rigueur me coûtera la vie,
Ou mon extrême foi m'y fera parvenir.

Si les tigres les plus sauvages
Enfin apprivoisent leurs rages,
Flattés par un doux traitement ;
Par la même raison, pourquoi n'est-il croyable
Qu'à la fin mes ennuis la rendront pitoyable,
Pourvu que je la serve à son contentement ?

Toute ma peur est que l'absence
Ne lui donne quelque licence
De tourner ailleurs ses appas ;
Et qu'étant, comme elle est, d'un sexe variable,
Ma foi, qu'en me voyant elle avoit agréable,
Ne lui soit contemptible en ne me voyant pas.

Amour a cela de Neptune,
Que toujours à quelque infortune
Il se faut tenir préparé ;
Ses infidèles flots ne sont point sans orages,
Aux jours les plus sereins on y fait des naufrages,
Et même dans le port on est mal assuré.

Peut-être qu'à cette même heure
Que je languis, soupire et pleure,
De tristesse me consumant,
Elle, qui n'a souci de moi, ni de mes larmes,
Étale ses beautés, fait montre de ses charmes,
Et met en ses filets quelque nouvel amant.

Tout beau, pensers mélancoliques,
Auteurs d'aventures tragiques,
De quoi m'osez-vous discourir ?
Impudents boute-feux de noise et de querelle,
Ne savez-vous pas bien que je brûle pour elle,
Et que me la blâmer, c'est me faire mourir ?

Dites-moi qu'elle est sans reproche,
Que sa constance est une roche,
Que rien n'est égal à sa foi ;
Prêchez-moi ses vertus, contez-m'en des merveilles,
C'est le seul entretien qui plaît à mes oreilles :
Mais pour en dire mal n'approchez point de moi.

ÉPIGRAMME

SUR

MADEMOISELLE MARIE DE BOURBON,

FILLE DE FRANÇOIS DE BOURBON, PRINCE DE CONTI,
ET DE LOUISE-MARGUERITE DE LORRAINE,
FILLE DE HENRI Ier, DUC DE GUISE.

1610.

N'égalons point cette petite
Aux déesses que nous récite
L'histoire des siècles passés ;
Tout cela n'est qu'une chimère ;
Il faut dire, pour dire assez :
Elle est belle comme sa mère.

SONNET.

ÉPITAPHE DE LA MÊME MADEMOISELLE DE CONTI,

MORTE 12 OU 14 JOURS APRÈS SA NAISSANCE.

1610.

Tu vois, passant, la sépulture
D'un chef-d'œuvre si précieux,
Qu'avoir mille rois pour aïeux
Fut le moins de son aventure.

O quel affront à la nature
Et quelle injustice des cieux,
Qu'un moment ait fermé les yeux
D'une si belle créature !

On doute pour quelle raison
Les Destins, si hors de saison,
De ce monde l'ont appelée :

Mais leur prétexte le plus beau,
C'est que la terre étoit brûlée,
S'ils n'eussent tué ce flambeau.

SONNET

AU ROI HENRI-LE-GRAND,

POUR LE PREMIER BALLET DE MONSEIGNEUR LE DAUPHIN,

DANSÉ AU MOIS DE JANVIER 1610.

Voici de ton État la plus grande merveille,
Ce fils où ta vertu reluit si vivement;
Approche-toi, mon prince, et vois le mouvement
Qu'en ce jeune dauphin la musique réveille.

Qui témoigna jamais une si juste oreille
A remarquer des tons le divers changement?
Qui jamais à les suivre eut tant de jugement,
Ou mesura ses pas d'une grace pareille?

Les esprits de la cour, s'attachant par les yeux
A voir en cet objet un chef-d'œuvre des cieux,
Disent tous que la France est moins qu'il ne mérite.

Mais moi, que du futur Apollon avertit,
Je dis que sa grandeur n'aura point de limite,
Et que tout l'univers lui sera trop petit.

STANCES

AU ROI HENRI-LE-GRAND,

POUR DE PETITES NYMPHES MENANT L'AMOUR PRISONNIER.

1610.

A la fin tant d'amants, dont les ames blessées
Languissent nuit et jour,
Verront sur leur auteur leurs peines renversées,
Et seront consolés aux dépens de l'Amour.

Ce public ennemi, cette peste du monde,
Que l'erreur des humains
Fait le maître absolu de la terre et de l'onde,
Se trouve à la merci de nos petites mains.

Nous le vous amenons dépouillé de ses armes,
O Roi, l'astre des rois!
Quittez votre bonté, moquez-vous de ses larmes,
Et lui faites sentir la rigueur de vos lois.

Commandez que sans grace on lui fasse justice;
Il sera malaisé
Que sa vaine éloquence ait assez d'artifice
Pour démentir les faits dont il est accusé.

Jamais ses passions, par qui chacun soupire,
   Ne nous ont fait d'ennui;
Mais c'est un bruit commun que, dans tout votre empire,
Il n'est point de malheur qui ne vienne de lui.

Mars, qui met sa louange à déserter la terre
   Par des meurtres épais,
N'a rien de si tragique aux fureurs de la guerre,
Comme ce déloyal aux douceurs de la paix.

Mais, sans qu'il soit besoin d'en parler davantage,
   Votre seule valeur,
Qui de son impudence a ressenti l'outrage,
Vous fournit-elle pas une juste douleur?

Ne mêlez rien de lâche à vos hautes pensées,
   Et, par quelques appas
Qu'il demande merci de ses fautes passées,
Imitez son exemple à ne pardonner pas.

L'ombre de vos lauriers admirés de l'Envie
   Fait l'Europe trembler;
Attachez bien ce monstre, ou le privez de vie,
Vous n'aurez jamais rien qui vous puisse troubler.

STANCES

SUR LA MORT DE HENRI-LE-GRAND,

AU NOM DE M. LE DUC DE BELLEGARDE.

1610.

Enfin l'ire du ciel et sa fatale envie,
Dont j'avois repoussé tant d'injustes efforts,
Ont détruit ma fortune, et, sans m'ôter la vie,
    M'ont mis entre les morts.

HENRI, ce grand HENRI, que les soins de Nature
Avoient fait un miracle aux yeux de l'univers,
Comme un homme vulgaire est dans la sépulture
    A la merci des vers.

Belle ame, beau patron des célestes ouvrages,
Qui fus de mon espoir l'infaillible recours,
Quelle nuit fut pareille aux funestes ombrages
    Où tu laisses mes jours !

C'est bien à tout le monde une commune plaie,
Et le malheur que j'ai, chacun l'estime sien ;
Mais en quel autre cœur est la douleur si vraie,
    Comme elle est dans le mien ?

Ta fidèle compagne, aspirant à la gloire
Que son affliction ne se puisse imiter,
Seule de cet ennui me débat la victoire,
        Et me la fait quitter.

L'image de ses pleurs, dont la source féconde
Jamais depuis ta mort ses vaisseaux n'a taris,
C'est la Seine en fureur qui déborde son onde
        Sur les quais de Paris.

Nulle heure de beau temps ses orages n'essuie,
Et sa grace divine endure en ce tourment
Ce qu'endure une fleur que la bise ou la pluie
        Bat excessivement.

Quiconque approche d'elle a part à son martyre,
Et par contagion prend sa triste couleur;
Car, pour la consoler, que lui sauroit-on dire
        En si juste douleur?

Reviens la voir, grande âme : ôte-lui cette nue
Dont la sombre épaisseur aveugle sa raison,
Et fais du même lieu d'où sa peine est venue
        Venir sa guérison.

Bien que tout reconfort lui soit une amertume,
Avec quelque douceur qu'il lui soit présenté,
Elle prendra le tien, et, selon sa coutume,
        Suivra ta volonté.

14

Quelque soir en sa chambre apparois devant elle,
Non le sang en la bouche et le visage blanc,
Comme tu demeuras sous l'atteinte mortelle
    Qui te perça le flanc.

Viens-y tel que tu fus quand aux monts de Savoie
Hymen en robe d'or te la vint amener,
Ou tel qu'à Saint-Denis, entre nos cris de joie,
    Tu la fis couronner.

Après cet essai fait, s'il demeure inutile,
Je ne connois plus rien qui la puisse toucher ;
Et sans doute la France aura, comme Sipyle [1],
    Quelque fameux rocher.

Pour moi dont la foiblesse à l'orage succombe,
Quand mon heur abattu pourroit se redresser,
J'ai mis avecque toi mes desseins en la tombe :
    Je les y veux laisser.

Quoi que pour m'obliger fasse la Destinée,
Et quelque heureux succès qui me puisse arriver,
Je n'attends mon repos qu'en l'heureuse journée
    Où je t'irai trouver.

Ainsi, de cette cour l'honneur et la merveille,
ALCIPPE soupiroit, prêt à s'évanouir.
On l'auroit consolé, mais il ferme l'oreille,
    De peur de rien ouïr.

---

1. Montagne de l'Asie mineure, près du fleuve Méandre. ÉDIT.

LIVRE TROISIÈME,

CONTENANT

LES PIÈCES COMPOSÉES DEPUIS LA MORT DE HENRI IV.

EN 1610,

JUSQU'A CELLE DE L'AUTEUR.

EN 1628.

ODE [1]

A LA REINE MARIE DE MÉDICIS,

SUR LES HEUREUX SUCCÈS DE SA RÉGENCE.

1610.

Nymphe qui jamais ne sommeilles [2],
Et dont les messages divers
En un moment sont aux oreilles
Des peuples de tout l'univers,

---

1. C'est une des plus belles pour le plan, la richesse du style, la nouveauté
et la vérité des images, la hardiesse et la force de l'expression.

A. CHENIER.

2 L'apostrophe est noble et belle A CHENIER

Vole vite, et de la contrée
Par où le jour fait son entrée
Jusqu'au rivage de Calis [1],
Conte, sur la terre et sur l'onde,
Que l'honneur unique du monde,
C'est la reine des fleurs de lis [2].

Quand son HENRI, de qui la gloire [3]
Fut une merveille à nos yeux,
Loin des hommes s'en alla boire
Le nectar avecque les dieux,
En cette aventure effroyable,
A qui ne sembloit-il croyable
Qu'on alloit voir une saison
Où nos brutales perfidies
Feroient naître des maladies
Qui n'auroient jamais guérison ?

Qui ne pensoit que les Furies [4]
Viendroient des abîmes d'enfer,

---

1. Cadix. ÉDIT.

2. Le sens de cette strophe me semble fade et plat. En général, Malherbe ne loue point avec cette grace et cette adresse qui fait pardonner l'adulation dans Virgile, Horace et Boileau. A. CHENIER.

3. Cette strophe peut avoir donné naissance à la plus belle strophe de Racan qui est si justement fameuse :

Ce grand Henri, dont la mémoire, etc.

Quos inter Augustus recumbens,
Purpureo bibit ore nectar. HORACE.

A. CHENIER.

4. Très-belle image, supérieurement rendue et d'une manière bien lyrique. Ce développement de sa pensée donne de la chaleur à l'ode, et est flatteur pour la reine. A. CHENIER.

En de nouvelles barbaries,
Employer la flamme et le fer?
Qu'un débordement de licence
Feroit souffrir à l'innocence
Toute sorte de cruautés,
Et que nos malheurs seroient pires
Que naguère sous les Busires [1]
Que cet Hercule avoit domptés [2]?

Toutefois, depuis l'infortune
De cet abominable jour,
A peine la quatrième lune
Achève de faire son tour;
Et la France a les destinées
Pour elles tellement tournées
Contre les vents séditieux,
Qu'au lieu de craindre la tempête,
Il semble que jamais sa tête [3]
Ne fut plus voisine des cieux.

Au delà des bords de la Meuse,
L'Allemagne a vu nos guerriers,
Par une conquête fameuse [4],
Se couvrir le front de lauriers.

1. *Busiris*, tyran d'Égypte, fameux par ses cruautés. ÉDIT.
2. Cela est heureux et sent le travail. A. CHÉNIER.
3. Belle image, belle tournure, belle expression, belle harmonie.
A. CHÉNIER.
4. La ville de Juliers, reprise par le maréchal de La Chastre, joint au prince Maurice de Nassau. ÉDIT.

Tout a fléchi sous leur menace [1] ;
L'Aigle même leur a fait place,
Et, les regardant approcher,
Comme lions à qui tout cède,
N'a point eu de meilleur remède
Que de fuir et de se cacher.

O REINE qui, pleine de charmes [2]
Pour toute sorte d'accidents,
As borné le flux de nos larmes
En ces miracles évidents,
Que peut la fortune publique [3]
Te vouer d'assez magnifique,
Si, mise au rang des immortels
Dont ta vertu suit les exemples,
Tu n'as avec eux, dans nos temples,
Des images et des autels ?

Que sauroit enseigner aux princes
Le grand démon qui les instruit [4],

---

1. J'aime ce vers-là beaucoup. A. CHÉNIER.

2. Charmes est là dans le sens propre, ce qui n'est pas arrangé d'une manière heureuse. Ces quatre vers ne sont pas bien écrits.
L'apostrophe est bien placée. Le plan de cette ode est bien conduit. La marche en est belle et lyrique. A. CHÉNIER.

3. Six vers fort beaux, fort bien écrits, pleins d'harmonie, et dont la tournure est bien noble. Les deux premiers, dont l'expression est belle et neuve, ont l'air d'une allusion à ces magnifiques médailles grecques et romaines, et à leurs inscriptions. A. CHÉNIER.

4. Démon, poétique et noble en ce sens, qui est celui de génie. Il faut l'employer. A. CHÉNIER.

Dont ta sagesse en nos provinces
Chaque jour n'épande le fruit?
Et qui justement ne peut dire,
A te voir régir cet empire,
Que, si ton heur étoit pareil
A tes admirables mérites,
Tu ferois dedans ses limites [1]
Lever et coucher le soleil?

Le soin qui reste à nos pensées [2],
O bel astre! c'est que toujours
Nos félicités commencées
Puissent continuer leur cours.
Tout nous rit, et notre navire [3]
A la bonace qu'il désire;
Mais si quelque injure du Sort [4]
Provoquoit l'ire de Neptune,
Quel excès d'heureuse fortune
Nous garantiroit de la mort?

1. Il a souvent répété cette image; elle est belle et grande. Le beau vers d'Esther:

> Et renferma les mers dans vos vastes limites

a quelque rapport à cela. A. CHENIER.

2. La transition est heureuse et facile; peut-être est-ce trop d'une strophe entière pour l'exprimer; mais cela marche bien. A. CHENIER.

3. Il fait *navire* masculin dans cet endroit; ailleurs il le met au féminin:

> Sa navire qui tremble.

> En la navire qui parlait.
> > A. CHENIER.

4. Il a voulu suivre sa métaphore, et avec raison; mais le sens est noyé dans les mots. A. CHENIER.

Assez de funestes batailles [1]
Et de carnages inhumains
Ont fait en nos propres entrailles
Rougir nos déloyales mains ;
Donne ordre que sous ton génie
Se termine cette manie,
Et que, las de perpétuer
Une si longue malveillance,
Nous employions notre vaillance
Ailleurs qu'à nous entre-tuer [2].

La Discorde aux crins de couleuvres [3],
Peste fatale aux potentats,
Ne finit ses tragiques œuvres
Qu'en la fin même des États.
D'elle naquit la frénésie
De la Grèce contre l'Asie,
Et d'elle prirent le flambeau [4]
Dont ils désolèrent leur terre,

---

1. Pathétique et chaud. L'expression du troisième et du quatrième vers est vive et forte. Horace dit :

         . . . . . et sua
    Urbs hæc periret dextera.

et ailleurs :

    Suis et ipsa Roma viribus ruit.

et Corneille :

    Et de ses propres mains déchire ses entrailles.

L'expression de Malherbe est peut-être plus forte encore. A. CHÉNIER.
2. Précision. A. CHÉNIER.
3. Crins vaut bien mieux là que cheveux. A. CHÉNIER.
4. Belle tournure. A. CHÉNIER.

Les deux frères de qùi la guerre
Ne cessa point dans le tombeau [1].

C'est en la paix que toutes choses [2]
Succèdent selon nos désirs ;
Comme au printemps naissent les roses,
En la paix naissent les plaisirs ;
Elle met les pompes aux villes,
Donne aux champs les moissons fertiles,
Et de la majesté des lois
Appuyant les pouvoirs suprêmes,
Fait demeurer les diadèmes
Fermes sur la tête des rois.

Ce sera dessous cette égide
Qu'invincible de tous côtés,
Tu verras ces peuples sans bride
Obéir à tes volontés [3] ;
Et, surmontant leur espérance [4],
Remettras en telle assurance

1. Cette strophe est fort belle. Les deux derniers vers sont parfaits. On ne saurait exprimer un sens plus mâle et plus énergique d'une manière plus simple et plus franche. Ce tour est à imiter. A. CHÉNIER.

2. Voilà une strophe divine, et qui suit bien la précédente. Cela est plein de vie et de mouvement. Comme ce tableau de la paix est plein et achevé ! comme les quatre premiers vers, délicieux et pleins de grace, contrastent aisément avec le ton noble et l'image frappante de la fin ! Il faut voir dans Tibulle un tableau de la paix, d'une couleur moins forte, et qui n'est pas aussi vif ni aussi rapide, mais charmant et parfait dans son genre.
A. CHÉNIER.

3. Belle image ! A. CHÉNIER.

4. *Surmontant* pour *surpassant.* A. CHÉNIER.

Leur salut qui fut déploré [1],
Que vivre au siècle de Marie,
Sans mensonge et sans flatterie,
Sera vivre au siècle doré.

Les Muses, les neuf belles fées,
Dont les bois suivent les chansons [2],
Rempliront de nouveaux Orphées
La troupe de leurs nourrissons;
Tous leurs vœux seront de te plaire;
Et, si ta faveur tutélaire
Fait signe de les avouer,
Jamais ne partit de leurs veilles
Rien qui se compare aux merveilles
Qu'elles feront pour te louer [3].

1 *Déploré* est là dans le sens de :

> Deplorata coloni
> Vota jacent.

Je ne doute pas qu'on ne pût trouver quelque subterfuge pour le faire
passer aujourd'hui. A. Chénier

2. Cela est charmant et d'une poésie exquise.

> Blandum et auritas fidibus canoris
> Ducere quercus.

dit Horace, en parlant d'Orphée.

Et plus haut :

> Unde vocalem temere insecutæ -
> Orphea sylvæ.

Boileau dit :

> Je crois voir les rochers accourir pour m'entendre.

Ailleurs il appelle les Muses du même nom que Malherbe leur donne ici :

> Sans cesse poursuivant ces fugitives fées.

Toute cette strophe est d'une harmonie charmante; je le remarque rarement, parce qu'il faudrait le remarquer à chaque pas. A. Chénier.

3. Belle tournure. A. Chénier.

En cette hautaine entreprise,
Commune à tous les beaux esprits,
Plus ardent qu'un athlète à Pise [1],
Je me ferai quitter le prix :
Et quand j'aurai peint ton image,
Quiconque verra mon ouvrage,
Avoûra que Fontainebleau,
Le Louvre, ni les Tuileries,
En leurs superbes galeries,
N'ont point un si riche tableau.

Apollon à portes ouvertes
Laisse indifféremment cueillir
Les belles feuilles toujours vertes
Qui gardent les noms de vieillir ;
Mais l'art d'en faire des couronnes
N'est pas su de toutes personnes,
Et trois ou quatre seulement,
Au nombre desquels on me range,
Peuvent donner une louange
Qui demeure éternellement.

1. Comparaison noble et précise, d'autant plus heureuse dans un poète lyrique, qu'elle rappelle Pindare, le prince des lyriques, dont Malherbe ne faisait pas grand cas. A. CHENIER.

FRAGMENT.

1610.

. . . .

Et quand j'aurai peint ton image [1],
Comme j'en prépare l'ouvrage,
Sans doute on dira quelque jour :
Quoi que d'Apelle on nous raconte,
Malherbe pouvait, à sa honte,
Achever la mère d'Amour.

[1]. Ce fragment paraît n'être qu'une manière nouvelle de remplir l'avant-dernière strophe de l'ode précédente. Je la trouve meilleure que celle qui est restée. Il serait quelquefois à désirer que nous eussions les brouillons des grands poètes, pour voir par combien d'échelons ils ont passé.
A. CHENIER.

SONNET

A LA REINE MARIE DE MÉDICIS,

SUR LA MORT DE MONSEIGNEUR LE DUC D'ORLÉANS,

SON SECOND FILS.

1611.

Consolez-vous, madame, apaisez votre plainte :
La France, à qui vos yeux tiennent lieu de soleil,
Ne dormira jamais d'un paisible sommeil,
Tant que sur votre front la douleur sera peinte.

Rendez-vous à vous-même, assurez votre crainte,
Et de votre vertu recevez ce conseil,
Que souffrir sans murmure est le seul appareil
Qui peut guérir l'ennui dont vous êtes atteinte.

Le ciel, en qui votre ame a borné ses amours,
Étoit bien obligé de vous donner des jours
Qui fussent sans orage et qui n'eussent point d'ombre ;

Mais ayant de vos fils les grands cœurs découverts,
N'a-t-il pas moins failli d'en ôter un du nombre
Que d'en partager trois en un seul univers ?

15.

SONNET.

ÉPITAPHE DU MÊME DUC D'ORLÉANS.

1611.

Plus Mars que Mars de la Thrace,
Mon père victorieux
Aux rois les plus glorieux
Ota la première place.

Ma mère vient d'une race
Si fertile en demi-dieux,
Que son éclat radieux
Toutes lumières efface.

Je suis poudre toutefois,
Tant la Parque a fait ses lois
Égales et nécessaires.

Rien ne m'en a su parer :
Apprenez, ames vulgaires,
A mourir sans murmurer.

STANCES

A LA REINE MARIE DE MÉDICIS,

PENDANT SA RÉGENCE.

1611.

Objet divin des ames et des yeux ,
   Reine, le chef-d'œuvre des cieux ,
Quels doctes vers me feront avouer
     Digne de te louer ?

Les monts fameux des vierges que je sers
   Ont-ils des fleurs en leurs déserts
Qui , s'efforçant d'embellir ta couleur ,
     Ne ternissent la leur ?

Le Thermodon a vu seoir autrefois
   Des reines au trône des rois ;
Mais que vit-il par qui soit débattu
     Le prix à ta vertu ?

Certes nos lis , quoique bien cultivés,
Ne s'étoient jamais élevés
Au point heureux où les Destins amis
Sous ta main les ont mis.

A leur odeur l'Anglois se relâchant ,
Notre amitié va recherchant ;
Et l'Espagnol, prodige merveilleux !
Cesse d'être orgueilleux [1].

De tous côtés nous regorgeons de biens ;
Et qui voit l'aise où tu nous tiens,
De ce vieux siècle aux Fables récité
Voit la félicité.

Quelque discord , murmurant bassement,
Nous fit peur au commencement ;
Mais sans effet presque il s'évanouit,
Plus tôt qu'on ne l'ouït.

Tu menaças l'orage paroissant,
Et , tout soudain obéissant,
Il disparut comme flots courroucés
Que Neptune a tancés

1. On commençait à traiter du double mariage qui fut conclu, l'année suivante, entre Louis XIII et l'infante d'Espagne, le prince d'Espagne et madame Élisabeth de France. ÉDIT.

Que puisses-tu, grand soleil de nos jours,
   Faire sans fin le même cours,
Le soin du ciel te gardant aussi bien
    Que nous garde le tien !

Puisses-tu voir sous le bras de ton fils
   Trébucher les murs de Memphis,
Et de Marseille au rivage de Tyr
    Son empire aboutir !

Les vœux sont grands ; mais avecque raison
   Que ne peut l'ardente oraison !
Et, sans flatter, ne sers-tu pas les dieux
    Assez pour avoir mieux ?

SONNET

A M. DU MAINE [1],

SUR SES ŒUVRES SPIRITUELLES.

1811.

Tu me ravis, DU MAINE, il faut que je l'avoue,
Et tes sacrés discours me charment tellement
Que, le monde aujourd'hui ne m'étant plus que boue,
Je me tiens profané d'en parler seulement.

Je renonce à l'Amour, je quitte son empire,
Et ne veux point d'excuse à mon impiété,
Si la beauté des cieux n'est l'unique beauté
Dont on m'orra jamais les merveilles écrire.

Caliste se plaindra de voir si peu durer
La forte passion qui me faisoit jurer
Qu'elle auroit en mes vers une gloire éternelle ;

Mais si mon jugement n'est point hors de son lieu,
Dois-je estimer l'ennui de me séparer d'elle,
Autant que le plaisir de me donner à Dieu ?

1. *Louis du Maine*, baron de Chabans. Il avait servi dans les armées du roi en qualité d'ingénieur et d'aide-de-camp, et il avait été lieutenant d'artillerie chez les Vénitiens. De retour en France, il fut tué près des Minimes de la Place-Royale, par M. de Lenclos, père de la célèbre Ninon.

ÉDIT.

STANCES

CHANTÉES PAR LES SIBYLLES

LE PREMIER JOUR DES FÊTES DU CAMP DE LA PLACE ROYALE,

DONNÉES LES 5, 6 ET 7 AVRIL 1612,

POUR LA PUBLICATION DES MARIAGES ARRÊTÉS DU ROI LOUIS XIII

AVEC L'INFANTE D'ESPAGNE, ANNE D'AUTRICHE,

ET DE MADAME ÉLISABETH, SŒUR DE CE ROI,

AVEC LE PRINCE, DEPUIS ROI D'ESPAGNE, PHILIPPE IV [1].

1612.

LA SIBYLLE PERSIQUE.

POUR LA REINE.

Que Bellone et Mars se détachent,
Et de leurs cavernes arrachent
Tous les vents des séditions ;
La France est hors de leur furie
Tant qu'elle aura pour Alcyons
L'heur et la vertu de MARIE.

[1]. La musique était de Boisset. ÉDIT.

LA SIBYLLE LIBYQUE.

POUR LA REINE.

Cesse, Pô, d'abuser le monde;
Il est temps d'ôter à ton onde
Sa fabuleuse royauté.
L'Arne, sans en faire autres preuves,
Ayant produit cette beauté,
S'est acquis l'empire des fleuves.

LA SIBYLLE DELPHIQUE.

SUR LE DOUBLE MARIAGE.

La France à l'Espagne s'allie ;
Leur discorde est ensevelie,
Et tous leurs orages finis.
Armes du reste de la terre,
Contre ces deux peuples unis
Qu'êtes-vous que paille et que verre?

LA SIBYLLE CUMÉE.

SUR LE DOUBLE MARIAGE.

Arrière ces plaintes communes,
Que les plus durables fortunes
Passent du jour au lendemain ;
Les nœuds de ces grands hyménées
Sont-ils pas de la propre main
De ceux qui font les destinées?

LA SIBYLLE ÉRYTHRÉE.

SUR LE MÊME SUJET.

Taisez-vous, funestes langages,
Qui jamais ne faites présages
Où quelque malheur ne soit joint;
La Discorde ici n'est mêlée,
Et Thétis n'y soupire point
Pour avoir épousé Pélée.

LA SIBYLLE SAMIENNE.

AU ROI.

Roi que tout bonheur accompagne,
Vois partir du côté d'Espagne
Un soleil qui te vient chercher
O vraiment divine aventure,
Que ton respect fasse marcher
Les astres contre leur nature !

LA SIBYLLE CUMANE.

AU ROI.

O que l'heur de tes destinées
Poussera tes jeunes années
A de magnanimes soucis!
Et combien te verront répandre
De sang des peuples circoncis
Les flots qui noyèrent Léandre !

16

LA SIBYLLE HELLESPONTIQUE.

AU ROI.

Soit que le Danube t'arrête,
Soit que l'Euphrate à sa conquête
Te fasse tourner ton désir ;
Trouveras-tu quelque puissance
A qui tu ne fasses choisir
Ou la mort, ou l'obéissance ?

LA SIBYLLE PHRYGIENNE.

A LA REINE.

Courage, REINE sans pareille !
L'esprit sacré qui te conseille
Est ferme en ce qu'il a promis.
Achève, et que rien ne t'arrête ;
Le ciel tient pour ses ennemis
Les ennemis de cette fête.

LA SIBYLLE TIBURTINE.

A LA REINE.

Sous ta bonté s'en va renaître
Le siècle où Saturne fut maître ;
Thémis les vices détruira ;
L'honneur ouvrira son école,
Et dans Seine et Marne luira
Même sablon que dans Pactole.

STANCES

CHANTÉES A LA SUITE DES PRÉCÉDENTES

PAR

UNE SIBYLLE,

AU NOM DE TOUS LES FRANÇOIS.

1612.

Donc, après un si long séjour,
Fleurs de lis, voici le retour
De vos aventures prospères ;
Et vous allez être à nos yeux
Fraîches comme aux yeux de nos pères,
Lorsque vous tombâtes des cieux.

A ce coup s'en vont les Destins
Entre les jeux et les festins
Nous faire couler nos années,
Et commencer une saison
Où nulles funestes journées
Ne verront jamais l'horizon.

Ce n'est plus comme auparavant
Que, si l'Aurore en se levant
D'aventure nous voyoit rire,
On se pouvoit bien assurer,
Tant la Fortune avoit d'empire,
Que le soir nous verroit pleurer.

De toutes parts sont éclaircis
Les nuages de nos soucis;
La sûreté chasse les craintes;
Et la Discorde, sans flambeau,
Laisse mettre avecque nos plaintes
Tous nos soupçons dans le tombeau.

O qu'il nous eût coûté de morts,
O que la France eût fait d'efforts,
Avant que d'avoir par les armes
Tant de provinces qu'en un jour,
Belle REINE, avecque vos charmes,
Vous nous acquérez par amour !

Qui pouvoit, sinon vos bontés,
Faire à des peuples indomptés
Laisser leurs haines obstinées,
Pour jurer solennellement,
En la main de deux hyménées,
D'être amis éternellement ?

Fleur des beautés et des vertus,
Après nos malheurs abattus
D'une si parfaite victoire,
Quel marbre à la postérité
Fera paroître votre gloire
Au lustre qu'elle a mérité?

Non, non, malgré les envieux,
La raison veut qu'entre les dieux
Votre image soit adorée,
Et qu'aidant comme eux aux mortels,
Lorsque vous serez implorée,
Comme eux vous ayez des autels.

Nos fastes sont pleins de lauriers
De toutes sortes de guerriers;
Mais, hors de toute flatterie,
Furent-ils jamais embellis
Des miracles que fait MARIE
Pour le salut des fleurs de lis?

COUPLET

CHANTÉ PAR TOUTES LES SIBYLLES

A LA SUITE DES DEUX PIÈCES PRÉCÉDENTES.

1612.

A ce coup la France est guérie;
Peuples, fatalement sauvés,
Payez les vœux que vous devez
A la sagesse de MARIE.

SONNET

A LA REINE MARIE DE MÉDICIS,

POUR

M. DE LA CEPPÈDE [1],

PREMIER PRÉSIDENT DE LA CHAMBRE DES COMPTES DE PROVENCE,

au sujet de ses

THÉORÈMES SPIRITUELS SUR LA VIE ET LA PASSION
DE NOTRE SEIGNEUR, etc.

1612.

J'estime La Ceppède et l'honore, et l'admire,
Comme un des ornements des premiers de nos jours;
Mais qu'à sa plume seule on doive ce discours,
Certes, sans le flatter, je ne l'oserois dire.

L'esprit du Tout-Puissant, qui ses graces inspire
A celui qui sans feinte en attend le secours,
Pour élever notre ame aux célestes amours,
Sur un si beau sujet l'a fait si bien écrire.

1. *Jean de La Ceppède*, de Marseille, mort à Avignon au mois de juillet 1623. ÉDIT.

REINE, l'heur de la France et de tout l'univers,
Qui voyez chaque jour tant d'hommages divers
Que présente la Muse aux pieds de votre image;

Bien que votre bonté leur soit propice à tous,
Ou je n'y connois rien, ou devant cet ouvrage,
Vous n'en vîtes jamais qui fût digne de vous.

ÉPIGRAMME

SUR LA PUCELLE D'ORLÉANS,

BRULÉE PAR LES ANGLOIS.

1613.

L'ennemi, tous droits violant,
Belle Amazone, en vous brûlant,
Témoigna son ame perfide;
Mais le Destin n'eut point de tort :
Celle qui vivoit comme Alcide
Devoit mourir comme il est mort.

ÉPIGRAMME

sur ce que

LA STATUE ÉRIGÉE EN L'HONNEUR DE LA PUCELLE,

sur le pont de la ville d'orléans,

étoit sans inscription.

1613.

Passants, vous trouvez à redire
Qu'on ne voit ici rien gravé
De l'acte le plus relevé
Que jamais l'histoire ait fait lire :
La raison qui vous doit suffire,
C'est qu'en un miracle si haut,
Il est meilleur de ne rien dire
Que ne dire pas ce qu'il faut.

ODE

A LA REINE MARIE DE MÉDICIS,

PENDANT SA RÉGENCE,

APRÈS LA PREMIÈRE GUERRE DES PRINCES.

1614.

FRAGMENT.

. . . .

Si quelque avorton de l'Envie
Ose encore lever les yeux,
Je veux bander contre sa vie
L'ire de la terre et des cieux ;
Et dans les savantes oreilles
Verser de si douces merveilles,
Que ce misérable corbeau,
Comme oiseau d'augure sinistre,
Banni des rives du Caïstre [1],
S'aille cacher dans le tombeau.

---

[1] Fleuve de Lydie, fort fréquenté, selon les poètes, par les cygnes. ÉDIT.

Venez donc, non pas habillées,
Comme on vous trouve quelquefois,
En jupes dessous les feuillées,
Dansant au silence des bois.
Venez en robes, où l'on voie
Dessus les ouvrages de soie
Les rayons d'or étinceler;
Et chargez de perles vos têtes,
Comme quand vous allez aux fêtes
Où les dieux vous font appeler.

Quand le sang bouillant en mes veines
Me donnoit de jeunes désirs,
Tantôt vous soupiriez mes peines,
Tantôt vous chantiez mes plaisirs;
Mais aujourd'hui que mes années
Vers leur fin s'en vont terminées,
Siéroit-il bien à mes écrits
D'ennuyer les races futures
Des ridicules aventures
D'un amoureux en cheveux gris?

Non, vierges, non; je me retire
De tous ces frivoles discours :
Ma REINE est un but à ma lyre
Plus juste que nulles amours;
Et quand j'aurai, comme j'espère,
Fait ouïr, du Gange à l'Ibère,

Sa louange à tout l'univers,
Permesse me soit un Cocyte,
Si jamais je vous sollicite
De m'aider à faire des vers !

Aussi bien chanter d'autre chose,
Ayant chanté de sa grandeur,
Seroit-ce pas, après la rose,
Aux pavots chercher de l'odeur,
Et des louanges de la lune
Descendre à la clarté commune
D'un de ces feux du firmament,
Qui, sans profiter et sans nuire,
N'ont reçu l'usage de luire
Que par le nombre seulement ?

Entre les rois à qui cet âge
Doit son principal ornement,
Ceux de la Tamise et du Tage
Font louer leur gouvernement ;
Mais en de si calmes provinces,
Où le peuple adore les princes,
Et met au degré le plus haut
L'honneur du sceptre légitime,
Sauroit-on excuser le crime
De ne régner pas comme il faut !

Ce n'est point aux rives d'un fleuve
Où dorment les vents et les eaux

Que fait sa véritable preuve
L'art de conduire les vaisseaux ;
Il faut en la plaine salée
Avoir lutté contre Malée [1],
Et près du naufrage dernier,
S'être vu dessous les Pléiades [2],
Éloigné de ports et de rades,
Pour être cru bon marinier.

Ainsi quand la Grèce, partie
D'où le mol Anaure [3] couloit,
Traversa les mers de Scythie
En la navire qui parloit,
Pour avoir su des Cyanées [4]
Tromper les vagues forcenées,
Les pilotes du fils d'Éson [5],
Dont le nom jamais ne s'efface,
Ont gagné la première place
En la fable de la Toison.

Ainsi, conservant cet empire
Où l'infidélité du Sort,

1. *Malée,* aujourd'hui *capo Malio di Sant'Angelo ;* promontoire de Laconie, fameux par plusieurs naufrages.
2. Étoiles de la constellation du Taureau, qui sont au nombre de sept.
3. L'*Anaure,* ainsi nommé de deux mots grecs qui signifient *sans vent,* est un fleuve de Thessalie.
4. Les *Cyanées,* deux écueils très-dangereux et voisins du Bosphore de Thrace, l'un en Europe et l'autre en Asie.
5. De Jason.

17

Jointe à la nôtre encore pire,
Alloit faire un dernier effort,
Ma REINE acquiert à ses mérites
Un nom qui n'a point de limites,
Et, ternissant le souvenir
Des reines qui l'ont précédée,
Devient une éternelle idée
De celles qui sont à venir.

Aussitôt que le coup tragique,
Dont nous fûmes presque abattus,
Eut fait la fortune publique
L'exercice de ses vertus,
En quelle nouveauté d'orage
Ne fut éprouvé son courage?
Et quelles malices de flots,
Par des murmures effroyables,
A des vœux à peine payables
N'obligèrent les matelots?

Qui n'ouït la voix de Bellone,
Lasse d'un repos de douze ans,
Telle que d'un foudre qui tonne,
Appeler tous ses partisans,
Et déjà les rages extrêmes,
Par qui tombent les diadèmes,
Faire appréhender le retour
De ces combats dont la manie
Est l'éternelle ignominie
De Jarnac et de Moncontour?

Qui ne voit encore à cette heure
Tous les infidèles cerveaux,
Dont la fortune est la meilleure,
Ne chercher que troubles nouveaux,
Et ressembler à ces fontaines
Dont les conduites souterraines
Passent par un plomb si gâté
Que toujours ayant quelque tare,
Au même temps qu'on les répare,
L'eau s'enfuit d'un autre côté?

La paix ne voit rien qui menace
De faire renaître nos pleurs;
Tout s'accorde à notre bonace,
Les hivers nous donnent des fleurs;
Et si les pâles Euménides,
Pour réveiller nos parricides,
Toutes trois ne sortent d'enfer,
Le repos du siècle où nous sommes
Va faire à la moitié des hommes
Ignorer que c'est que le fer.

Thémis, capitale ennemie
Des ennemis de leur devoir,
Comme un rocher est affermie
En son redoutable pouvoir;
Elle va d'un pas et d'un ordre
Où la censure n'a que mordre,

Et les lois, qui n'exceptent rien
De leur glaive et de leur balance,
Font tout perdre à la violence
Qui veut avoir plus que le sien.

Nos champs même ont leur abondance [1],
Hors de l'outrage des voleurs ;
Les festins, les jeux et la danse
En bannissent toutes douleurs.
Rien n'y gémit, rien n'y soupire ;
Chaque Amarille a son Tityre ;
Et, sous l'épaisseur des rameaux,
Il n'est place où l'ombre soit bonne,
Qui soir et matin ne résonne
Ou de voix, ou de chalumeaux.

Puis quand ces deux grands hyménées,
Dont le fatal embrassement
Doit aplanir les Pyrénées,
Auront leur accomplissement,
Devons-nous douter qu'on ne voie,
Pour accompagner cette joie,
L'encens germer en nos buissons,
La myrrhe couler en nos rues,

1. Strophe pleine de grace, et dont les images molles et naïves contrastent d'une manière aimable et facile avec les peintures fortes qui ont précédé.

Je ne sais si le cinquième vers ne serait pas plus agréable de cette manière ou de quelque autre qui eût le même sens :

C'est d'amour seul qu'on y soupire.

Le vers suivant est délicieux. A. CHENIER.

Et, sans l'usage des charrues,
Nos plaines jaunir de moissons?

Quelle moins hautaine espérance
Pouvons-nous concevoir alors,
Que de conquêter à la France
La Propontide en ses deux bords,
Et, vengeant de succès prospères
Les infortunes de nos pères
Que tient l'Égypte ensevelis,
Aller si près du bout du monde,
Que le soleil sorte de l'onde
Sur la terre des fleurs de lis?

Certes ces miracles visibles,
Excédant le penser humain,
Ne sont point ouvrages possibles
A moins qu'une immortelle main;
Et la raison ne se peut dire
De nous voir en notre navire
A si bon port acheminés;
Ou sans fard et sans flatterie,
C'est Pallas que cette MARIE
Par qui nous sommes gouvernés.

Quoi qu'elle soit, nymphe ou déesse,
De sang immortel ou mortel,
Il faut que le monde confesse
Qu'il ne vit jamais rien de tel,

17.

Et quiconque fera l'histoire
De ce grand chef-d'œuvre de gloire,
L'incrédule postérité
Rejettera son témoignage,
S'il ne la dépeint belle et sage
Au deçà de la vérité.

Grand HENRI, grand foudre de guerre,
Que cependant que parmi nous
Ta valeur étonnoit la terre,
Les Destins firent son époux ;
Roi dont la mémoire est sans blâme,
Que dis-tu de cette belle ame,
Quand tu la vois si dignement
Adoucir toutes nos absinthes,
Et se tirer des labyrinthes
Où la met ton éloignement ?

Que dis-tu, lorsque tu remarques
Après ses pas ton héritier
De la sagesse des monarques
Monter le pénible sentier,
Et, pour étendre sa couronne,
Croître comme un faon de lionne ?
Que s'il peut un jour égaler
Sa force avecque sa furie,
Les Nomades n'ont bergerie
Qu'il ne suffise à désoler.

Qui doute que, si de ses armes [1]

Ilion avoit eu l'appui,

Le jeune Atride avecque larmes

Ne s'en fût retourné chez lui,

Et qu'aux beaux champs de la Phrygie

De tant de batailles rougie,

Ne fussent encore honorés

Ces ouvrages des mains célestes

Que, jusques à leurs derniers restes,

La flamme grecque a dévorés [2] !

1. Tournure vive et lyrique.

Toute cette strophe est très-belle, fort bien écrite, et termine l'ode à merveille. C'est une source inépuisable et sûre de poésie que de savoir ainsi désigner les événements par leurs circonstances et par les conséquences qu'ils entraînent. J'ai oublié comment les rhéteurs appellent cela.

A. CHENIER.

2. Divin !

> Post certas hyemes uret *achaicus*
> *Ignis* iliacas domos. HORACE.

Et ailleurs :

> Nescios fari pueros *achivis*
> Ureret *flammis.*

A. CHENIER.

FRAGMENT

AU SUJET DE LA MÊME GUERRE DES PRINCES.

1614.

Allez à la malheure, allez, ames tragiques,
Qui fondez votre gloire aux misères publiques,
   Et dont l'orgueil ne connoît point de lois.
Allez, fléaux de France et les pestes du monde :
Jamais pas un de vous ne reverra mon onde,
   Regardez-la pour la dernière fois.

STANCES.

PARAPHRASE DU PSAUME CXXVIII,

AU NOM DU ROI LOUIS XIII,

A L'OCCASION DE LA PREMIÈRE GUERRE DES PRINCES.

1614.

Les funestes complots des ames forcenées,
Qui pensoient triompher de mes jeunes années,
Ont d'un commun assaut mon repos offensé.
Leur rage a mis au jour ce qu'elle avoit de pire,
      Certes je le puis dire;
Mais je puis dire aussi qu'ils n'ont rien avancé.

J'étois dans leurs filets, c'étoit fait de ma vie;
Leur funeste rigueur, qui l'avoit poursuivie,
Méprisoit le conseil de revenir à soi;
Et le coutre aiguisé s'imprime sur la terre
      Moins avant que leur guerre
N'espéroit imprimer ses outrages sur moi.

Dieu, qui de ceux qu'il aime est la garde éternelle,
Me témoignant contre eux sa bonté paternelle,

A, selon mes souhaits, terminé mes douleurs.
Il a rompu leur piége; et, de quelque artifice
      Qu'ait usé leur malice,
Ses mains, qui peuvent tout, m'ont dégagé des leurs.

La gloire des méchants est pareille à cette herbe
Qui, sans porter jamais ni javelle ni gerbe,
Croît sur le toit pourri d'une vieille maison;
On la voit sèche et morte aussitôt qu'elle est née,
      Et vivre une journée
Est réputé pour elle une longue saison.

Bien est-il malaisé que l'injuste licence
Qu'ils prennent chaque jour d'affliger l'innocence
En quelqu'un de leurs vœux ne puisse prospérer;
Mais tout incontinent leur bonheur se retire,
      Et leur honte fait rire
Ceux que leur insolence avoit fait soupirer.

FRAGMENT

AU SUJET DE LA MÊME GUERRE.

1614.

O toi, qui d'un clin d'œil sur la terre et sur l'onde
          Fais trembler tout le monde,
Dieu, qui toujours es bon et toujours l'as été,
Verras-tu concerter à ces ames tragiques
          · Leurs funestes pratiques?
Ne tonneras-tu point sur leur impiété?

Voyez en quel état est aujourd'hui la France,
          Hors d'humaine espérance.
Les peuples les plus fiers du Couchant et du Nord
Ou sont alliés d'elle ou recherchent de l'être;
          Et ceux qu'elle a fait naître
Tournent tous leurs conseils pour lui donner la mort!

FRAGMENT

SUR LE MÊME SUJET.

1614.

Ames pleines de vents que la rage a blessées,
Connoissez votre faute et bornez vos pensées
    En un juste compas ;
Attachez votre espoir à de moindres conquêtes ;
Briare avoit cent mains, Tiphon avoit cent têtes,
Et ce que vous tentez leur coûta le trépas.

Soucis, retirez-vous ; faites place à la joie,
Misérable douleur dont nous sommes la proie ;
    Nos vœux sont exaucés.
Les vertus de la reine et les bontés célestes
Ont fait évanouir ces orages funestes,
Et dissipé les vents qui nous ont menacés.

SONNET.

ÉPITAPHE DE LA FEMME DE M. PUGET [1],

QUI FUT DANS LA SUITE ÉVÊQUE DE MARSEILLE.

(LE MARI PARLE.)

1614.

Celle qu'avoit hymen à mon cœur attachée,
Et qui fut ici-bas ce que j'aimai le mieux,
Allant changer la terre à de plus dignes lieux,
Au marbre que tu vois sa dépouille a cachée.

Comme tombe une fleur que la bise a séchée,
Ainsi fut abattu ce chef-d'œuvre des cieux ;
Et depuis le trépas qui lui ferma les yeux,
L'eau que versent les miens n'est jamais étanchée.

Ni prières ni vœux ne m'y purent servir ;
La rigueur de la mort se voulut assouvir,
Et mon affection n'en put avoir dispense.

Toi, dont la piété vient sa tombe honorer,
Pleure mon infortune ; et, pour ta récompense,
Jamais autre douleur ne te fasse pleurer.

1. Fils de M. *de Pommeuse-Puget,* trésorier de l'Épargne. ÉDIT.

18

ÉPIGRAMME

AU NOM DE M. PUGET,

POUR SERVIR DE DÉDICACE A L'ÉPITAPHE PRÉCÉDENTE.

1614.

Belle ame, qui fus mon flambeau,
Reçois l'honneur qu'en ce tombeau
Je suis obligé de te rendre.
Ce que je fais te sert de peu ;
Mais au moins tu vois en la cendre
Comme j'en conserve le feu.

ÉPIGRAMME

POUR METTRE AU-DEVANT DES HEURES

DE LA VICOMTESSE D'AUCHY.

1614.

Tant que vous serez sans amour,
CALISTE, priez nuit et jour ;
Vous n'aurez point miséricorde.
Ce n'est pas que Dieu ne soit doux ;
Mais pensez-vous qu'il vous accorde
Ce qu'on ne peut avoir de vous ?

ÉPIGRAMME

SUR LE MÊME SUJET.

1614.

Prier Dieu qu'il vous soit propice,
Tant que vous me tourmenterez,
C'est le prier d'une injustice.
Faites-moi grace, et vous l'aurez.

CHANSON.

1614.

Sus, debout la merveille des belles;
Allons voir sur les herbes nouvelles
Luire un émail dont la vive peinture
Défend à l'art d'imiter la nature.

L'air est plein d'une haleine de roses,
Tous les vents tiennent leurs bouches closes,
Et le soleil semble sortir de l'onde
Pour quelque amour plus que pour luire au monde.

On diroit, à lui voir sur la tête
Ses rayons comme un chapeau de fête,
Qu'il s'en va suivre en si belle journée
Encore un coup la fille de Pénée.

Toute chose aux délices conspire,
Mettez-vous en votre humeur de rire;
Les soins profonds d'où les rides nous viennent
A d'autres ans qu'aux vôtres appartiennent.

Il fait chaud ; mais un feuillage sombre
Loin du bruit nous fournira quelque ombre,
Où nous ferons, parmi les violettes,
Mépris de l'ambre et de ses cassolettes.

Près de nous, sur les branches voisines
Des genêts, des houx et des épines,
Le rossignol déployant ses merveilles,
Jusqu'aux rochers donnera des oreilles.

Et peut-être, à travers les fougères,
Verrons-nous de bergers à bergères,
Sein contre sein et bouche contre bouche,
Naître et finir quelque douce escarmouche.

C'est chez eux qu'Amour est à son aise ;
Il y saute, il y danse, il y baise,
Et foule aux pieds les contraintes serviles
De tant de lois qui le gênent aux villes.

O qu'un jour mon ame auroit de gloire
D'obtenir cette heureuse victoire,
Si la pitié de mes peines passées
Vous disposoit à semblables pensées !

Votre honneur, le plus vain des idoles,
Vous remplit de mensonges frivoles ;
Mais quel esprit que la raison conseille,
S'il est aimé, ne rend point la pareille ?

18.

STANCES.

RÉCIT D'UN BERGER AU BALLET DU TRIOMPHE DE PALLAS,

OU MADAME ÉLISABETH, PRINCESSE D'ESPAGNE,

REPRÉSENTOIT PALLAS.

(Ce ballet fut exécuté le 19 mars 1615, dans la grande salle de Bourbon, lorsque Louis XIII et la reine, sa mère, se disposoient à partir pour aller conduire cette princesse et recevoir en même temps l'infante Anne d'Autriche, que le roi devoit épouser.)

1615.

Houlette de Louis, houlette de Marie,
Dont le fatal appui met notre bergerie
   Hors du pouvoir des loups,
Vous placer dans les cieux en la même contrée
   Des balances d'Astrée,
Est-ce un prix de vertu qui soit digne de vous?

Vos pénibles travaux, par qui nos pâturages
Sont encore en leur gloire, en dépit des orages
   Qui les ont désolés,
Sont-ce pas des effets que, même en Arcadie,
   Quoi que la Grèce die,
Les plus fameux pasteurs n'ont jamais égalés?

Voyez des bords de Loire et des bords de Garonne
Jusques à ce rivage où Thétis se couronne
                    De bouquets d'orangers,
A qui ne donnez-vous une heureuse bonace,
                    Loin de toute menace
Et de maux intestins, et de maux étrangers?

Où ne voit-on la paix, comme un roc affermie,
Faire à nos Géryons détester l'infamie
                    De leurs actes sanglants;
Et la belle Cérès, en javelles féconde,
                    Oter à tout le monde
La peur de retourner à l'usage des glands?

Aussi dans nos maisons, en nos places publiques,
Ce ne sont que festins, ce ne sont que musiques
                    De peuples réjouis;
Et que l'astre du jour ou se lève ou se couche,
                    Nous n'avons en la bouche
Que le nom de Marie et le nom de Louis.

Certes une douleur quelques ames afflige,
Qu'un fleuron de nos lis séparé de sa tige
                    Soit prêt à nous quitter;
Mais, quoi qu'on nous augure et qu'on nous fasse craindre,
                    Élise [1] est-elle à plaindre
D'un bien que tous nos vœux lui doivent souhaiter?

1. La princesse Élisabeth. Édit.

Le jeune demi-dieu qui pour elle soupire
De la fin du Couchant termine son empire
      En la source du jour ;
Elle va dans ses bras prendre part à sa gloire ;
      Quelle malice noire
Peut sans aveuglement condamner leur amour ?

Il est vrai qu'elle est sage, il est vrai qu'elle est belle,
Et notre affection pour autre que pour elle
      Ne peut mieux s'employer.
Aussi la nommons-nous la Pallas de cet âge ;
      Mais que ne dit le Tage
De celle qu'en sa place il nous doit envoyer ?

Esprits mal avisés, qui blâmez un échange
Où se prend et se baille un ange pour un ange,
      Jugez plus sainement.
Notre grande bergère a Pan qui la conseille ;
      Seroit-ce pas merveille
Qu'un dessein qu'elle eût fait n'eût bon événement ?

C'est en l'assemblement de ces couples célestes
Que si nos maux passés ont laissé quelques restes,
      Ils vont du tout finir.
Mopse [1], qui nous l'assure, a le don de prédire ;
      Et les chênes d'Épire
Savent moins qu'il ne sait des choses à venir.

---

1. Le maréchal d'Ancre, qui gouvernait alors.   Édit.

Un siècle renaîtra comblé d'heur et de joie,
Où le nombre des ans sera la seule voie
      D'arriver au trépas.
Tous venins y mourront comme au temps de nos pères,
      Et même les vipères
Y piqueront sans nuire, ou n'y piqueront pas.

La terre en tous endroits produira toutes choses;
Tous métaux seront or, toutes fleurs seront roses,
      Tous arbres oliviers;
L'an n'aura plus d'hiver, le jour n'aura plus d'ombre,
      Et les perles sans nombre
Germeront dans la Seine au milieu des graviers.

Dieux, qui de vos arrêts formez nos destinées,
Donnez un dernier terme à ces grands hyménées,
      C'est trop les différer;
L'Europe les demande, accordez sa requête;
      Qui verra cette fête,
Pour mourir satisfait n'aura que désirer.

CHANSON

QUI FUT CHANTÉE

DANS LE MÊME BALLET QUE LES STANCES PRÉCÉDENTES,

ET DONT L'AUTEUR FAISOIT TRÈS-PEU DE CAS.

1615.

Cette ANNE si belle,
Qu'on vante si fort,
Pourquoi ne vient-elle?
Vraiment elle a tort.

Son LOUIS soupire
Après ses appas;
Que veut-elle dire,
De ne venir pas?

S'il ne la possède,
Il s'en va mourir:
Donnons-y remède,
Allons la querir.

Assemblons, MARIE,
Ses yeux à vos yeux ;
Notre bergerie
N'en vaudra que mieux.

Hâtons le voyage ;
Le siècle doré
En ce mariage
Nous est assuré.

STANCES

SUR LE MARIAGE DU ROI LOUIS XIII

AVEC

ANNE D'AUTRICHE, INFANTE D'ESPAGNE.

1615.

Mopse, entre les devins, l'Apollon de cet âge,
    Avoit toujours fait espérer
Qu'un soleil qui naîtroit sur les rives du Tage
En la terre du lis nous viendroit éclairer.

Cette prédiction sembloit une aventure
    Contre le sens et le discours,
N'étant pas convenable aux règles de nature
Qu'un soleil se levât où se couchent les jours.

ANNE, qui de Madrid fut l'unique miracle,
　　Maintenant l'aise de nos yeux,
Au sein de notre Mars satisfait à l'oracle,
Et dégage envers nous la promesse des cieux.

Bien est-elle un soleil, et ses yeux adorables,
　　Déjà vus de tout l'horizon,
Font croire que nos maux seront maux incurables,
Si d'un si beau remède ils n'ont leur guérison.

Quoi que l'esprit y cherche, il n'y voit que des chaînes
　　Qui le captivent à ses lois.
Certes c'est à l'Espagne à produire des reines,
Comme c'est à la France à produire des rois.

Heureux couple d'amants, notre grande MARIE
　　A pour vous combattu le sort;
Elle a forcé les vents et dompté leur furie;
C'est à vous à goûter les délices du port.

Goûtez-les, beaux esprits, et donnez connoissance,
　　En l'excès de votre plaisir,
Qu'à des cœurs bien touchés tarder la jouissance,
C'est infailliblement leur croître le désir.

Les fleurs de votre amour, dignes de leur racine,
　　Montrent un grand commencement;
Mais il faut passer outre, et des fruits de Lucine
Faire avoir à nos vœux leur accomplissement.

Réservez le repos à ces vieilles années [1],
>Par qui le sang est refroidi.
Tout le plaisir des jours est en leurs matinées ;
La nuit est déjà proche à qui passe midi.

CHANSON

POUR

M. LE DUC DE BELLEGARDE,

AMOUREUX D'UNE DAME DE LA PLUS HAUTE CONDITION
QUI FUT EN FRANCE ET MÊME EN EUROPE [2].

1616.

Mes yeux, vous m'êtes superflus :
>Cette beauté qui m'est ravie
>Fut seule ma vue et ma vie,
Je ne vois plus ni ne vis plus.
>Qui me croit absent, il a tort :
>Je ne le suis point, je suis mort.

---

1. Strophe charmante. Racan, qui souvent imite Malherbe, dit d'une manière moins heureuse et moins originale :

>Tout le reste de la journée
>N'a rien d'égal à la douceur
>Des plaisirs de la matinée. BERG., acte 1.
>>>>>A. CHÉNIER.

2. Peut-être la jeune reine Anne d'Autriche, femme de Louis XIII. Le duc de Bellegarde n'avait pas craint d'être le rival d'Henri IV auprès de la belle Gabrielle. ÉDIT.

O qu'en ce triste éloignement,
Où la nécessité me traîne,
Les dieux me témoignent de haine
Et m'affligent indignement !
Qui me croit absent, il a tort :
Je ne le suis point, je suis mort.

Quelles flèches a la douleur
Dont mon ame ne soit percée ?
Et quelle tragique pensée
N'est point en ma pâle couleur ?
Qui me croit absent, il a tort :
Je ne le suis point, je suis mort.

Certes, où l'on peut m'écouter,
J'ai des respects qui me font taire ;
Mais en un réduit solitaire
Quels regrets ne fais-je éclater !
Qui me croit absent, il a tort :
Je ne le suis point, je suis mort.

Quelle funeste liberté
Ne prennent mes pleurs et mes plaintes,
Quand je puis trouver à mes craintes
Un séjour assez écarté !
Qui me croit absent, il a tort :
Je ne le suis point, je suis mort.

Si mes amis ont quelque soin
De ma pitoyable aventure,
Qu'ils pensent à ma sépulture ;
C'est tout ce de quoi j'ai besoin.
Qui me croit absent, il a tort :
Je ne le suis point, je suis mort.

CHANSON

POUR

M. LE DUC DE BELLEGARDE [1],

AMOUREUX DE LA MÊME DAME.

1616.

C'est assez, mes désirs, qu'un aveugle penser
Trop peu discrètement vous ait fait adresser
    Au plus haut objet de la terre ;
Quittez cette poursuite, et vous ressouvenez
    Qu'on ne voit jamais le tonnerre
Pardonner au dessein que vous entreprenez.

1. Un homme du génie et de la naissance de Malherbe se faire l'*entremetteur* du duc de Bellegarde et de maints autres ! Cela n'est guère digne du poète qui a dit si noblement :

       Les Muses, hautaines et braves,
       Tiennent le flatteur odieux,
       Et, comme parentes des dieux,
       Ne parlent jamais en esclaves.
                    A. CHÉNIER.

Quelque flatteur espoir qui vous tienne enchantés,
Ne connoissez-vous pas qu'en ce que vous tentez
  Toute raison vous désavoue,
Et que vous allez faire un second Ixion,
  Cloué là-bas sur une roue,
Pour avoir trop permis à son affection ?

Bornez-vous, croyez-moi, dans un juste compas,
Et fuyez une mer qui ne s'irrite pas
  Que le succès n'en soit funeste.
Le calme jusqu'ici vous a trop assurés ;
  Si quelque sagesse vous reste,
Connoissez le péril et vous en retirez.

Mais, ô conseil infâme ! ô profanes discours
Tenus indignement des plus dignes amours
  Dont jamais ame fut blessée !
Quel excès de frayeur m'a su faire goûter
  Cette abominable pensée,
Que ce que je poursuis me peut assez coûter ?

D'où s'est coulée en moi cette lâche poison,
D'oser impudemment faire comparaison
  De mes épines à mes roses ?
Moi, de qui la fortune est si proche des cieux,
  Que je vois sous moi toutes choses,
Et tout ce que je vois n'est qu'un point à mes yeux.

Non, non, servons CHRYSANTE, et, sans penser à moi,
Pensons à l'adorer d'une aussi ferme foi
     Que son empire est légitime.
Exposons-nous pour elle aux injures du Sort ;
     Et s'il faut être sa victime,
En un si beau danger moquons-nous de la mort.

Ceux que l'opinion fait plaire aux vanités
Font dessus leurs tombeaux graver des qualités
     Dont à peine un dieu seroit digne ;
Moi, pour un monument et plus grand et plus beau,
     Je ne veux rien que cette ligne :
« L'exemple des amants est clos dans ce tombeau. »

--- -- --- ---

STANCES

POUR

M. LE DUC DE BELLEGARDE,

SUR LA GUÉRISON DE CHRYSANTE,

C'EST-A-DIRE DE LA MÊME DAME A QUI LES DEUX PIÈCES PRÉCÉDENTES
SONT ADRESSÉES.

1616.

Les Destins sont vaincus, et le flux de mes larmes
De leur main insolente a fait tomber les armes ;
Amour en ce combat a reconnu ma foi :
    Lauriers, couronnez-moi.

Quel penser agréable a soulagé mes plaintes,
Quelle heure de repos a dissipé mes craintes,
Tant que du cher objet en mon ame adoré
    Le péril a duré ?

J'ai toujours vu ma dame avoir toutes les marques
De n'être point sujette à l'outrage des Parques ;
Mais quel espoir de bien en l'excès de ma peur
    N'estimois-je trompeur ?

Aujourd'hui c'en est fait, elle est toute guérie ;
Et les soleils d'avril peignant une prairie,
En leurs tapis de fleurs n'ont jamais égalé
      Son teint renouvelé.

Je ne la vis jamais si fraîche ni si belle ;
Jamais de si bon cœur je ne brûlai pour elle,
Et ne pensai jamais avoir tant de raison
      De bénir ma prison.

Dieux, dont la providence et les mains souveraines,
Terminant sa langueur, ont mis fin à mes peines,
Vous saurois-je payer avec assez d'encens
      L'aise que je ressens ?

Après une faveur si visible et si grande,
Je n'ai plus à vous faire aucune autre demande ;
Vous m'avez tout donné, redonnant à mes yeux
      Ce chef-d'œuvre des cieux.

Certes vous êtes bons ; et combien que nos crimes
Vous donnent quelquefois des courroux légitimes,
Quand des cœurs bien touchés vous demandent secours,
      Ils l'obtiennent toujours.

Continuez, grands dieux, et ne faites pas dire,
Ou que rien ici-bas ne connoît votre empire,
Ou qu'aux occasions les plus dignes de soins
      Vous en avez le moins.

Donnez-nous tous les ans des moissons redoublées,
Soient toujours de nectar nos rivières comblées ;
Si CHRYSANTE ne vit et ne se porte bien,
Nous ne vous devons rien.

ÉPIGRAMME

POUR METTRE AU-DEVANT DES POÈMES DIVERS

DU SIEUR DE LORTIGUES,

PROVENÇAL [1].

1617.

Vous dont les censures s'étendent
Dessus les ouvrages de tous,
Ce livre se moque de vous :
Mars et les Muses le défendent.

---

1. *Annibal de Lortigues*, de la ville d'Apt, était un soldat qui se mêlait de versifier. Ses poésies furent imprimées à Paris chez Jean Gesselin, en 1627. ÉDIT.

STANCES.

FRAGMENT D'UNE PROPHÉTIE DU DIEU DE LA SEINE

CONTRE LE MARÉCHAL D'ANCRE.

1617.

Va-t'en à la malheure, excrément de la terre [1],
Monstre, qui dans la paix fais les maux de la guerre,
   Et dont l'orgueil ne connoît point de lois.
En quelque haut dessein que ton esprit s'égare,
Tes jours sont à leur fin, ta chute se prépare :
   Regarde-moi pour la dernière fois.

C'est assez que cinq ans ton audace effrénée [2],
Sur des ailes de cire aux étoiles montée [3],

---

1. Ces deux strophes sont belles et bien écrites, et l'idée en était ingénieuse et lyrique. Mais insulter à la juste disgrace d'un homme qu'on avait osé louer dans la prospérité!

    Va-t'en, chétif insecte, excrément de la terre.
        C'est en ces mots que le lion
        Parlait un jour au moucheron. LA FONTAINE.
                         A. CHENIER.

2. André Chénier a mis *effrontée* au-dessus d'*effrénée*, parce qu'on trouve cette leçon dans d'autres éditions, ce que nous avons vérifié. ÉDIT.

3 Cette allusion est heureuse et belle, et le vers très-bien fait.
                         A. CHENIER.

Princes et rois ait osé défier.
La Fortune t'appelle au rang de ses victimes [1] ;
Et le ciel, accusé de supporter tes crimes [2],
Est résolu de se justifier.

STANCES

POUR

LE COMTE DE CHARNY [3],

QUI RECHERCHOIT EN MARIAGE MADEMOISELLE DE CASTILLE [4],
QU'IL ÉPOUSA EN 1620.

1619.

Enfin ma patience et les soins que j'ai pris
Ont, selon mes souhaits, adouci les esprits
Dont l'injuste rigueur si long-temps m'a fait plaindre.
Cessons de soupirer :
Graces à mon destin, je n'ai plus rien à craindre,
Et puis tout espérer.

---

1. Bien ! A. CHENIER.
2. C'est la belle et fameuse pensée de Claudien sur Rufin. Plus d'un ancien l'avait eue avant lui. On trouve cité ce vers d'un poète comique :

Θεοῦ δ' ὄνειδος, τοὺς κακοὺς εὐδαιμονεῖν.

Le bonheur des méchants est un crime des dieux.
A. CHENIER.
3. Charles Chabot, fils du marquis de Mirabeau. ÉDIT.
4. Charlotte de Castille, fille de Pierre de Castille, contrôleur-général des finances en 1629, et de Charlotte Jeannin, fille du célèbre Pierre Jeannin, surintendant des finances. ÉDIT.

Soit qu'étant le soleil dont je suis enflammé
Le plus aimable objet qui fut jamais aimé,
On ne m'ait pu nier qu'il ne fût adorable,
        Soit que d'un oppressé
Le droit bien reconnu soit toujours favorable,
        Les dieux m'ont exaucé.

Naguère que j'oyois la tempête souffler,
Que je voyois la vague en montagne s'enfler,
Et Neptune à mes cris faire la sourde oreille;
        A peu près englouti,
Eussé-je oser prétendre à l'heureuse merveille
        D'en être garanti?

Contre mon jugement les orages cessés
Ont des calmes si doux en leur place laissés,
Qu'aujourd'hui ma fortune a l'empire de l'onde;
        Et je vois sur le bord
Un ange dont la grace est la gloire du monde,
        Qui m'assure du port.

Certes c'est lâchement qu'un tas de médisants,
Imputant à l'amour qu'il abuse nos ans,
De frivoles soupçons nos courages étonnent;
        Tous ceux à qui déplaît
L'agréable tourment que ses flammes nous donnent
        Ne savent ce qu'il est.

S'il a de l'amertume à son commencement,
Pourvu qu'à mon exemple on souffre doucement,
Et qu'aux appas du change une ame ne s'envole,
        On se peut assurer
Qu'il est maître équitable, et qu'enfin il console
        Ceux qu'il a fait pleurer.

ÉPIGRAMME

SUR UNE IMAGE DE SAINTE CATHERINE.

1619.

L'art, aussi bien que la nature,
Eût fait plaindre cette peinture;
Mais il a voulu figurer
Qu'aux tourments dont la cause est belle
La gloire d'une ame fidèle
Est de souffrir sans murmurer.

ÉPIGRAMME

IMITÉE DE LA QUARANTIÈME DU SIXIÈME LIVRE

DE MARTIAL.

1619.

Jeanne, tandis que tu fus belle,
Tu le fus sans comparaison ;
Anne à cette heure est de saison,
Et ne vois rien si beau comme elle.
Je sais que les ans lui mettront
Comme à toi les rides au front,
Et feront à sa tresse blonde
Même outrage qu'à tes cheveux ;
Mais voilà comme va le monde :
Je te voulus, et je la veux.

SONNET

A MADAME LA PRINCESSE DE CONTI.

1619.

Race de mille rois, adorable PRINCESSE,
Dont le puissant appui de faveurs m'a comblé,
Si faut-il qu'à la fin j'acquitte ma promesse,
Et m'allége du faix dont je suis accablé.

Telle que notre siècle aujourd'hui vous regarde,
Merveille incomparable en toute qualité,
Telle je me résous de vous bailler en garde
Aux fastes éternels de la postérité.

Je sais bien quel effort cet ouvrage demande ;
Mais, si la pesanteur d'une charge si grande
Résiste à mon audace et me la refroidit,

Vois-je pas vos bontés à mon aide paroître,
Et parler dans vos yeux un signe qui me dit
Que c'est assez payer que de bien reconnoître ?

STANCES

SPIRITUELLES.

1619.

Louez Dieu par toute la terre,
Non pour la crainte du tonnerre
Dont il menace les humains,
Mais pour ce que sa gloire en merveilles abonde,
Et que tant de beautés qui reluisent au monde
Sont des ouvrages de ses mains.

Sa providence libérale
Est une source générale
Toujours prête à nous arroser.
L'Aurore et l'Occident s'abreuvent en sa course;
On y puise en Afrique, on y puise sous l'Ourse;
Et rien ne la peut épuiser.

N'est-ce pas lui qui fait aux ondes
Germer les semences fécondes
D'un nombre infini de poissons;
Qui peuple de troupeaux les bois et les montagnes,

Donne aux prés la verdure, et couvre les campagnes
    De vendanges et de moissons ?

    Il est bien dur à sa justice
    De voir l'impudente malice
    Dont nous l'offensons chaque jour ;
Mais, comme notre père, il excuse nos crimes,
Et même ses courroux, tant soient-ils légitimes,
    Sont des marques de son amour.

    Nos affections passagères,
    Tenant de nos humeurs légères,
    Se font vieilles en un moment ;
Quelque nouveau désir comme un vent les emporte :
La sienne, toujours ferme et toujours d'une sorte,
    Se conserve éternellement.

CHANSON

A LA MARQUISE DE RAMBOUILLET,

SOUS LE NOM DE RODANTHE [1].

1619.

Chère beauté, que mon ame ravie
　　Comme son pôle va regardant,
　　　　Quel astre d'ire et d'envie
Quand vous naissiez marquoit votre ascendant,
　　　　Que votre courage endurci,
Plus je le supplie, moins ait de merci?

En tous climats, voire au fond de la Thrace,
　　Après les neiges et les glaçons,
　　　　Le beau temps reprend sa place,
Et les étés mûrissent les moissons :
　　　　Chaque saison y fait son cours ;
En vous seule on trouve qu'il gèle toujours.

J'ai beau me plaindre et vous conter mes peines,
　　Avec prières d'y compatir ;

[1]. Cette chanson fut faite sur un air donné à Malherbe; c'est pourquoi le dernier vers de chaque couplet est irrégulier. ÉDIT.

20.

J'ai beau m'épuiser les veines,
Et tout mon sang en larmes convertir ;
Un mal au deçà du trépas,
Tant soit-il extrême, ne vous émeut pas.

Je sais que c'est : vous êtes offensée,
Comme d'un crime hors de raison,
Que mon ardeur insensée
En trop haut lieu borne sa guérison ;
Et voudriez bien, pour la finir,
M'ôter l'espérance de rien obtenir.

Vous vous trompez : c'est aux foibles courages,
Qui toujours portent la peur au sein,
De succomber aux orages,
Et se lasser d'un pénible dessein.
De moi, plus je suis combattu,
Plus ma résistance montre sa vertu.

Loin de mon front soient ces palmes communes,
Où tout le monde peut aspirer ;
Loin les vulgaires fortunes,
Où ce n'est qu'un, jouir et désirer.
Mon goût cherche l'empêchement ;
Quand j'aime sans peine, j'aime lâchement.

Je connois bien que, dans ce labyrinthe,
Le ciel injuste m'a réservé

Tout le fiel et tout l'absinthe
Dont un amant fut jamais abreuvé ;
Mais je ne m'étonne de rien :
Je suis à Rodanthe, je veux mourir sien.

ÉPIGRAMME

MISE AU DEVANT DU LIVRE INTITULÉ

LE POURTRAICT DE L'ÉLOQUENCE FRANÇOISE,

AVEC DIX ACTIONS ORATOIRES

DE

JEAN DU PRÉ,

ÉCUYER, SEIGNEUR DE LA PORTE, CONSEILLER DU ROI ET GÉNÉRAL
EN SA COUR DES AIDES DE NORMANDIE [1].

1620.

Tu faux, DU PRÉ, de nous pourtraire
Ce que l'éloquence a d'appas ;
Quel besoin as-tu de le faire ?
Qui te voit ne la voit-il pas ?

---

1. Ouvrage imprimé à Paris, chez Jean Levêque, in-8°. ÉDIT.

ÉPIGRAMME

POUR SERVIR D'ÉPITAPHE A UN GRAND [1].

1621.

Cet Absinthe au nez de barbet [2]
En ce tombeau fait sa demeure.
Chacun en rit, et moi j'en pleure :
Je le voulois voir au gibet.

1. Le connétable de Luynes, mort le 15 décembre 1621. ÉDIT.
2. L'absinthe est aussi appelée *aluine ;* de là cette mauvaise allusion.
ÉDIT.

SONNET

A MONSEIGNEUR LE DUC D'ORLÉANS [1].

1621.

Muses, quand finira cette longue remise
De contenter Gaston, et d'écrire de lui?
Le soin que vous avez de la gloire d'autrui
Peut-il mieux s'employer qu'à si belle entreprise?

En ce malheureux siècle, où chacun vous méprise,
Et quiconque vous sert n'en a que de l'ennui,
Misérable neuvaine, où sera votre appui,
S'il ne vous tend les mains et ne vous favorise?

Je crois bien que la peur d'oser plus qu'il ne faut,
Et les difficultés d'un ouvrage si haut,
Vous ôtent le désir que sa vertu vous donne;

Mais tant de beaux objets tous les jours s'augmentants,
Puisqu'en âge si bas leur nombre vous étonne,
Comme y fournirez-vous quand il aura vingt ans?

1. Gaston Jean-Baptiste, duc d'Orléans, frère de Louis XIII. É DIT.

STANCES

A M. LE PREMIER PRÉSIDENT DE VERDUN,

POUR LE CONSOLER

DE LA MORT DE SA PREMIÈRE FEMME[1].

1621 OU 1622.

Sacré ministre de Thémis,
VERDUN, en qui le ciel a mis
Une sagesse non commune;
Sera-ce pour jamais que ton cœur abattu
Laissera sous une infortune,
Au mépris de ta gloire, accabler ta vertu?

Toi, de qui les avis prudents
En toute sorte d'accidents
Sont loués même de l'Envie,
Perdras-tu la raison, jusqu'à te figurer
Que les morts reviennent en vie,
Et qu'on leur rende l'ame à force de pleurer?

Tel qu'au soir on voit le soleil
Se jeter aux bras du sommeil,

---

1. Charlotte du Gué. ÉDIT.

Tel au matin il sort de l'onde.
Les affaires de l'homme ont un autre destin :
Après qu'il est parti du monde,
La nuit qui lui survient n'a jamais de matin.

Jupiter, ami des mortels,
Ne rejette de ses autels
Ni requêtes ni sacrifices.
Il reçoit en ses bras ceux qu'il a menacés ;
Et qui s'est nettoyé de vices
Ne lui fait point de vœux qui ne soient exaucés.

Neptune, en la fureur des flots
Invoqué par les matelots,
Remet l'espoir en leurs courages ;
Et ce pouvoir si grand, dont il est renommé,
N'est connu que par les naufrages
Dont il a garanti ceux qui l'ont réclamé.

Pluton est seul entre les dieux
Dénué d'oreilles et d'yeux
A quiconque le sollicite.
Il dévore sa proie aussitôt qu'il la prend ;
Et quoi qu'on lise d'Hippolyte,
Ce qu'une fois il tient, jamais il ne le rend.

S'il étoit vrai que la pitié
De voir un excès d'amitié
Lui fît faire ce qu'on désire,
Qui devoit le fléchir avec plus de couleur

Que ce fameux joueur de lyre
Qui fut jusqu'aux enfers lui montrer sa douleur?

Cependant il eut beau chanter,
Beau prier, presser et flatter,
Il s'en revint sans Eurydice;
Et la vaine faveur dont il fut obligé
Fut une si noire malice,
Qu'un absolu refus l'auroit moins affligé.

Mais quand tu pourrois obtenir
Que la mort laissât revenir
Celle dont tu pleures l'absence,
La voudrois-tu remettre en un siècle effronté
Qui, plein d'une extrême licence,
Ne feroit que troubler son extrême bonté?

Que voyons-nous que des Titans,
De bras et de jambes luttants
Contre les pouvoirs légitimes [1];
Infâmes rejetons de ces audacieux,
Qui, dédaignant les petits crimes,
Pour en faire un illustre attaquèrent les cieux?

Quelle horreur de flamme et de fer
N'est éparse, comme en enfer,
Aux plus beaux lieux de cet empire?
Et les moins travaillés des injures du Sort

---

1. Le poète désigne ici le commencement de la guerre des Huguenots.
ÉDIT.

Peuvent-ils pas justement dire
Qu'un homme dans la tombe est un navire au port ?

Crois-moi, ton deuil a trop duré,
Tes plaintes ont trop murmuré ;
Chasse l'ennui qui te possède,
Sans t'irriter en vain contre une adversité
Que tu sais bien qui n'a remède
Autre que d'obéir à la nécessité.

Rends à ton ame le repos
Qu'elle s'ôte mal à propos,
Jusqu'à te dégoûter de vivre ;
Et, si tu n'as l'amour que chacun a pour soi,
Aime ton prince, et le délivre
Du regret qu'il aura s'il est privé de toi.

Quelque jour ce jeune lion
Choquera la rébellion,
En sorte qu'il en sera maître ;
Mais quiconque voit clair ne connoît-il pas bien
Que, pour l'empêcher de renaître,
Il faut que ton labeur accompagne le sien ?

La Justice le glaive en main
Est un pouvoir autre qu'humain
Contre les révoltes civiles.
Elle seule fait l'ordre, et les sceptres des rois
N'ont que des pompes inutiles,
S'ils ne sont appuyés de la force des lois

INSCRIPTION

POUR LE PORTRAIT DE CASSANDRE,

MAÎTRESSE DE RONSARD [1].

1622.

L'art, la nature exprimant,
En ce portrait m'a fait telle;
Si n'y suis-je pas si belle
Qu'aux écrits de mon amant.

---

1. C'était une fille de Blois, de basse condition, qui avait été la maîtresse de St-Gelais. ÉDIT.

STANCES

POUR

M. LE COMTE DE SOISSONS [1],

A QUI L'ON FAISOIT ESPÉRER
QU'IL ÉPOUSEROIT MADAME HENRIETTE-MARIE DE FRANCE,
DEPUIS REINE D'ANGLETERRE.

1622.

Ne délibérons plus, allons droit à la mort ;
La tristesse m'appelle à ce dernier effort,
     Et l'honneur m'y convie.
     Je n'ai que trop gémi :
Si, parmi tant d'ennuis, j'aime encore ma vie,
     Je suis mon ennemi.

O beaux yeux, beaux objets de gloire et de grandeur,
Vive source de flamme, où j'ai pris une ardeur
     Qui toute autre surmonte ;
     Puis-je souffrir assez,
Pour expier le crime et réparer la honte
     De vous avoir laissés ?

---

1. Il était fils de celui à qui Henri IV refusa de donner en mariage madame Catherine, sa sœur.
  Ces stances furent mises en musique par *Boisset* le père, après la mort
de Malherbe. ÉDIT.

Quelqu'un dira pour moi que je fais mon devoir,
Et que les volontés d'un absolu pouvoir
            Sont de justes contraintes ;
            Mais à quelle autre loi
Doit un parfait amant des respects et des craintes,
            Qu'à celle de sa foi ?

Quand le ciel offriroit à mes jeunes désirs
Les plus rares trésors et les plus grands plaisirs
            Dont sa richesse abonde,
            Que saurois-je espérer
A quoi votre présence, ô merveille du monde,
            Ne soit à préférer ?

On parle de l'enfer et des maux éternels
Baillés en châtiment à ces grands criminels
            Dont les fables sont pleines ;
            Mais ce qu'ils souffrent tous,
Le souffré-je pas seul en la moindre des peines
            D'être éloigné de vous ?

J'ai beau par la raison exhorter mon amour
De vouloir réserver à l'aise du retour
            Quelque reste de larmes ;
            Misérable qu'il est !
Contenter sa douleur et lui donner des armes,
            C'est tout ce qui lui plaît.

Non, non, laissons-nous vaincre après tant de combats ;
Allons épouvanter les ombres de là-bas
      De mon visage blême ;
      Et, sans nous consoler,
Mettons fin à des jours que la Parque elle-même
      A pitié de filer.

Je connois CHARIGÈNE, et n'ose désirer
Qu'elle ait un sentiment qui la fasse pleurer
      Dessus ma sépulture ;
      Mais, cela m'arrivant,
Quelle seroit ma gloire, et pour quelle aventure
      Voudrois-je être vivant !

SONNET

AU ROI LOUIS XIII,

APRÈS LA GUERRE DE 1621 ET 1622 CONTRE LES HUGUENOTS.

1623.

Muses, je suis confus : mon devoir me convie
A louer de mon Roi les rares qualités;
Mais le mauvais destin qu'ont les témérités
Fait peur à ma foiblesse, et m'en ôte l'envie.

A quel front orgueilleux n'a l'audace ravie
Le nombre des lauriers qu'il a déjà plantés?
Et ce que sa valeur a fait en deux étés,
Alcide l'eût-il fait en deux siècles de vie?

Il arrivoit à peine à l'âge de vingt ans,
Quand sa juste colère, assaillant nos Titans,
Nous donna de nos maux l'heureuse délivrance.

Certes, ou ce miracle a mes sens éblouis,
Ou Mars s'est mis lui-même au trône de la France,
Et s'est fait notre roi sous le nom de Louis.

FRAGMENT D'UNE ODE

A M. LE CARDINAL DE RICHELIEU,

MINISTRE ET SECRÉTAIRE D'ÉTAT.

1623 ou 1624.

Grand et grand prince de l'Église,
RICHELIEU, jusques à la mort,
Quelque chemin que l'homme élise,
Il est à la merci du Sort.
Nos jours filés de toutes soies
Ont des ennuis comme des joies [1] ;
Et de ce mélange divers [2]
Se composent nos destinées,
Comme on voit le cours des années
Composé d'étés et d'hivers.

[1]. Élégant et pur. A. CHÉNIER.

[2].   Ainsi que le cours des années
        Se forme de jours et de nuits,
        Le cercle de nos destinées
        Est marqué de joie et d'ennuis. ROUSSEAU.

                                A. CHÉNIER.

Tantôt une molle bonace
Nous laisse jouer sur les flots,
Tantôt un péril nous menace,
Plus grand que l'art des matelots [1] :
Et cette sagesse profonde,
Qui donne aux fortunes du monde
Leur fatale nécessité,
N'a fait loi qui moins se révoque
Que celle du flux réciproque
De l'heur et de l'adversité.

[1]. Précision dans le goût d'Horace.   A. CHÉNIER.

SONNET

AU MÊME.

1624.

A ce coup nos frayeurs n'auront plus de raison,
Grande ame, aux grands travaux sans repos adonnée :
Puisque par vos conseils la France est gouvernée,
Tout ce qui la travaille aura sa guérison.

Tel que fut rajeuni le vieil âge d'Éson,
Telle cette princesse, en vos mains résignée,
Vaincra de ses destins la rigueur obstinée,
Et reprendra le teint de sa verte saison.

Le bon sens de mon roi m'a toujours fait prédire
Que les fruits de la paix combleroient son empire,
Et comme un demi-dieu le feroient adorer ;

Mais voyant que le vôtre aujourd'hui le seconde,
Je ne lui promets pas ce qu'il doit espérer,
Si je ne lui promets la conquête du monde.

SONNET

AU ROI LOUIS XIII.

1624.

Qu'avec une valeur à nulle autre seconde,
Et qui seule est fatale à notre guérison,
Votre courage, mûr en sa verte saison,
Nous ait acquis la paix sur la terre et sur l'onde;

Que l'Hydre de la France, en révoltes féconde,
Pour vous soit du tout morte ou n'ait plus de poison :
Certes, c'est un bonheur dont la juste raison
Promet à votre front la couronne du monde.

Mais qu'en de si beaux faits vous m'ayez pour témoin,
Connoissez-le, mon Roi, c'est le comble du soin
Que de vous obliger ont eu les Destinées.

Tous vous savent louer, mais non également;
Les ouvrages communs vivent quelques années,
Ce que MALHERBE écrit dure éternellement.

SONNET

A M. LE MARQUIS DE LA VIEUVILLE,

SURINTENDANT DES FINANCES.

1624.

Il est vrai, LA VIEUVILLE, et quiconque le nie
Condamne impudemment le bon goût de mon roi ;
Nous devons des autels à la sincère foi
Dont ta dextérité nos affaires manie.

Tes soins laborieux, et ton libre génie
Qui hors de la raison ne connoit point de loi,
Ont mis fin aux malheurs qu'attiroit après soi
De nos profusions l'effroyable manie.

Tout ce qu'à tes vertus il reste à désirer,
C'est que les beaux esprits les veuillent honorer,
Et qu'en l'éternité la Muse les imprime.

J'en ai bien le dessein dans mon ame formé ;
Mais je suis généreux, et tiens cette maxime,
Qu'il ne faut point aimer quand on n'est point aimé.

FRAGMENT

MADAME LA MARQUISE DE RAMBOUILLET.

1624 ou 1625.

.   .   .   .

.   .   .   .

Et maintenant encore en cet âge penchant,
Où mon peu de lumière est si près du couchant,
Quand je verrois Hélène, au monde revenue
En l'état glorieux où Pâris l'a connue,
Faire à toute la terre adorer ses appas,
N'en étant point aimé, je ne l'aimerois pas.
Cette belle bergère, à qui les Destinées
Sembloient avoir gardé mes dernières années,
Eut en perfection tous les rares trésors
Qui parent un esprit et font aimer un corps.
Ce ne furent qu'attraits, ce ne furent que charmes;
Sitôt que je la vis, je lui rendis les armes,
Un objet si puissant ébranla ma raison.
Je voulus être sien, j'entrai dans sa prison,
Et de tout mon pouvoir essayai de lui plaire
Tant que ma servitude espéra du salaire.

Mais, comme j'aperçus l'infaillible danger
Où, si je poursuivois, je m'allois engager,
Le soin de mon salut m'ôta cette pensée;
J'eus honte de brûler pour une ame glacée,
Et sans me travailler à lui faire pitié,
Restreignis mon amour aux termes d'amitié.

SONNET

POUR

M. LE CARDINAL DE RICHELIEU,

PREMIER MINISTRE D'ÉTAT.

1625 OU 1626.

Peuples, çà, de l'encens; peuples, çà, des victimes
A ce grand Cardinal, grand chef-d'œuvre des cieux,
Qui n'a but que la gloire, et n'est ambitieux
Que de faire mourir l'insolence des crimes.

A quoi sont employés tant de soins magnanimes
Où son esprit travaille et fait veiller ses yeux,
Qu'à tromper les complots de nos séditieux,
Et soumettre leur rage aux pouvoirs légitimes [1] ?

[1]. Les huguenots commençaient à remuer. ÉD.

Le mérite d'un homme, ou savant, ou guerrier,
Trouve sa récompense aux chapeaux de laurier,
Dont la vanité grecque a donné les exemples.

Le sien, je l'ose dire, est si grand et si haut,
Que si, comme nos dieux, il n'a place en nos temples,
Tout ce qu'on lui peut faire est moins qu'il ne lui faut.

INSCRIPTION

POUR

LA FONTAINE DE L'HÔTEL DE RAMBOUILLET.

1625 ou 1626.

Vois-tu, passant, couler cette onde,
Et s'écouler incontinent ?
Ainsi fuit la gloire du monde,
Et rien que Dieu n'est permanent.

ODE

AU ROI LOUIS XIII,

ALLANT CHATIER LA RÉBELLION DES ROCHELOIS,

ET CHASSER LES ANGLOIS,

QUI, EN LEUR FAVEUR, ÉTOIENT DESCENDUS DANS L'ÎLE DE RÉ.

1627.

Donc un nouveau labeur à tes armes s'apprête :
Prends ta foudre, Louis, et va, comme un lion,
Donner le dernier coup à la dernière tête
     De la rébellion.

Fais choir en sacrifice au démon de la France
Les fronts trop élevés de ces ames d'enfer,
Et n'épargne contre eux, pour notre délivrance,
     Ni le feu ni le fer.

Assez de leurs complots l'infidèle malice
A nourri le désordre et la sédition ;
Quitte le nom de JUSTE, ou fais voir ta justice
     En leur punition.

Le centième décembre a les plaines ternies,
Et le centième avril les a peintes de fleurs,
Depuis que parmi nous leurs brutales manies
　　　Ne causent que des pleurs.

Dans toutes les fureurs des siècles de nos pères,
Les monstres les plus noirs firent-ils jamais rien
Que l'inhumanité de ces cœurs de vipères
　　　Ne renouvelle au tien?

Par qui sont aujourd'hui tant de villes désertes,
Tant de grands bâtiments en masures changés,
Et de tant de chardons les campagnes couvertes,
　　　Que par ces enragés?

Les sceptres devant eux n'ont point de priviléges,
Les immortels eux-même en sont persécutés;
Et c'est aux plus saints lieux que leurs mains sacriléges
　　　Font plus d'impiétés.

Marche, va les détruire, éteins-en la semence,
Et suis jusqu'à leur fin ton courroux généreux,
Sans jamais écouter ni pitié ni clémence
　　　Qui te parle pour eux.

Ils ont beau vers le ciel leurs murailles accroître,
Beau d'un soin assidu travailler à leurs forts,
Et creuser leurs fossés jusqu'à faire paroître
　　　Le jour entre les morts:

Laisse-les espérer, laisse-les entreprendre.
Il suffit que ta cause est la cause de Dieu,
Et qu'avecque ton bras elle a pour la défendre
    Les soins de Richelieu :

Richelieu, ce prélat de qui toute l'envie
Est de voir ta grandeur aux Indes se borner,
Et qui visiblement ne fait cas de sa vie
    Que pour te la donner.

Rien que ton intérêt n'occupe sa pensée,
Nuls divertissements ne l'appellent ailleurs ;
Et de quelques bons yeux qu'on ait vanté Lyncée,
    Il en a de meilleurs.

Son ame toute grande est une ame hardie,
Qui pratique si bien l'art de nous secourir,
Que, pourvu qu'il soit cru, nous n'avons maladie
    Qu'il ne sache guérir.

Le ciel, qui doit le bien selon qu'on le mérite,
Si de ce grand oracle il ne t'eût assisté,
Par un autre présent n'eût jamais été quitte
    Envers ta piété.

Va, ne diffère plus tes bonnes destinées ;
Mon Apollon t'assure et t'engage sa foi
Qu'employant ce Typhis [1], Syrtes et Cyanées
    Seront havres pour toi.

1. *Typhis*, pilote du navire des Argonautes   Édit

22.

Certes, ou je me trompe, ou déjà la Victoire,
Qui son plus grand honneur de tes palmes attend,
Est aux bords de Charente en son habit de gloire,
　　　　Pour te rendre content.

Je la vois qui t'appelle, et qui semble te dire :
Roi, le plus grand des rois et qui m'es le plus cher,
Si tu veux que je t'aide à sauver ton empire,
　　　　Il est temps de marcher.

Que sa façon est brave et sa mine assurée !
Qu'elle a fait richement son armure étoffer !
Et qu'il se connoît bien à la voir si parée,
　　　　Que tu vas triompher !

Telle, en ce grand assaut où des fils de la Terre
La rage ambitieuse à leur honte parut,
Elle sauva le ciel, et rua le tonnerre
　　　　Dont Briare mourut.

Déjà de tous côtés s'avançoient les approches [1] ;
Ici couroit Mimas, là Tiphon se battoit,
Et là suoit Euryte à détacher les roches
　　　　Qu'Encelade jetoit.

A peine cette vierge eut l'affaire embrassée,
Qu'aussitôt Jupiter, en son trône remis,
Vit, selon son désir, la tempête cessée,
　　　　Et n'eut plus d'ennemis.

1. Magnifique tableau, plein de chaleur et de mouvement A. CHENIER.

Ces colosses d'orgueil furent tous mis en poudre,
Et tous couverts des monts qu'ils avoient arrachés ;
Phlègre, qui les reçut, pue encore la foudre
      Dont ils furent touchés.

L'exemple de leur race, à jamais abolie,
Devoit sous ta merci tes rebelles ployer ;
Mais seroit-ce raison qu'une même folie
      N'eût pas même loyer ?

Déjà l'étonnement leur fait la couleur blême,
Et ce lâche voisin [1] qu'ils sont allés querir,
Misérable qu'il est, se condamne lui-même
      A fuïr ou mourir.

Sa faute le remord : Mégère le regarde,
Et lui porte l'esprit à ce vrai sentiment,
Que d'une injuste offense il aura, quoiqu'il tarde,
      Le juste châtiment.

Bien semble être la mer une barre assez forte
Pour nous ôter l'espoir qu'il puisse être battu ;
Mais est-il rien de clos dont ne t'ouvre la porte
      Ton heur et ta vertu ?

Neptune, importuné de ses voiles infâmes,
Comme tu paroîtras au passage des flots,
Voudra que ses Tritons mettent la main aux rames,
      Et soient tes matelots.

[1]. Le secours des Anglais. ÉDIT.

Là rendront tes guerriers tant de sortes de preuves,
Et d'une telle ardeur pousseront leurs efforts,
Que le sang étranger fera monter nos fleuves
    Au-dessus de leurs bords.

Par cet espoir fatal en tous lieux va renaître
La bonne opinion des courages françois;
Et le monde croira, s'il doit avoir un maître,
    Qu'il faut que tu le sois.

O que, pour avoir part en si belle aventure,
Je me souhaiterois la fortune d'Éson,
Qui, vieil comme je suis, revint contre nature
    En sa jeune saison !

De quel péril extrême est la guerre suivie,
Où je ne fisse voir que tout l'or du Levant
N'a rien que je compare aux honneurs d'une vie
    Perdue en te servant?

Toutes les autres morts n'ont mérite ni marque;
Celle-ci porte seule un éclat radieux,
Qui fait revivre l'homme et le met de la barque
    A la table des dieux.

Mais quoi ! Tous les pensers dont les ames bien nées
Excitent leur valeur et flattent leur devoir,
Que sont-ce que regrets, quand le nombre d'années
    Leur ôte le pouvoir?

Ceux à qui la chaleur ne bout plus dans les veines
En vain dans les combats ont des soins diligents ;
Mars est comme l'Amour, ses travaux et ses peines
        Veulent des jeunes gens.

Je suis vaincu du temps, je cède à ses outrages ;
Mon esprit seulement, exempt de sa rigueur,
A de quoi témoigner en ses derniers ouvrages
        Sa première vigueur.

Les puissantes faveurs dont Parnasse m'honore
Non loin de mon berceau commencèrent leur cours;
Je les possédai jeune, et les possède encore,
        A la fin de mes jours.

Ce que j'en ai reçu, je te le veux produire ;
Tu verras mon adresse, et ton front cette fois
Sera ceint de rayons qu'on ne vit jamais luire
        Sur la tête des rois.

Soit que de tes lauriers ma lyre s'entretienne,
Soit que de tes bontés je la fasse parler,
Quel rival assez vain prétendra que la sienne
        Ait de quoi m'égaler?

Le fameux Amphion, dont la voix nonpareille,
Bâtissant une ville, étonna l'univers,
Quelque bruit qu'il ait eu, n'a point fait de merveille
        Que ne fassent mes vers.

Par eux de tes beaux faits la terre sera pleine ;
Et les peuples du Nil, qui les auront ouïs,
Donneront de l'encens, comme ceux de la Seine,
    Aux autels de Louis.

FRAGMENT

SUR LA PRISE PROCHAINE DE LA ROCHELLE.

1628

Enfin mon roi les a mis bas,
Ces murs qui de tant de combats
   Furent les tragiques matières ;
La Rochelle est en poudre, et ses champs désertés
    N'ont face que de cimetières,
Où gisent les Titans qui les ont habités.

SONNET

SUR LA MORT DE SON FILS.

1628.

Que mon fils ait perdu sa dépouille mortelle,
Ce fils qui fut si brave, et que j'aimai si fort,
Je ne l'impute point à l'injure du Sort,
Puisque finir à l'homme est chose naturelle.

Mais que de deux marauds la surprise infidèle
Ait terminé ses jours d'une tragique mort,
En cela ma douleur n'a point de reconfort,
Et tous mes sentiments sont d'accord avec elle.

O mon Dieu, mon Sauveur, puisque, par la raison,
Le trouble de mon ame étant sans guérison,
Le vœu de la vengeance est un vœu légitime,

Fais que de ton appui je sois fortifié;
Ta justice t'en prie, et les auteurs du crime
Sont fils de ces bourreaux qui t'ont crucifié.

ODE [1]

A M. DE LA GARDE [2],

AU SUJET DE SON HISTOIRE SAINTE.

1628.

La Garde, tes doctes écrits
Montrent les soins que tu as pris
A savoir tant de belles choses ;
Et ta prestance et tes discours
Étalent un heureux concours
De toutes les graces écloses.

Davantage tes actions
Captivent les affections
Des cœurs, des yeux et des oreilles ;
Forçant les personnes d'honneur
De te souhaiter tout bonheur
Pour tes qualités nonpareilles.

1. Cette pièce est détestable ; la marche, les pensées, le style, tout est également indigne, je ne dis pas de Malherbe, mais du rimailleur le plus médiocre. A. Chénier.

2. N. De Villeneuve, seigneur de la Garde, frère cadet d'Arnauld de Villeneuve, gentilhomme ordinaire d'Henri III, et gouverneur de la ville de Draguignan. Ces deux frères étaient de la maison de Villeneuve, l'une des plus illustres de la Provence. Édit.

Tu sais bien que je suis de ceux
Qui ne sont jamais paresseux
A louer les vertus des hommes ;
Et dans Paris, en mes vieux ans,
Je passe à ce devoir mon temps,
Au malheureux siècle où nous sommes.

Mais, las ! la perte de mon fils,
Ses assassins d'orgueil bouffis,
Ont toute ma vigueur ravie ;
L'ingratitude et peu de soin
Que montrent les grands au besoin
De douleurs accablent ma vie.

Je ne désiste pas pourtant
D'être dans moi-même content
D'avoir vécu dedans le monde,
Prisé (quoique vieil, abattu)
Des gens de bien et de vertu ;
Et voilà le bien qui m'abonde.

Nos jours passent comme le vent ;
Les plaisirs nous vont décevant,
Et toutes les faveurs humaines
Sont hémérocalles d'un jour [1] :
Grandeurs, richesses et l'amour
Sont fleurs périssables et vaines.

1 *Hémérocalles* ou *éphémères,* c'est la même chose. ÉDIT.

Nous avons tant perdu d'amis,
Et de biens par le sort transmis
Au pouvoir de nos adversaires;
Néanmoins nous voyons du port
D'autrui les débris et la mort,
En nous éloignant des corsaires.

Ainsi puissions-nous voir long-temps
Nos esprits libres et contents
Sous l'influence d'un bon astre !
Que vive et meure qui voudra !
La constance nous résoudra
Contre l'effort de tout désastre.

Le soldat remis par son chef,
Pour se garantir de méchef,
En état de faire sa garde,
N'oseroit pas en déloger
Sans congé, pour se soulager,
Nonobstant que trop il lui tarde.

Car s'il procédoit autrement,
Il seroit puni promptement
Aux dépens de sa propre vie.
Le parfait chrétien, tout ainsi,
Créé pour obéir aussi,
Y tient sa fortune asservie.

Il ne doit pas quitter ce lieu
Ordonné par la loi de Dieu ;
Car l'ame qui lui est transmise
Félonne ne doit pas fuïr
Pour sa damnation encourir,
Et être en l'Érèbe remise.

Désolé, je tiens ce propos,
Voyant approcher Atropos
Pour couper le nœud de ma trame ;
Et ne puis ni veux l'éviter,
Moins aussi la précipiter ;
Car Dieu seul commande à mon ame.

Non, Malherbe n'est pas de ceux
Que l'esprit d'enfer a deceus
Pour acquérir la renommée
De s'être affranchis de prison
Par une lame, ou par poison ,
Ou par une rage animée.

Au seul point que Dieu prescrira,
Mon ame du corps partira
Sans contrainte ni violence ;
De l'enfer les tentations,
Ni toutes mes afflictions
Ne forceront point ma constance.

Mais, La Garde, voyez comment
On se divague doucement,
Et comme notre esprit agrée
De s'entretenir près et loin,
Encor qu'il n'en soit pas besoin,
Avec l'objet qui le récrée.

J'avois mis la plume à la main,
Avec l'honorable dessein
De louer votre sainte Histoire ;
Mais l'amitié que je vous dois
Par delà ce que je voulois
A fait débaucher ma mémoire.

Vous m'étiez présent à l'esprit
En voulant tracer cet écrit ;
Et me sembloit vous voir paroître
Brave et galant en cette cour,
Où les plus huppés à leur tour
Tâchoient de vous voir et connoître.

Mais ores à moi revenu,
Comme d'un doux songe avenu
Qui tous nos sentiments cajole,
Je veux vous dire franchement,
Et de ma façon librement,
Que votre Histoire est une école

Pour moi, dans ce que j'en ai veu,
J'assure qu'elle aura l'aveu
De tout excellent personnage ;
Et puisque Malherbe le dit,
Cela sera sans contredit,
Car c'est un très-juste présage.

Toute la France sait fort bien
Que je n'estime ou reprends rien
Que par raison et par bon titre,
Et que les doctes de mon temps
Ont toujours été très-contents
De m'élire pour leur arbitre.

La Garde, vous m'en croirez donc,
Que si gentilhomme fut onc
Digne d'éternelle mémoire,
Par vos vertus vous le serez,
Et votre loz rehausserez
Par votre docte et sainte Histoire.

LIVRE QUATRIÈME,

CONTENANT

LES PIÈCES QUE L'ON N'A PU RANGER

SOUS AUCUNE DATE.

STANCES

POUR UNE MASCARADE.

Ceux-ci, de qui vos yeux admirent la venue,
Pour un fameux honneur qu'ils brûlent d'acquérir,
Partis des bords lointains d'une terre inconnue,
S'en vont au gré d'amour tout le monde courir.
  Ce grand démon qui se déplaît
  D'être profané comme il est,
  Par eux veut repurger son temple ;
  Et croit qu'ils auront ce pouvoir,
  Que ce qu'on ne fait par devoir,
  On le fera par leur exemple.

Ce ne sont point esprits qu'une vague licence
Porte inconsidérés à leurs contentements ;

L'or de cet âge vieil, où régnoit l'innocence,
N'est pas moins en leurs mœurs qu'en leurs accoutrements.
    La foi, l'honneur et la raison
    Gardent la clef de leur prison;
    Penser au change leur est crime;
    Leurs paroles n'ont point de fard,
    Et faire les choses sans art
    Est l'art dont ils font plus d'estime.

Composez-vous sur eux, ames belles et hautes;
Retirez votre humeur de l'infidélité;
Lassez-vous d'abuser les jeunesses peu cautes,
Et de vous prévaloir de leur crédulité.
    N'ayez jamais impression
    Que d'une seule passion,
    A quoi que l'espoir vous convie.
    Bien aimer soit votre vrai bien,
    Et, bien aimés, n'estimez rien
    Si doux qu'une si douce vie.

On tient que ce plaisir est fertile de peines,
Et qu'un mauvais succès l'accompagne souvent;
Mais n'est-ce pas la loi des fortunes humaines,
Qu'elles n'ont point de havre à l'abri de tout vent?
    Puis cela n'avient qu'aux amours,
    Où les désirs, comme vautours,
    Se paissent de sales rapines;
    Ce qui les forme les détruit;
    Celles que la vertu produit
    Sont roses qui n'ont point d'épines.

FRAGMENT.

Elle étoit jusqu'au nombril
Sur les ondes paroissante,
Telle que l'aube naissante
Peint les roses en avril.

CHANSON.

C'est faussement qu'on estime
Qu'il ne soit point de beautés,
Où ne se trouve le crime
De se plaire aux nouveautés.

Si ma dame avoit envie
D'aimer des objets divers,
Seroit-elle pas suivie
Des yeux de tout l'univers ?

Est-il courage si brave
Qui pût avecque raison
Fuïr d'être son esclave [1]
Et de vivre en sa prison ?

Toutefois cette belle ame,
A qui l'honneur sert de loi,
Ne hait rien tant que le blâme
D'aimer un autre que moi.

Tous ces charmes de langage,
Dont on s'offre à la servir,
Me l'assurent davantage,
Au lieu de me la ravir.

Aussi ma gloire est si grande
D'un trésor si précieux,
Que je ne sais quelle offrande
M'en peut acquitter aux cieux.

Tout le soin qui me demeure
N'est que d'obtenir du Sort
Que ce qu'elle est à cette heure
Elle soit jusqu'à la mort.

[1]. Le mot *fuir* aujourd'hui est toujours un monosyllabe. Malherbe en fait toujours un mot de deux syllabes :

Que de fuïr et se coucher.

De fuïr ou mourir,
A. CHENIER.

De moi, c'est chose sans doute,
Que l'astre qui fait les jours
Luira dans une autre voûte,
Quand j'aurai d'autres amours.

ÉPIGRAMME [1].

Tu dis, COLIN, de tous côtés,
Que mes vers, à les ouïr lire,
Te font venir des crudités,
Et penses qu'on en doive rire.
Cocu de long et de travers,
Sot au delà de toutes bornes,
Comme te plains-tu de mes vers,
Toi qui souffres si bien les cornes?

[1]. Il n'y a rien au monde de plus bête que cette épigramme.
A. CHENIER.

CHANSON.

Est-ce à jamais, folle Espérance,
Que tes infidèles appas
M'empêcheront la délivrance
Que me propose le trépas?

La raison veut, et la nature,
Qu'après le mal vienne le bien ;
Mais en ma funeste aventure,
Leurs règles ne servent de rien.

C'est fait de moi, quoi que je fasse.
J'ai beau plaindre et beau soupirer,
Le seul remède en ma disgrace,
C'est qu'il n'en faut point espérer.

Une résistance mortelle
Ne m'empêche point son retour;
Quelque dieu qui brûle pour elle
Fait cette injure à mon amour.

Ainsi trompé de mon attente,
Je me consume vainement,
Et les remèdes que je tente
Demeurent sans événement.

Toute nuit enfin se termine ;
La mienne seule a ce destin,
Que d'autant plus elle chemine,
Moins elle approche du matin.

Adieu donc, importune peste,
A qui j'ai trop donné de foi.
Le meilleur avis qui me reste,
C'est de me séparer de toi.

Sors de mon ame, et t'en va suivre
Ceux qui désirent de guérir.
Plus tu me conseilles de vivre,
Plus je me résous de mourir.

FRAGMENT.

Tantôt nos navires, braves [1]
De la dépouille d'Alger,
Viendront les Mores esclaves
A Marseille décharger ;
Tantôt, riches de la perte
De Tunis et de Biserte,
Sur nos bords étaleront
Le coton pris en leurs rives,
Que leurs pucelles captives
En nos maisons fileront [2].

1. Strophe remarquable, dans le vrai goût des anciens. J'aime *braves de la dépouille*, quoique vieilli. *Riches de la perte* est une expression heureuse et horatienne ; la fin est charmante et bien antique.

A. CHÉNIER.

2. Ce mot *pucelles* est parfaitement placé là. *Filles* n'eût pas été si bon; et si la strophe eût été écrite dans le dernier siècle, il aurait nécessairement fallu mettre *vierges*. C'est une des circonstances les plus humiliantes de la captivité, que de jeunes pucelles soient réduites à des occupations serviles au moment où le mariage les attendait, et où elles allaient faire usage de leur pénible virginité :

Quæ tibi virginum
Sponso necato, Barbara serviet. HORACE.

A. CHÉNIER.

STANCES.

Quoi donc ! ma lâcheté sera si criminelle,
Et les vœux que j'ai faits pourront si peu sur moi,
Que je quitte ma dame, et démente la foi
Dont je lui promettois une amour éternelle?

Que ferons-nous, mon cœur? Avec quelle science
Vaincrons-nous les malheurs qui nous sont préparés?
Courrons-nous le hasard comme désespérés,
Ou nous résoudrons-nous à prendre patience ?

Non, non, quelques assauts que me donne l'envie,
Et quelques vains respects qu'allègue mon devoir,
Je ne céderai point que, du même pouvoir
Dont on m'ôte ma dame, on ne m'ôte la vie.

Mais où va ma fureur? Quelle erreur me transporte,
De vouloir en géant aux astres commander?
Ai-je perdu l'esprit, de me persuader
Que la nécessité ne soit pas la plus forte?

Achille, à qui la Grèce a donné cette marque,
D'avoir eu le courage aussi haut que les cieux,
Fut en la même peine, et ne put faire mieux
Que soupirer neuf ans dans le fond d'une barque [1].

Je veux, du même esprit que ce miracle d'armes,
Chercher en quelque part un séjour écarté,
Où ma douleur et moi soyons en liberté,
Sans que rien qui m'approche interrompe mes larmes.

Bien sera-ce à jamais renoncer à la joie,
D'être sans la beauté dont l'objet m'est si doux ;
Mais qui m'empêchera qu'en dépit des jaloux,
Avecque le penser mon ame ne la voie ?

Le temps, qui toujours vole et sous qui tout succombe,
Fléchira cependant l'injustice du Sort ;
Ou d'un pas insensible avancera la mort,
Qui bornera ma peine au repos de la tombe.

La Fortune en tous lieux à l'homme est dangereuse ;
Quelque chemin qu'il tienne, il trouve des combats ;
Mais des conditions que l'on voit ici-bas,
Certes celle d'aimer est la plus malheureuse.

---

1. Le poète se trompe ; il n'y resta que quelques mois. ÉDIT.

SONNET

SUR LA MORT D'UN GENTILHOMME

QUI FUT ASSASSINÉ.

Belle ame, aux beaux travaux sans repos adonnée,
Si, parmi tant de gloire et de contentement,
Rien te fâche là-bas, c'est l'ennui seulement
Qu'un indigne trépas ait clos ta destinée.

Tu penses que d'Ivry la fatale journée,
Où ta belle vertu parut si clairement,
Avecque plus d'honneur et plus heureusement
Auroit de tes beaux jours la carrière bornée.

Toutefois, bel esprit, console ta douleur;
Il faut par la raison adoucir le malheur,
Et telle qu'elle vient prendre son aventure.

Il ne se fit jamais un acte si cruel;
Mais c'est un témoignage à la race future,
Qu'on ne t'auroit su vaincre en un juste duel.

ÉPITAPHE

D'UN GENTILHOMME DE SES AMIS

QUI MOURUT AGÉ DE CENT ANS.

N'attends, passant, que de ma gloire
Je te fasse une longue histoire,
Pleine de langage indiscret.
Qui se loue irrite l'envie.
Juge de moi par le regret
Qu'eut la Mort de m'ôter la vie.

FRAGMENT [1].

FIN D'UNE ODE POUR LE ROI.

Je veux croire que la Seine
Aura des cygnes alors
Qui pour toi seront en peine
De faire quelques efforts ;
Mais, vu le nom que me donne
Tout ce que ma lyre sonne,
Quelle sera la hauteur
De l'hymne de ta victoire,
Quand elle aura cette gloire,
Que Malherbe en soit l'auteur !

1. Belle strophe. Les premiers vers sont charmants par l'image et par l'allusion. Au reste, il paraît que ces vanteries poétiques étaient dans Malherbe une simple imitation des anciens, principalement des lyriques. Il avait prévu qu'il pourrait terminer plusieurs odes par quelques strophes de ce genre, que l'enthousiasme et le délire rendent excusables et même aimables dans les grands poètes ; et, pour cet effet, il s'était sans doute exercé à les tourner de plusieurs manières, afin de les trouver toutes prêtes et de les clouer au besoin.

C'est ainsi, mais avec moins de succès, qu'il avait pris une maîtresse poétique, une dame de ses pensées, à qui il pût adresser ses vers d'amour. Mais ces vers-là même prouvent qu'il n'a jamais aimé. Ce sont de froides et galantes fadaises qui n'ont aucun poison, et le jeune amoureux peut les lire sans danger. A. CHÉNIER.

FRAGMENT D'UNE ODE.

INVECTIVE

CONTRE LES MIGNONS DE HENRI III.

Les peuples, pipés de leur mine,
Les voyant ainsi renfermer,
Jugeoient qu'ils parloient de s'armer
Pour conquérir la Palestine,
Et borner de Tyr à Calis [1]
L'empire de la fleur de lis ;
Et toutefois leur entreprise
Étoit le parfum d'un collet,
Le point coupé d'une chemise,
Et la figure d'un ballet.

De leur mollesse léthargique,
Le Discord, sortant des enfers,
Des maux que nous avons soufferts
Nous ourdit la toile tragique.

f. Cadix Édit

La Justice n'eut plus de poids,
L'impunité chassa les lois,
Et le taon des guerres civiles
Piqua les ames des méchants,
Qui firent avoir à nos villes
La face déserte des champs.

ÉPITAPHE

DE M. D'IS,

PARENT DE L'AUTEUR.

Ici dessous gît monsieur d'Is.
Plùt or à Dieu qu'ils fussent dix !
Mes trois sœurs, mon père et ma mère,
Le grand Éléazar mon frère,
Mes trois tantes et monsieur d'Is.
Vous les nommé-je pas tous dix ?

ÉPIGRAMME

A M. COLLETET,

SUR LA MORT DE SA SŒUR.

En vain, mon COLLETET, tu conjures la Parque
De repasser ta sœur dans la fatale barque;
Elle ne rend jamais un trésor qu'elle a pris.
Ce que l'on dit d'Orphée est bien peu véritable;
Son chant n'a point forcé l'empire des Esprits,
Puisqu'on sait que l'arrêt en est irrévocable.
Certes, si les beaux vers faisoient ce bel effet,
Tu ferois mieux que lui ce qu'on dit qu'il a fait.

STANCES.

PARAPHRASE D'UNE PARTIE DU PSAUME CXLV.

N'espérons plus, mon ame, aux promesses du monde;
Sa lumière est un verre, et sa faveur une onde
Que toujours quelque vent empêche de calmer.
Quittons ces vanités, lassons-nous de les suivre :
  C'est Dieu qui nous fait vivre,
  C'est Dieu qu'il faut aimer.

En vain, pour satisfaire à nos lâches envies,
Nous passons près des rois tout le temps de nos vies
A souffrir des mépris et ployer les genoux :
Ce qu'ils peuvent n'est rien; ils sont, comme nous sommes,
  Véritablement hommes,
  Et meurent comme nous.

Ont-ils rendu l'esprit, ce n'est plus que poussière
Que cette majesté si pompeuse et si fière
Dont l'éclat orgueilleux étonnoit l'univers;
Et dans ces grands tombeaux, où leurs ames hautaines
  Font encore les vaines,
  Ils sont mangés des vers.

Là se perdent ces noms de maîtres de la terre,
D'arbitres de la paix, de foudres de la guerre;
Comme ils n'ont plus de sceptre, ils n'ont plus de flatteurs;
Et tombent avec eux, d'une chute commune,
Tous ceux que leur fortune
Faisoit leurs serviteurs.

POÉSIES

DE

LA JEUNESSE DE MALHERBE.

LE BOUQUET

DES

FLEURS DE SÉNÈQUE.

◈

Consumpsére se quidam, dùm arta regum ex-
ternorum componunt, quæque passi invicem au-
sique sunt populi.... Quantò satiùs est sua mala ex-
tinguere, quàm aliena posteris tradere!... Quantò
potiùs Deorum opera celebrare quàm Philippi aut
Alexandri latrocinia!

SÉNÈQUE, ex lib. 121 *De quæst. nov.*

AU LECTEUR.

Lecteur, si tu crains Dieu, je ne crains point ta censure pour mon intention : tu la trouveras sainte et bonne, comme tendant à l'honneur de Dieu, aujourd'hui tant déprisé par les grands du monde, et voulant montrer à tous ceux qui blâment le train de vie que je suis, que ma solitude me plaît bien, et fuyant ici les compagnies, que j'aime trop mieux vivre en mon particulier, pauvre et en paix, qu'avec les autres riches et sans repos, et toujours avec quelque doute en ma conscience. Pour les vers, je les abandonne à ta lime ; j'apprendrai de toi leurs manquements et déformités, que je ne saurois pas peut-être si bien apercevoir comme tu pourras faire, pour raison du fol amour qui ordinairement nous aveugle au jugement de nos enfants. Je serai Apelle cependant derrière le rideau, attendant ou ta faveur qui m'encourage, ou ta censure qui m'apprenne une autre fois à faire mieux.

A L'OMBRE DE SÉNÈQUE.

Chère ame, dors en repos [1] ;
Puissent dessus ta tombe naître
Mille lauriers, et toujours être
La terre légère à tes os.
Reçois ces roses et ces lis
Que pour toi chez toi je cueillis,
Afin d'honorer ta mémoire ;
Les fleurs de chez toi seulement
Peuvent faire honneur dignement
Aux beaux mérites de ta gloire.

---

1. Il manque une syllabe à ce vers. Ce n'est pas le seul de mesure inégale qui se rencontre dans le BOUQUET. On se bornera à relever celui-ci. Le lecteur fera, dans chaque pièce, aussi bien pour la versification et le rhythme que pour la langue et le goût, la part de l'inexpérience et de la jeunesse. V. la Notice.   ÉDIT.

ODE 1.

Nulla gens est adeò extrà leges moresque pro-
jecta, ut non aliquos deos credat.

SENÈQUE, épître CXVII.

Je meurs, Groulart [1], d'ouïr sortir des hommes
Tant de mépris de la divinité,
Et ne puis croire, en voyant ta bonté,
Que tu sois fait du limon que nous sommes.

Siècle maudit, où la rage est maîtresse,
Tu fais mentir le saint dire des vieux :
Gent si farouche on ne voit sous les cieux,
Qui dans le cœur quelque Dieu ne confesse.

Ores voulant donner tout à nature,
Et ne trouvant à tes raisons de lieu,
Tu dis ainsi : Non, il n'est point de Dieu;
Ce n'est qu'abus; tout marche à l'aventure.

1. Premier président du parlement de Rouen, et conseiller au grand
conseil.   EDIT.

Cieux trop benins à si parjures têtes,
Comme oyez-vous si long-temps dépiter
Le Tout-Puissant, sans en terre jeter
L'orage épais de cent mille tempêtes?

Et toi, Seigneur, qui tiens ès-mains la foudre,
Comme entends-tu ces tigres blasphémer
Ton nom si sa'nt, sans tes mains désarmer
Dessus leurs chefs et les réduire en poudre?

Nier un Dieu! nier sa propre essence!
Se dire fait, et nier son facteur!
Voir l'univers, et nier son auteur!
O trop maligne et trop lourde impudence!

Méchant athé, tu sauras bien connoître
L'œuvre d'un homme au milieu des déserts,
Voyant un toit; et voyant l'univers,
Tu ne saurois reconnoître son maître!

Lève les yeux, vois cette grande boule
A clous dorés, brillante tout autour;
Vois ses deux feux pour la nuit et le jour,
Vois comme encor sans repos elle roule.

Baisse-les bas : vois la terre, ta place,
Auprès du ciel qui n'est qu'un petit point
En l'air pendu, qui ne se bouge point,
Que l'Océan tout à l'entour embrasse.

Que veux-tu plus? curieux, considère
Tout ce qui vit sous le feu du soleil;
Tout t'apprendra qu'un ouvrier nonpareil
A fait le monde et le doit redéfaire.

Tu connoîtras que par sa prévoyance
Les cieux, qui d'eux n'ont aucun mouvement,
A pas nombrés tournent incessamment,
Toujours constants d'une même inconstance.

Tu connoîtras que ce n'est la fortune
Qui des saisons ordonne les retours,
Qui le soleil allume tous les jours,
Et tous les mois donne forme à la lune.

Elle est volage, et volage comme elle
Ce qu'elle fait; mais l'ouvrier tout parfait,
Et tout cela que sa parole a fait
Est tout constant, tout saint et tout fidèle.

C'est cet ouvrier auquel l'œuvre te guide,
Qui, voulant faire un petit univers,
Bâtit ton corps de ces quatre divers :
Du froid, du chaud, du sec et de l'humide.

C'est ce grand peintre, excellent, admirable,
Qui ton esprit retira sur le sien,
Et sans travail le retira si bien,
Qu'au sien parfait il le fit tout semblable.

C'est cet agneau, ce père débonnaire
Qui ne craignit la rigueur du trépas
Pour t'en sauver, et tu ne voudrois pas
Le confesser ton Sauveur et ton Père !

Si le dédain, si l'impudence infâme,
Et si l'orgueil qui te pousse en fureur,
T'ont clos les yeux pour ne voir ton erreur,
A tout le moins prends pitié de ton ame.

Songe à ce jour, jour affreux et terrible,
Que Dieu tonnant, ardent et rugissant,
Prendra les bons et t'ira maudissant.
Avec les siens, de cet arrêt horrible :

Sortez dehors de vos terres poudreuses,
Sortez au jour, les os cousus de nerfs,
Et dévalez pour jamais aux enfers,
Malheureux corps des ames malheureuses !

Trembles-tu point à la rude menace
De ce grand-juge aux arrêts arrêtés?
Si les meilleurs craignent d'être jetés
Dedans la braise, où trouveras-tu grace?

S'un fils ingrat aux bienfaits de son père
Meurt en langueur immortel dans le feu,
Toi qui jamais ne reconnus de Dieu,
Comment alors fuiras-tu sa colère?

Baisse les yeux, et retourne en toi-même ;
Pleure en ton cœur, Dieu te fera pardon ;
Il est tout saint, tout benin et tout bon,
Père à ses fils qui l'aiment et qu'il aime.

ODE II.

✤

Tutus est sapiens, nec ullâ affici aut injuriâ aut
contumeliâ potest.... Exulabis? erras : cùm omnia
fecerim patriam meam, transilire non possum.
Omnium una est; exilium loci commutatio est.

           Ex variis SENECÆ locis.

Courvaudon [1], ce n'est tout rien ;
Les hommes et tout leur bien,
La terre, mère commune,
Tout ce qui vole dans l'air,
Et ce qui nage en la mer,
Est sujet à la fortune.

Rome, qui souloit nommer
Le monde sien, et fermer
En ses murs toute la terre,
Sujette aux lois du destin,
A senti le Goth enfin
Plus vaillant qu'elle à la guerre.

[1]. François Anzeray, président au parlement de Rouen, et seigneur de
Courvaudon.　　EDIT.

Ses palais et leur orgueil,
Et l'or, miroir au soleil
De tant de cimes hautaines,
Gisent en bas, passe-temps
De la Fortune et du Temps,
Seigneurs des choses humaines.

Fortune tient tout en main;
Tu vis aujourd'hui; demain
Caron peut-être en sa barque
Te passera chez Pluton,
Où règne encor, ce dit-on,
Fortune avecque la Parque.

Dessus tout ce que tu vois,
Sur la puissance des rois,
Dame, elle a toute puissance,
Et si nous croyons les vieux,
Nous ferons rouler les cieux
Dessous son obéissance.

Seulement l'homme vêtu
Des armes de la vertu,
La foule ès-pieds abattue;
Dieu, qui lui grossit le cœur,
Le rend sur elle vainqueur
Par sa constance connue.

Il semble un chêne constant
Que deux vents vont souffletant,
Tous deux contraires d'haleine;
Ferme en terre, il se rit d'eux,
Perdant un peu de cheveux
Que le printemps lui ramène.

Soit que le dépit des rois,
Ou l'injustice des lois,
Ou l'orage de la guerre,
Ou bien le cœur obstiné
Du vulgaire mutiné
Lui fassent changer de terre,

Son cœur ne change pourtant;
En philosophe constant,
Il fait tête à la Fortune;
Le monde, à son jugement,
N'est qu'un pays seulement,
Notre demeure commune.

Ce qu'on dit bannissement,
Il l'appelle changement,
Qui jamais ne le tourmente;
Partout il vit sans ennui,
Car il porte avecque lui
La vertu qui le contente.

Dieu, qu'il a dedans le sein,
Le fait fort, lui tient la main,
Et de sa grace l'appuie;
La foi qui sait endurer
Lui fait au cœur espérer
Le repos d'une autre vie.

ODE III.

Pecuniam perdidi : — fortasse te illa perdidis-
set... Ægroto : — venit tempus quo experimentum
meï caperem ... Malè de te loquuntur homines :
— sed mali.... Malè de te loquuntur : — benè nes-
ciunt loqui.... Morieris : — ista hominis natura
est ... Morieris : — hâc conditione intravi, ut exi-
rem.

Ex variis SENECÆ locis.

Couronne [1], je veux être encontre la Fortune
    Un roc pareil à ceux
Qui dépitent l'orgueil des vagues de Neptune,
    Résolus paresseux.

Si mes parents sont morts, ils ont payé la dette
    Qu'on doit en ce séjour.
L'homme voit tout ainsi qu'une fleur vermeillette
    Qui vit le cours d'un jour.

Si Fortune m'ôtoit si peu que je tiens d'elle,
    Il le faudroit souffrir;
Il vaut mieux voir périr une chose mortelle
    Que par elle périr.

1. Pierre de Bonshoms, sieur de Couronne, président à la chambre des
comptes de Rouen.   ÉDIT.

Si je deviens malade, il faudra que je pense
      Que Dieu veut m'éprouver.
La médecine aux maux, la douce patience,
      Est facile à trouver.

Si le méchant me blâme en cherchant à me nuire,
      Il m'apporte du bien.
Et comment celui-là qui ne sait que médire
      Pourroit-il dire bien?

Quand tu voudras enfin, ô Seigneur, que je meure,
      Donne-moi le trépas.
Je sais qu'il faut mourir, et que rien ne demeure
      Éternel ici-bas.

La mort suit les mortels comme étant leur nature,
      Non leur punition;
L'Éternel mit au naître, à chaque créature,
      Cette condition.

ODE IV.

Je hais le mignon médisant,
Qui sert aux princes de plaisant,
Qui fait l'entendu de la tête,
Et sait bien qu'il n'est qu'une bête.

Je hais tous ces doctes esprits,
Qui font trafic de leurs écrits,
Pipez de la vaine richesse
D'une misérable largesse.

Je hais cettui-là qui sait bien
Faire quelque chose de rien,
Et fait les neuf Muses, pucelles,
Des feux de Vénus maquerelles.

Je hais le rimeur éhonté,
Corneille au plumage emprunté,

Qui n'a vu n'Athènes ni Rome,
Et si veut faire l'habile homme.

Mais je hais plus que tous ceux-ci
Nos athéistes sans souci,
Pourceaux croupissant en l'ordure
Des sales plaisirs d'Épicure.

Vilains pourceaux par trop ingrats,
Vous amassez le gland à bas,
Sans reconnoître en nulle sorte
L'arbre libéral qui l'apporte.

J'aime, La Place [1], seulement
L'homme qui parle rondement,
Qui croit en Dieu, qui le révère,
Comme un fils révère son père.

J'aime celui qui parle à lui
Comme devant tous, et celui
Qui vit çà bas humble, et s'asseure
Que Dieu le regarde à toute heure.

J'aime un bon cœur, j'aime sa foi,
J'aime un bel esprit comme toi,
Toujours actif, qui dans un livre
Cherche après la mort à revivre.

1. Daniel de La Place, conseiller au parlement de Rouen, et seigneur de
l'Annechon.   ÉDIT.

Las ! elle nous suit pas à pas,
Et rien ne fuira le trépas,
Sinon nos ames immortelles
Et les enfants qui naissent d'elles.

Heureux si je puis vivre ainsi,
Passant mon âge sans souci,
Ferme rocher contre l'envie
Jalouse de l'heur de ma vie !

Je n'aurai soin de ce butin
Qu'on va querir sous le matin,
Ni de tout le bien misérable
De la fortune variable.

Un ruisselet argentelet,
Au bord mousselet, doucelet,
Me sera plus doux et fidèle
Que le fumeux fils de Sémèle.

Je vivrai sans nécessité,
Certain de la fidélité
De mon petit champ que nature
Me fera rendre avec usure.

Malheureux l'homme ambitieux,
Malheureux l'avaricieux,
Auxquels l'ame brûle sans cesse
Après l'honneur et la richesse

ODE V.

✦

Cùm crescimus, vita decrescit.... Ne crastino
quidem dominamur.... Omnia etiam felicibus
dubia sunt.... Nil sibi quisquam de futuro debet
promittere.... Nil cuiquam, nisi mors, certum

SÉNÈQUE.

✦

Chamgoubert [1], ce n'est rien de cette pauvre vie ;
Le matin nous l'avons, le soir elle est ravie :
Le ber est le tombeau, la tombe est le berceau ;
Ou bien si nous durons quelque peu davantage,
Nous semblons des nochers que tourmente l'orage,
Battus incessamment et du ciel et de l'eau.

Nous naissons en pleurant, comme si la lumière,
Qui fait voir l'Éternel à nos yeux la première,
Nous épeuroit des maux que nous devons souffrir ;
Comme croissent nos ans, nos misères accroissent :
Comme avance le temps, nos plus beaux jours décroissent :
Ainsi ne naissons-nous que pour après mourir.

[1] Nicolas de Troismonts, seigneur de Chamgoubert.   ÉDIT.

26

A peine un blond coton faisoit homme ton frère,
Quand la mort, se fâchant de me voir sans misère,
Vint racler tout à coup de ses ans la beauté.
Ainsi voit-on la rose au matin épanie,
Sans plus d'honneur, au soir, en sa beauté fanie,
Quand le soleil allume un beau jour, en été.

Laisse tes fols plaisirs, misérable Épicure,
Dompte les appétits de ta brute nature,
Réveille tes esprits. Que sais-tu si Caron
Au milieu de tes jeux, dont se moque la Parque
Maîtresse de tes jours, avance point sa barque,
Pour te faire passer ès-rives d'Achéron?

Qui vit au lendemain ne vit en assurance,
Et l'homme est abusé d'une folle espérance,
Qui s'attend que cent ans soient la borne à ses jours;
Il n'a rien d'assuré que la fosse bien sûre.
Sage qui seulement en Jésus-Christ s'assure,
Et qui s'attend mourir pour vivre après toujours.

ODE VI.

Omnis dies, omnis hora quàm nihil simus os-
tendit.... Quàm stultum est ætatem disponere !...
O quanta dementia est spes longas inchoan-
tium !... Emam, ædificabo, credam, exigam, ho-
nores geram ; tùm demùm lassam et plenam se-
nectutem in otium referam.... Propera vivere, et
singulos dies singulas vitas puta.

SÉNÈQUE.

Il n'est heure dans le jour,
Il n'est jour dedans l'année
Qui ne nous montre toujours
La fin de notre journée,
Comme le monde n'est rien
Qu'un passage misérable
Où l'homme sert pour du bien
A la Fortune muable.

O dessein mal assuré
De mettre en ordre sa vie !
J'acquerrai, je bâtirai,
J'amasserai sans envie

Du los et des biens aussi,
Mérites de ma jeunesse;
Puis à la fin sans souci
Je passerai ma vieillesse.

L'homme en cette sûreté
N'a rien de certain au monde;
Le monde en légèreté
Semble à la face de l'onde.
Tantôt Neptune [1] la fera
De cent tempêtes marrie,
Tantôt il apaisera
En moins de rien sa furie.

Vivons, du Torp [2], résolus
A ces effets variables;
Pour un renouveau, sans plus,
Nos beaux âges sont durables;
Nos jeunesses employons
De mille peines suivies,
Et les jours que nous voyons,
Pensons-les autant de vies.

---

1. Peut-être faut-il écrire : Neptun'.   ÉDIT.
2. Nicolas de Morel, comte d'Aubigny et seigneur du Torp.   ÉDIT.

ODE VII.

Illud mirare, ibi extolli aliquem, ubi omnes de-
primuntur ; ibi stare, ubi omnes jacent.

SÉNÈQUE, épitre LXXI.

Retourne au monde avecque ta chandelle ;
Refais, grand homme, une quête nouvelle,
  Justement dépité ;
Cherche partout en cet âge où nous sommes,
Je ne dis point un homme entre les hommes,
  Mais de l'humanité.

Tu ne verras que des tigres en armes,
Nouveaux Thébains forcenant aux alarmes,
  Vainqueurs et déconfis,
Le frère armé contre son propre frère,
Le fils meurtrier se souillant en son père,
  Et le père en son fils.

Piteux regard ! tous les bois d'Hyrcanie
Ne sont affreux en tant de félonie,

La terreur des humains,
Que pour mourir sans mourir en sa peine,
La France loge, à soi-même inhumaine,
Des monstres inhumains.

L'Ambition, la grand'bête de Lerne,
Et la Discorde, engeance de l'Averne,
Nourrissent leur fierté :
L'une en attente aux grands donne l'empire ;
L'autre aux sujets, afin de les séduire,
Promet la liberté.

Heureux qui vit comme toi, Galleville [1],
Contre l'effort de la rage civile
Renforcé des vertus.
Le cœur lui croît où les cœurs affoiblissent,
Il se tient ferme où les autres languissent,
Contre terre abattus.

1. M. de Galleville, conseiller-clerc au parlement de Rouen.   Édit.

ODE VIII.

✦

Fata rata et fixa sunt, atque magnâ et æternâ
necessitate ducuntur.

SENÈQUE, épître LXXVII.

✦

Desprez [1], laissons là Bellone
Forcener en tous ses faits.
Dieu, qui là-haut tout ordonne,
Nous soit bénin, et nous donne
Bientôt une bonne paix.

Nous petits que sous la terre
Les Muses tiennent cachés,
Vivons bien sans nous enquerre
Du monde, et pour toute guerre
Faisons la guerre aux péchés.

[1]. Nicolas-Michel, sieur Desprez, professeur royal d'éloquence, et recteur
de l'université de Caen en 1579.   ÉDIT.

Sans nous donner tant de peine,
Vivons chacun bien pourvu
D'une conscience saine ;
Puis vienne la mort soudaine
Nous surprendre à l'impourvu.

Que nous servira de craindre
Ce qui nous suit en tous lieux ?
Mourons contents sans nous plaindre,
L'homme ne sauroit enfreindre
La loi qu'ordonnent les cieux.

Cela que tu vois descendre
Sous terre sans plus de voix,
Naguère savoit entendre :
Ce n'est plus qu'un peu de cendre,
Fardeau léger à cinq doigts.

Le corps perd, l'ame regagne
Sa première liberté ;
Le savoir qui l'accompagne,
Plus parfait, la fait compagne
De la sainte éternité.

FIN DES POÉSIES.

LETTRE DE MALHERBE

AU ROI LOUIS XIII,

A L'OCCASION DE LA MORT DE SON FILS,

QUI FUT TUÉ EN DUEL.

———

SIRE,

Les vers que Votre Majesté vient de lire [1] passeront, s'il
lui plaît, pour un très-humble remercîment de la promesse
qu'elle m'a faite de ne donner jamais d'abolition à ceux qui
ont assassiné mon fils. Une bonté médiocre se fût contentée
de me l'avoir dit une fois. La vôtre, qui, en l'amour de la
justice et en la haine des crimes, n'est semblable qu'à soi-
même, après me l'avoir réitéré, y voulut encore ajouter ce
favorable commandement, que je travaillasse à faire prendre
les meurtriers, et que je ne me souciasse point du demeurant. Il semble bien, SIRE, que des paroles prononcées de

———

1. Cette lettre était apparemment précédée de l'ode qui commence par :
Donc un nouveau labeur à tes armes s'apprête !   ÉDIT.

27

la bouche d'un Roi, le plus grand et le meilleur qui soit au
monde, me doivent être en telle révérence, que, sans être
criminel moi-même, je ne puisse faire doute de leur vérité.
Mais, SIRE, sur quelle sûreté peut se reposer un esprit de
qui le trouble est si grand et si déplorable comme le mien?
Cauvet, conseiller d'Aix, beau-père de de Piles, et père de
Bormes, qui sont les deux abominables assassins de mon
pauvre fils, prêche partout la vertu de ses pistoles, et parle
de la poursuite que j'en fais, non avec l'humilité d'un qui a
besoin de miséricorde, mais avec la présomption d'un qui se
tient assuré de triompher. C'est cela, SIRE, qui m'amène
une seconde fois à vos pieds pour vous faire souvenir de
votre promesse, et vous en demander la confirmation. Pour
ce qui est des faveurs dont Cauvet se promet d'être appuyé,
je ne m'en mets point en peine. Il en sera ce qui pourra ;
mais je sais bien qu'un homme d'honneur y pensera deux
fois devant que de se ranger de son parti. Protéger une mé-
chanceté, et la commettre, sont actions qui partent presque
d'une même source : et qui fait l'un, SIRE, feroit l'autre,
s'il en espéroit la même impunité. Puis, quand il se trou-
veroit des ames assez perdues pour l'assister, sur quelles
apparences, s'ils ont quelque lumière de bon sens, sauroient-
ils fonder leur intercession? Si par les qualités mes parties
se pensent rendre considérables à mon préjudice, qui est-ce
qui ne sait point qu'un nombre infini de personnes vivent
encore à Marseille, qui ont vu arriver le père et l'oncle de
Cauvet, et là, petits marchandots, avec des balles de can-
nelle, poivre, gingembre, raisins et autres denrées, commencer leur trafic, qui, de deux ou trois mille livres qu'ils
pouvoient avoir alors, est abouti à près de deux millions,
que tout le monde croit qu'ils aient aujourd'hui? Je n'ai
parlé que du père et de l'oncle ; mais Cauvet, tout hardi
qu'il est, oseroit-il nier qu'il n'ait fait le métier lui-même,
et qu'assez de fois son nom n'ait été écrit au livre de l'écri-

vain du vaisseau? Quant à de Piles, si un secrétaire d'état,
appuyé d'une personne qui pouvoit tout auprès du feu Roi
votre père, ne lui eût fait donner la chétive capitainerie du
château d'If, vacante par la mort d'un valet de chambre de
Henri III, ensuite de laquelle il a fait depuis quelques autres
petites grivelées, ne seroit-il pas à cette heure ou à Carpen-
tras ou en Avignon, caché parmi ses parents dans les ordures de la honteuse condition où il est né? Pour ce qui est
de moi, SIRE, il est bien vrai que la maison des Malherbe-
Saint-Aignan, dont je suis, et dont je porte le nom, est depuis deux cents ans en si mauvais termes qu'elle ne sauroit
être pis, si elle n'étoit ruinée entièrement. Et quand je dis
cela, je ne pense laisser rien à dire à mes ennemis. Mais il
est vrai aussi que non-seulement dans l'histoire de Normandie, mais en la voix commune de tout le pays, elle est
tenue pour l'une de celles qui suivirent il y a six cents ans le
duc Guillaume à la conquête d'Angleterre, et que, pour le
justifier, l'écusson de leurs armes est encore aujourd'hui
parmi trente ou quarante des principales du temps, en l'abbaye de Saint-Étienne de Caen, dans une salle que la Fortune, plutôt qu'autre chose, exempta du ravage que fit la
fureur des premiers troubles en tout le reste de cette maison. Si mes parties s'en veulent éclairer, qu'ils aillent sur le
lieu : leur propre vue leur apprendra ce qui en est. Mais
peut-être s'imaginent-ils qu'ils donneront à ce crime une couleur qui en diminuera l'abomination. C'est chose qu'ils ont
déjà tentée inutilement. S'ils y retournent, je ne crois pas
que ce soit avec plus de succès. Cette maudite affaire ne fut
pas sitôt arrivée que Cauvet, qui voudroit avoir des juges à
sa fantaisie, ou plutôt qui n'en voudroit point avoir du tout,
dépêcha par-deçà un des siens pour avoir une interdiction
du parlement de Provence, et en chemin faisant le chargea
de conter la nouvelle de la façon qu'il lui étoit expédient
qu'elle fût crue. Son homme s'acquitta de sa commission le

mieux qu'il put ; mais ce furent des ténèbres qui ne durè-
rent guère. Il arriva dans cinq ou six jours une infinité de
lettres de Provence qui, par des narrations véritables et non
suspectes, démentirent ce que ridiculement ce messager avoit
publié. M. de Guise même, qui avoit été prévenu de cette
imposture, me fit l'honneur de me venir voir, et m'avoua
que du premier abord il avoit cru ce que l'homme de Cauvet
avoit dit, mais que, depuis, ceux qui font ses affaires en
Provence lui avoient écrit au vrai comme la chose s'étoit
passée, que l'action étoit très-vilaine, et que de bon cœur
il m'assisteroit en ce qui dépendroit de lui. Voilà comme
réussit à Cauvet le premier essai qu'en cette occasion il fit
d'abuser le monde. A cette heure que la chose est décriée
comme elle est, et que sur les informations faites par trois
juges différents et les dépositions de plus de quarante témoins, les assassins ont été condamnés à mort, je ne vois
pas avec quelle apparence il pourroit reprendre le même
chemin. Aussi crois-je bien que ce n'est pas là que lui et
les siens jettent les plus assurés fondements de leur espérance. Ils me voient en un âge où il est malaisé que ma
vie soit plus guère longue, ils font ce qu'ils peuvent pour
en attendre la fin ; il ne se passe guère de semaine que sur
des vétilles ils ne m'assignent au conseil. Contre tous leurs
artifices, M. le Garde des Sceaux est mon refuge. Les bonnes
causes sous lui ne doivent rien craindre, ni les mauvaises
rien espérer. Son intégrité est une muraille d'airain ; il n'y
a moyen d'y faire brèche. Tout le monde bénit l'élection
que V. M. en a faite : je crois qu'il ne sera pas marri que
j'en fasse de même, et qu'avec les autres je publie sa vertu,
pour ce que véritablement elle est une des plus fortes et
plus nécessaires pièces dont V. M. puisse composer la félicité de l'État. L'ordonnance veut que toute audience soit
déniée aux criminels, que premièrement ils ne se soient remis en prison. Je sais bien que c'est ce que mes parties ne

feront pas ; et par conséquent je me dois rire d'eux si, quoi qu'ils fassent dire en leur absence, ils s'imaginent d'être écoutés dans le conseil. Je suis trop long, SIRE, j'abuse de votre loisir. Mais si les plus foibles passions sont rebelles à la raison, il ne faut pas penser que les fortes demeurent dans l'obéissance. Je m'en vais finir, après que j'aurai dit à V. M. une chose que peut-être elle n'entendra pas sans étonnement. Mon pauvre fils ayant été tué à quatre lieues d'Aix, y fut apporté, pour, selon son désir, être inhumé en l'église des Minimes, qui est au bout de l'un des faubourgs. Le peuple ne sut pas sitôt que le corps étoit arrivé, qu'il y courut en telle abondance qu'il ne demeura au logis que les malades. Comme il fut question de le mettre en terre, ils dirent tous que résolument ils le vouloient voir encore une fois. Les religieux en firent quelque difficulté, mais il fallut qu'ils cédassent. La bière fut ouverte, le drap décousu, et le peuple satisfait de ce qu'il avoit désiré. Quelles bénédictions furent alors données au pauvre défunt, et quelles imprécations faites contre les meurtriers ! c'est chose vue et attestée de trop de gens pour m'y arrêter. Il suffit, SIRE, que je supplie très-humblement V. M. de considérer quelles étoient les mœurs d'un homme que toute une ville a regretté de cette façon. Ce n'est rien de nouveau de plaire à cinq ou six personnes ; mais de plaire à tout un peuple, et lui plaire jusques à si haut point, il est malaisé que ce soit que par le moyen d'une vertu bien reconnue, et dont les témoignages aient une bien claire et bien générale approbation. Aussi ne douté-je point, SIRE, que V. M., qui a une aversion de toute sorte de crimes, ne trouve en cette circonstance extraordinaire de quoi faire sentir à mes parties un extraordinaire courroux. Tuer qui que ce soit est toujours un mauvais acte ; mais tuer un homme de bien, et le tuer poltronnement et traîtrement, c'est mettre le crime si haut qu'il ne puisse aller plus avant. J'ai certes de la peine à croire

qu'il y ait homme qui osât parler pour ceux qui ont commis cettuy-cy. Toutefois pour ce qu'il y a des esprits bossus
et boiteux aussi bien que des corps, s'il avenoit à quelque
effronté d'en prendre la hardiesse, souvenez-vous, SIRE, que
ceux qui vous prient d'une injustice vous tiennent capable
de la faire ; et là-dessus jugez quelle opinion vous devez
avoir des personnes qui l'ont si mauvaise de V. M. Pour
moi, qui ai accoutumé de nommer les choses par leur nom,
je ne saurois dire sinon que je les tiens pour gens sans conscience, et à qui le succès de vos affaires bon ou mauvais
est indifférent. Qu'on examine vos prospérités comme on
voudra, il ne s'en trouvera point d'autre cause que la sain-
teté de votre vie. Je n'ôte rien à la gloire de votre épée.
Vos mains avoient bien à peine la force de la mettre hors
du fourreau, que V. M. en fit des choses qui furent admi-
rées de toute l'Europe. Je n'ôte rien non plus aux soins incomparables qu'apporte M. le cardinal de Richelieu à la
direction de vos affaires, aux profusions excessives qu'il fait
de son bien pour votre service, ni aux assiduités infatigables
qu'il y rend avec un péril extrême de sa santé. Au contraire, j'estime ce très-grand prélat jusque-là que je ne le
vois jamais tant soit peu indisposé que je ne soupçonne
quelque grande indignation de Dieu contre l'État. Mais,
SIRE, qu'en cette occasion de l'île de Ré, la mer se soit hu-
miliée devant vous ; que, de si revêche qu'elle est, elle soit
devenue si complaisante, c'est, pour en parler comme il
faut, une affaire où il y a quelque chose plus que de l'homme.
Je sais bien les dévotions qu'a faites pour vous la Reine votre
mère : Reine aussi grande qu'elle est bonne mère ; mère
aussi bonne qu'elle est grande Reine ; et telle en toutes ses
qualités, que c'est ne savoir que c'est de perfection que de
croire qu'il y ait rien à désirer. Je n'ignore pas aussi celles
que la Reine y a contribuées : Reine si belle et si vertueuse
que, hors l'honneur qu'elle a eu d'épouser V. M., le monde ne

lui pouvoit donner de mari qui la méritât. Mais quelque
ardeur de prière qu'elles y eussent apportée l'une et l'autre,
eussent-elles obtenu pour un prince de piété commune ce
qu'elles ont obtenu pour vous? Non, non, Sire; il n'y a
personne qui raisonnablement se puisse plaindre, quand je
dirai que V. M. n'a mis ses affaires au bon état où elles
sont que par le soin de plaire à Dieu et la crainte de l'offenser. Continuez, Sire, de marcher dans un chemin si assuré. Haïssez toujours le mal : Dieu vous fera toujours du
bien. Je ne crois pas qu'il y ait chose au monde que vous
désiriez, et qui vous soit si désirable comme d'être père.
Vous le serez, Sire, par beaucoup de raisons; mais ce n'en
sera pas une des moindres que la compassion que vous
aurez eue d'un père affligé comme je le suis; et dans peu
de jours, V. M. remettra tellement les rebelles dans leur
devoir que ce que j'ai dit sera véritable :

> Enfin mon Roi les a mis bas,
> Ces murs qui de tant de combats
> Furent les tragiques matières.
> La Rochelle est en poudre, et ses champs désertés,
> N'ont face que de cimetières
> Où gisent les Titans qui les ont habités.

C'est là, Sire, que tendent les vœux de tous les gens de
bien, et, autant que de nul autre, ceux de votre très-humble,
très-obéissant et très-affectionné sujet et serviteur,

                              MALHERBE.

TABLE[1].

⚜

STANCES.

1. Nous avons préféré suivre dans la suite du volume l'ordre chronologi-
que. En adoptant dans la table la division par genres, nous avons réuni
les avantages des deux méthodes.   ÉDIT.

ODES.

SONNETS.

CHANSONS.

ÉPIGRAMMES.

ÉPITAPHES.

INSCRIPTIONS.

FRAGMENTS.

PROSE.